August 2016

Lieber Robert!

Nachträglich alles Gute zum

tag! Wir wünschen

eine Kreuzfahrt

ohne Enthauptungen.

Jörg & Aliya

metro

Jörg Juretzka

Equinox

metro wurde begründet von Thomas Wörtche

Zu diesem Buch

Privatdetektiv Kristof Kryszinski muss schon auf der Flucht vor der albanischen Drogenmafia sein, um freiwillig den geliebten Ruhrpott zu verlassen und auf dem Luxusliner *Equinox* anzuheuern. Zwischen den Reichen und Schönen an Bord geben Kryszinski und sein Kumpel Jochen die Borddetektive, ein Job, der die beiden erst einmal so richtig in Feierlaune versetzt. Doch kurz nach dem Auslaufen ist Schluss mit lustig. Der Erste Steward wird enthauptet aufgefunden. Und er wird nicht die einzige Leiche an Bord der *Equinox* bleiben.

»Juretzkas Roman um den angedröhnten Ruhrpott-Schnüffler bietet herrlich schräges und erfrischend schonungsloses Lesevergnügen.«
Jan Christian Schmidt, kaliber38

»Alle Charaktere sind ein schieres Vergnügen und alle – auf ihre eigene Art – schrecklich liebenswert. Spritziger als jeder andere deutsche Krimiautor, hat Jörg Juretzka einen formidablen Krimi-Cocktail aus Privatdetektiv-Satire, klassischem Whodunit, Agentenroman und Verschwörungsgeschichte gemixt, der kein Auge trocken lässt. Bitterböse, schreiend komisch, kultverdächtig. Mehr davon!«
Lars Schafft, Krimi-Couch.de

Der Autor

Jörg Juretzka, geboren 1955 in Mülheim an der Ruhr, ist gelernter Zimmermann und baute Blockhütten in Kanada, bevor er sich ganz aufs Schreiben konzentrierte. Sein Krimidebüt *Prickel* – der erste Fall für den abgerockten Privatermittler Kristof Kryszinski – erschien 1998. Für seine Romane wurde er dreimal mit dem Deutschen Krimi Preis ausgezeichnet.

Im Unionsverlag sind außerdem lieferbar: *Der Willy ist weg; Alles total groovy hier; Rotzig & Rotzig; Sense; Fallera; Freakshow; Prickel* und *TaxiBar*.

Mehr über Buch und Autor im Anhang
und auf *www.unionsverlag.com*

Jörg Juretzka

Equinox

Kriminalroman

Unionsverlag

Die Erstausgabe erschien 2003 im Ullstein Verlag, Berlin.

Im Internet
Aktuelle Informationen, Dokumente, Materialien
zu Jörg Juretzka und diesem Buch
www.unionsverlag.com

Unionsverlag Taschenbuch 702

Rieterstrasse 18, CH-8027 Zürich
Telefon +41 44 283 20 00, Fax +41 44 283 20 01
mail@unionsverlag.ch

Reihengestaltung: Heinz Unternährer
Umschlaggestaltung: Martina Heuer, Zürich
Umschlagbild: Daniela Pelazza
Druck und Bindung: CPI – Clausen & Bosse, Leck
ISBN 978-3-293-20702-8

Für Cora und Verena
und für Pädda und Christian

Speziellen Dank an AC/DC für »Live Wire«

Sämtliche Figuren dieses Romans
sind frei erfunden.

Eins

»Also, Doktor, was würden Sie sagen?« Ohne eine Miene zu verziehen, drehte Kapitän Zouteboom den an den Haaren gehaltenen Kopf des Ersten Stewards ein wenig hin und her und schluckte verstohlen, versunken in den mehr als gewöhnungsbedürftigen Anblick. Trotz der straffenden Wirkung des Zugs an der Frisur hingen Kinn und Lider schlaff herunter, die Haut war den Umständen entsprechend fahl, und Sehnen, Muskeln, Adern, Nerven, Teile von Rückgrat, Speise- und Luftröhre baumelten heraus, wo der Kopf bis vor Kurzem mit dem Rest des Stewardkörpers verbunden gewesen war.

»Eindeutig Selbstmord«, konstatierte Bordarzt Köthensieker, beide Daumen in den Gürtel der weißen Hose gehakt, wippte auf Gummisohlen bequem vor und zurück und sog an seiner ausgegangenen Pfeife.

Eindeutig *was*?

Ich äußerte etwas wie »Wa-Wa-Wa-?«, durchwirkt mit mehr als nur einem Hauch von Zweifel an dieser Diagnose. In meinem ganzen Leben hatte ich noch nie von einem Suizid durch Kopfabhacken gehört. Von keinem erfolgreichen zumindest. Sicher, mit einer Guillotine ginge es, theoretisch, doch davon war hier, am Fundort, zu Füßen des labyrinthischen Gewirrs aus Röhren, Leitungen und stählernen Treppen, das das Innere des Kreuzfahrtriesen zugänglich machte, weit und breit nichts zu sehen. Dafür eine Menge Blut. In allen Tönen, von verschmiertem Rosa bis hin zu diesem

Beinahe-Schwarz, wo es sich zu dickeren Pfützen sammelte und zu stocken begann. Das meiste sicherlich auf dem Boden, rings um den kopflosen Leichnam, doch auch an die hellgelb lackierten Wände war einiges gespritzt und über die polierte Edelstahl-Konstruktion des Treppenaufgangs, von wo es wieder auf den in Dunkelgrau gehaltenen Boden troff. Selbstmord. Das konnte der Doktor nicht ernst meinen.

Ein kurzes Schweigen entstand, akzentuiert vom durchdringenden Wummern der beiden riesigen Diesel nur ein oder zwei Schotts entfernt und vom rhythmischen, konvulsivischen Gurgeln, mit dem sich der Erste Borddetektiv der *Equinox* in eine etwas weiter entfernte Ecke erbrach.

»Wa-Wa-Wa-?«, wiederholte ich, meines Zeichens Zweiter Detektiv und bemüht, wenn auch ohne rechten Erfolg, mich zusammenzureißen und meiner Skepsis Ausdruck zu verschaffen. Da packte mich Antonov am Arm. Antonov, auch genannt »Das Rote Quadrat«. Ein Spitzname, zusammengesetzt aus der Farbe seiner Körperbehaarung und dem Gerücht, seine Größe in Zentimetern entspreche exakt seinem Gewicht in Kilo. Antonov war Chef der Security an Bord und somit unser direkter Vorgesetzter.

»Hör zu, was der Doktor zu sagen hat«, raunte er eindringlich und drückte meinen Arm, als ob er Saft daraus pressen wollte.

»Ein langer, dünner Draht«, sagte der Doktor aufgeräumt, »irgendwo da oben befestigt«, und er nahm extra die Pfeife aus dem Mundwinkel, um mit ihrem S-förmig gebogenen Stiel die zehn Etagen technischen Wirrwarrs hochzudeuten, »am unteren Ende zu einer Schlinge verzwirbelt, diese um den Hals gelegt, von hoch oben heruntergesprungen und *›Zapp!‹*«

Die abrupte Geste, mit der er das ›Zapp!‹ begleitete, rang dem Ersten Detektiv in seiner Ecke einen weiteren Schwall ab. Hat einen empfindlichen Magen, der Jochen Fuchs. Immer schon gehabt. Schon in der Schule brauchte man ihn nur auf ein paar weiche Spaghetti in der Mitte seines gerade angebissenen Leberwurstbrötchens aufmerksam zu machen und – *Hua!, Bluärrks!,* Bröckelhusten meterweit.

»Nun, da das geklärt wäre«, meinte Kapitän Zouteboom und setzte ohne eine weitere Frage den Kopf auf einer der Stahlgitter-Treppenstufen ab, »und wenn die Herren Antonov, Fuchs und Kryszinski nichts einzuwenden haben, *wovon ich ausgehe*«, fügte er mit einigem Nachdruck hinzu, ehe ich auch nur den Mund aufmachen konnte, »ordne ich, auch um unsere Passagiere nicht zu beunruhigen, eine unzeremonielle Seebestattung in den frühen Morgenstunden an.« Und sich die Hände mit einem blütenweißen Taschentuch abwischend machte er sich, dicht gefolgt vom Doktor und meinem fassungslosen Blick, eilig an den Aufstieg, zurück ins immerwährende Sommerlicht des Nordens.

Ein Mann seiner Besatzung war tot, doch das hatte niemanden zu beunruhigen, am allerwenigsten die zahlenden Gäste. Der in Südafrika geborene Kapitän zur See wusste Schwerpunkte zu setzen. Und einen geschmeidigen Kurs zu steuern.

»Ihr habt den Käptn gehört«, betonte Antonov. »Und damit eines klar ist«, wandte er sich an mich und zerrte ein bisschen an der Front meiner Uniform herum, was mir mindestens so auf den Keks geht wie dieses ewige Am-Arm-Packen, »in Anwesenheit der Schiffsleitung bin ich es, und ich allein, der die ›Wa-Wa-Was‹ beisteuert. Kapiert?« Damit ließ er von mir ab, sah bohrend zu Jochen und wieder zu mir, seufzte und begann seinerseits, seine geschätzte Quadratsumme von fünfundzwanzigtausendsechshundert die ächzende Stahlkonstruktion hinaufzuwuchten.

»Jochen«, fragte ich nach einer Weile leise, »verstehst du, was hier abgeht?«

»Antonov«, spuckte Jochen, der in letzter Zeit schon mal gedanklich abschweifte, vor allem, wenn er ein paar Gläser intus hatte, »Fuchs«, spuckte er, wischte sich den Mund mit dem Ärmel ab und richtete sich mühsam zu voller Höhe auf, »und Kryszinski.« Er spuckte noch mal. »Weißt du, wie wir uns anhören?«, fragte er anklagend. »Wir hören uns an wie ein sozialistisches Joint Venture. Wie eine gescheiterte Mission. ›Antonov, Fuchs und Kryszinski bei Nordmeer-Expedition verschollen.‹ So hören wir uns an.« Und er winkte mir, ihm die Treppe hoch zu folgen, während ich mir noch rasch mit den Fingerknöcheln dreimal seitlich gegen den Schädel klopfte. Ist gut gegen herbeigeredetes Unglück. Sagt man.

Bier. Ich blieb bei Bier. Jochen, den es, wie so viele gute Männer vor ihm, als Folge einer in die Hose gegangenen Liebesgeschichte zur christlichen Seefahrt verschlagen hatte, war da experimentierfreudiger, probierte seinen Kummer jeden Tag mit etwas anderem abzutöten. Rotwein, Gin, Wermut, Magenbitter, Eierlikör. Heute mit, wie es schien, exotisch betitelten Cocktails von schillernder Farbenpracht und überbordender Dekoration. Heather, die grotesk übergewichtige texanische Millionenerbin ihm gegenüber, tat es ihm gleich, und so nach und nach steckten die beiden auch die zwei Berliner an, die mit uns am Tisch saßen und nur auf eine Gelegenheit warteten, sich gehörig einen einzuschütten, um in ihre üblichen, lautstark vorgetragenen Ehestreitereien zu verfallen. Ein schriller Schrei und das Klirren einer zu Boden gegangenen Tablettladung Gläser deutete an, dass es der »Läufige Leopold«, ein zahnloser, im Rollstuhl hockender Kunsthändler aus München, mal wieder geschafft hatte, einer Kellnerin in den Schritt zu greifen. »Die blaue Stunde«, wie es die Bordzeitung liebevoll umschrieb, zog mit Macht herauf.

Der Kellner kam und stellte ungefragt ein Beck's vor mich hin, bevor er an die anderen hohe Gläser verteilte, aus denen – wofür auch immer – schrillbunte Schirmchen ragten und von deren Rändern gekringelte Schalen von Südfrüchten baumelten wie Kartoffelschalen aus übervollen Treteimern.

»Auf die Kompetenz der Medizin«, rief Jochen, hob sein Glas und versuchte, gleichzeitig mir und der Texanerin vielsagend zuzuzwinkern, was eine schwer zu beschreibende Gesichtsakrobatik ergab, aber ich hatte andere Sorgen.

Also, da war tatsächlich ein Draht gewesen. Oben, in dem durch Laufgitter so unbehaglich transparenten, weit über zwanzig Meter hohen Treppenhaus des Maschinentrakts. Ein Draht mit Schlaufe. Genau so, wie es der Doktor gewusst hatte. Außer mir war anscheinend niemand auf die Idee gekommen, dieses Selbstmordinstrument näher zu untersuchen, und mich hatte selbst das Blut an der Schlaufe nicht von meiner Skepsis heilen können. Es hätte in dem Moment, in dem es ›Zapp‹ gemacht hat, noch flüssig gewesen sein müssen, das Blut. Oder nicht?

Nachdenklich setzte ich die Flasche an und musste feststellen, dass sie schon wieder leer war. An diese Nulldreier-Fläschchen werde ich mich wohl nie gewöhnen.

Das Blut an der Drahtschlaufe war aber schon halb geronnen, als es irgendjemand darangeschmiert hatte. So sah es zumindest für mich aus. All das machte mir zu schaffen. Und noch etwas: Wir waren auf das eingeschwenkt, was mein Berufskollege die ›Zouteboom-Köthensieker'sche Linie‹ getauft hat. Nicht ganz freiwillig eingeschwenkt, muss man dabei sagen – ich mit meinen eine Selbstmord-These wenig untermauernden Beobachtungen ganz bestimmt nicht –, doch eingeschwenkt nichtsdestotrotz.

Der »tragische Todesfall, wahrscheinlich als Folge privater Probleme« war vom Kapitän selber in der Mannschaftsmesse bekannt gemacht worden, und anschließend hatten Jochen und ich ihn noch mal beiseitegenommen. Vor allem ich war wohl ein bisschen hitzig in meiner Kritik an der Diagnose des Bordarztes, und Zouteboom war an die Decke gegangen.

»Jegliche Autorität an Bord dieses Schiffes liegt in meinen Händen!«, hatte er geschrien, und seine Hängebäckchen hatten gezittert, als er mit dem Fuß aufstampfte. »Und sämtliche medizinischen Aufgaben und Analysen obliegen Doktor Köthensieker und seinem Team. Ist das klar?«

Und Jochen und ich hatten genickt wie Schuljungen vorm Direx. Auf See herrschen andere Gesetze als an Land, und keiner von uns beiden hatte sich wirklich die Mühe gemacht, die Unterschiede vor Antritt der Fahrt zu eruieren.

»Wir kriegen einen Vertrag über sechs Monate«, hatte Jochen geschwärmt, »wir werden zum Nordkap und von da nach Kapstadt und wieder zurück pendeln, und die ganze Zeit wird die Heuer unangetastet auf unsere Konten fließen, denn an Bord ist praktisch alles frei. Alles!«

»Achthundert Fahrgäste und fünfhundert Mann Besatzung, und beinahe sechzig Prozent davon weiblich«, hatte er noch selig lächelnd hinzugefügt, doch da war meine Unterschrift schon quer unter den Vertrag gekrakelt gewesen. »Wir werden vor lauter Bumsen kaum zum Schlafen kommen.«

Und kaum waren wir unterwegs, da hatte jemand den Ersten Steward geköpft, und der Kapitän wollte das auf keinen Fall wahrhaben.

»Und wenn ich mich den Empfehlungen des Bordarztes anschließe, so steht es Ihnen beiden nicht an, diese meine Entscheidungen zu kritisieren. Habe ich mich unmissverständlich ausgedrückt?« Zouteboom schrie immer noch, sein Schweinskopf puterrot. Vielleicht bin ich naiv, doch ich hatte mir Schiffsführer von seinem Kaliber immer als in sich ruhende Persönlichkeiten vorgestellt, vergleichbar mit, sagen wir mal, Bernhardinern, und nicht als hysterische Kläffer, die schon den geringsten Widerspruch als Angriff auf ihre Machtausübung verstehen. Wieder nickten wir ergeben, und Zouteboom beruhigte sich ein bisschen. »Um es trotzdem noch einmal zu vertiefen: Sie zur Begutachtung eines Selbstmordes hinzuzuziehen war nichts als ein bedauerlicher Irrtum, der sich nicht wiederholen wird.«

Moment mal, dachte ich – rechnet er etwa mit noch mehr »Selbstmorden«?

»Also tun Sie von jetzt an das, wofür Sie bezahlt werden: Halten Sie Augen und Ohren offen, seien Sie stets bereit für die Belange unserer Passagiere und überlassen Sie die Leitung des Schiffes mir und den für ihren jeweiligen Aufgabenbereich zuständigen Mannschaftsgraden.

Sollten Sie mir noch einmal unangenehm auffallen, werde ich Ihren direkten Vorgesetzten anweisen, Sie entsprechend zu disziplinieren. Guten Tag.«

Na, da war es doch gar nicht schwergefallen einzuschwenken, und überhaupt, Prost allersei –

Nein, dachte ich und setzte die immer noch leere Flasche ein zweites Mal ab. Nein. An Bord lief ein Schwertmörder unbehelligt herum, und ich würde nicht so tun, als wäre nichts. Jochen – war er wirklich dabei, sich diese Amerikanerin mit der Figur einer zu nahe am Kamin aufgestellten Altarkerze schönzutrinken? Ich nahm die Hand der Berlinerin von meinem Schenkel – wenn es nicht die Hand des Berliners gewesen war, die Tischdecken hier hingen lang herunter –, stand auf und griff meinen Kollegen, der in Heathers schwimmenden Augen zu ertrinken drohte, fest bei der Schulter. Mit einem Ruck sah er zu mir auf.

»Lass uns mal für 'ne Sekunde an die frische Luft gehen«, raunte ich ihm zu und ging voran.

Die Sonne hing wie angeklebt über der in sommerlicher Sanftmut wogenden Nordsee. Schon in ein paar Stunden sollten die beiden Teile des Stewardleichnams darin versenkt werden, um die Fische zu füttern, die möglicherweise eines Tages auf den Tellern der Fahrgäste seines ehemaligen Schiffes liegen würden. Ein wunderbarer oder ein entsetzlicher Kreislauf, alles eine Frage der Betrachtung.

Ich dachte daran, Jochen darauf hinzuweisen, doch der beäugte die Weite der blauen See mit diesem schwankenden Misstrauen, das er schon im Hafen an den Tag gelegt hatte. Nicht richtig seefest, war meine Vermutung.

»Ga-hanz schön wellich heute«, rief er und packte die Reling mit festem Griff. »Schau-haukelt wie ein Wasserbett beim Bumsen.« Er seufzte. »Hab ich dir schon erzählt, wie Ingrid und ich da-hamals in Pa-haris in diesem sündteuren Hotel übernachtet haben, und da hatten sie dieses riesige –«

»Jochen«, unterbrach ich ihn hastig, aus den letzten Tagen noch wohl versorgt mit Geschichten um und mit und von mir aus auch in Ingrid drin, »hast du eine Ahnung, wo sie den Leichnam verstaut haben, bis zur Seebestattung?«

»Urgs, wassumallesinnerwelt willzu denn mit dem? Kein Kopf mehr dran unn-alles.«

»Jochen, der Mann ist ermordet worden.«

»Ah-ah«, machte er, begleitet von einer wackelnden Handbewegung. Bisschen autoritätshörig, unser Jochen Fuchs. Holt das Übelste aus mir heraus, wenn er mir so kommt.

Ich starrte ihn an, wortlos.

»Dassagst du«, meinte er, doch man konnte spüren, dass er innerlich mindestens ebenso schwankte wie außen. Plötzlich wusste ich, wie ich ihn kriegen konnte.

»Jochen«, fragte ich ihn eindringlich, »was sind wir?«

»Ermittler!«, kam es, blitzartig, aus geblähter Brust.

Die mit Abstand Nervtötendsten unseres Berufsstandes sind die, die sich für so was wie den verlängerten Arm der Polizei halten. Sie haben nichts, aber auch gar nichts kapiert.

»Und als solche«, behauptete ich, »müssen wir Spuren sichern, oder?«

Er nickte gravitätisch.

»Also, weißt du, wo er ist?«

»Klardoch.« Und, nach einigem weiteren Nicken: »Unnungefähr.«

»Na, dann lass uns mal nachsehen.«

»Was ist das?«, fragte ich und meinte die zwölf herdklappengroßen Metalltüren zu unserer Rechten. Jochen fluchte leise und rieb sich den Steiß, auf dem er die Eisentreppe hinuntergeholpert war.

»Gottverdammter e-helender Scheiß-Seegang«, murmelte er und sog den Atem zwischen zusammengebissenen Zähnen hindurch. »Reißt einem glatt die Fü-hüße unterm Arsch weg.«

Ich wollte noch mal nach der Funktion der Türen fragen, doch Jochen war abgelenkt. Er hatte seinen Gürtel geöffnet und tastete seine Kehrseite nun innerhalb der Hose ab. »Nur noch rohes Fleisch«, konstatierte er. »Werde für Tage aufm Bauch schlafen müssen. Und in der Missionarsstellung bumsen. A-hapropos Bumsen. Weißt du eigentlich, wie lange ich schon nicht mehr gebu-humst habe?«

Ich wusste es, aber ich sagte nichts.

»Vier Wochen!«, meinte er grimmig.

Es waren immer vier Wochen bei Jochen. Eine Art von Grundeinstellung des Gedächtnisses, denke ich.

»Und du bist Zeuge«, wechselte er das Thema, »dass diehies hier ein Beru-hufsunfall war.«

Er konnte ein Jahr nicht gefickt haben, doch in seiner Erinnerung waren und blieben es immer vier Wochen. Beneidenswert.

»Da bin ich mir nicht sicher«, widersprach ich. »In wessen Auftrag sind wir denn hier?«

»Der Wahrheit!«, fuhr er mich an, und letzte Bröckchen seines letzten Auswurfs fuhren mit. »Im Auftrag von Wahrheit, Recht und Gesetz!« Wichtigtuerisch begann er, sich die Hose wieder zuzuknöpfen.

Die herdklappengroßen Stahltüren waren mit abschließbaren Griffen versehen, ähnlich denen von Gastronomie-Kühlschränken. Ich zögerte, so wie ich vor dem eigenen Kühlschrank zögere, wenn ich mal wieder eine Zeit lang nicht zu Hause gewesen bin.

»Doch während du«, sinnierte Jochen weiter, hartnäckig, »Recht und Gesetz ja mehr als sinnloses Regelwerk ansiehst, einzig geschaffen, dich in deinem Fahr-, Ermittlungs- und so-honstigem Lebensstil zu be-he-hindern, stehe ich mit beiden Beinen –«

Wahllos probierte ich einen der Griffe, die Klappe schwang mühelos auf, und ein Licht ging an. Ich holte Luft wie jemand, der sich einen Amboss hat auf die Zehen fallen lassen.

»Wass'n?«, wollte Jochen wissen, blickte mir neugierig über die Schulter und – wie ich – dem toten Steward von oben in den Hals. Mit einem raschen Schritt zur Seite brachte ich mich aus der Schusslinie, bevor Jochen auf die ihm ureigene Weise auf diesen Anblick reagieren konnte. Wäre da nicht der strenge Duft halb verdauter Alkoholika gewesen, man hätte meinen können, es bei Jochen mit einem Rohköstler zu tun zu haben.

»Obsttag?«, fragte ich und deutete auf den Boden zu seinen Füßen. Den Großteil der Einlagen seiner bunten Drinks schien er unzerkaut hinuntergespült zu haben. Hätte mich nicht gewundert, wenn irgendwo in all dem Zeugs auch noch ein buntes Schirmchen herumgeschwommen wäre.

»Wowo issn der Kopf?«, wollte Jochen wissen, ohne auf meine Frage einzugehen. Gemeinsam probierten wir die Klapptüren durch, bis uns der Erste Steward unter schweren Lidern hervor ansah. Das war mal ein schöner Mann gewesen. Graue Schläfen, tadellose Frisur und Manieren, herablassend-freundlich den Herren unter den Passagieren und zuvorkommend-galant den Damen gegenüber, von leicht olivenöligem Charme, möchte ich sagen. Die grauen Schläfen waren alles, was davon geblieben war. Das und die Frage nach einem Motiv für seine Enthauptung.

»Ah, das trifft sich ja ganz hervorragend«, ertönte es hinter uns, und Jochen und ich zuckten zusammen. In diesem Teil des Schiffes übertönte das verdammte Dieselbrummen alle Schritte. Doktor Köthensieker näherte sich uns auf seine den Gesetzen der Schwerkraft widersprechende leichtfüßige Art, paffend wie ein Imker dabei. Über der Schulter trug er ein Fichtenbrett und unter dem rechten Arm etwas, das aussah wie ein zusammengefaltetes Bettlaken.

Es *war* ein zusammengefaltetes Bettlaken.

»Sie wollten wohl Abschied nehmen?«, fragte der Bordarzt auf eine arglose Art, breitete das Leintuch auf dem Metallboden aus und legte das Brett der Länge nach obendrauf. »Wie pietätvoll. Und wie praktisch. Da können Sie mir ja gleich helfen, den Verblichenen in den für Seebestattungen von alters her üblichen Sack zu nähen.«

Wer hätte ihm sonst geholfen?, fragte ich mich. Hat er *gewusst,* dass er Jochen und mich hier antreffen würde? Dieses unbestimmte Unwohlsein holte mich wieder ein, das mich seit der Einschiffung nicht recht loslassen wollte. Dieses Gefühl, unter ständiger Beobachtung zu stehen, meine Privatsphäre irgendwo an Land zurückgelassen zu haben. Ein Gefühl, bestärkt durch die beklemmende Gewissheit, nicht weglaufen zu können, hier, vor nichts und niemandem, was wiederum Erinnerungen heraufbeschwört, die seit meiner Haftzeit nicht aufhören wollen, in schöner Regelmäßigkeit mein nächtliches Laken mit Schweiß zu durchfeuchten.

»Also denn«, riss Köthensieker mich mit robuster Fröhlichkeit aus meinem schwitzigen Frühstadium von Käfig-Koller und zog den Leichnam auf seiner Rollbahre hervor.

Dies hier war tatsächlich die Leichenkammer der *Equinox,* professionell eingerichtet und mit gleich zwölf Kühlkammern versehen. Bisschen viel, auf den ersten Blick, doch dürfte das enorm hohe Durchschnittsalter unserer zahlenden Gäste bei der Kalkulation eine Rolle gespielt haben.

Gemeinsam hoben wir den Leichnam an und ließen ihn auf das Brett herab. Dr. Köthensieker förderte eine Rolle Paketklebeband aus seinem Kittel zutage und band dem Toten nacheinander die Beine und dann auch die von zahlreichen Schnitten entstellten Arme und Hände zusammen wie die einer Geisel.

»Was wir nicht wollen«, erklärte er dabei, »ist, dass der zu Bestattende beim Rutsch über die Reling anfängt, in seinem Sack mit den Extremitäten herumzufuchteln. Könnte vor allem bei jüngeren Matrosen Albträume auslösen, so was.« Routiniert griff er den Kopf bei den Haaren, platzierte ihn an die einstmals von der Natur dafür vorgesehene Stelle und zurrte ihn wenig liebevoll mit Metern von Klebeband quer über die zerrupfte Frisur – was seltsam brutal aussah – und mehrmals unter den Achseln hindurch und schließlich noch zwei-, dreimal über Augen und Mund und um das lange Brett herum fest, auf dem der Torso schon fixiert war. »Dafür auch die Planke«, fügte er hinzu. »Für einen glatten Abgang. In Würde, wenn man so will.«

Bei allem Bemühen: *Würde* war das, was dem Ganzen am meisten abging. Bis jetzt sah es so aus, als ob man Joseph Beuys sich an einer geköpften Leiche habe austoben lassen. Bisschen Filz und ein Klacks Fett hier und da und die Handschrift wäre unverkennbar. Man war am Ende richtig dankbar für das Laken.

»Ich kann spüren, dass Sie von meiner Diagnose nicht recht überzeugt sind«, wandte sich der Doktor an mich, ohne den Blick von seiner Arbeit abzuwenden – dem Einfädeln eines groben Zwirns in das Ohr einer großen Nadel.

Ich nickte, sagte aber nichts. War noch nie ein Fan davon, mich ständig zu wiederholen.

»Ich verstehe Sie gut«, behauptete der leitende Bordarzt und biss ein langes Ende Faden ab. »Und ich sympathisiere grundsätzlich mit Leuten, die den Dingen gerne auf den Grund gehen.« Er begann, mit ausholenden Bewegungen vom Fußende her den Ersten Steward in seinen Sack einzunähen.

›Aber‹, dachte ich.

»Aber«, sagte er, »Sie müssen wissen, dass ich nach meinem Studium an der Universität von Sapporo erst mal mehrere Jahre lang als Gerichtsmediziner praktiziert und mir damit einen scharfen Blick für Details zugelegt habe.

Ein paar Fälle in dieser Zeit waren, ähnlich wie dieser hier, geradezu bizarr.«

Und während ich mich an eine Säule lehnte und Jochen, der von irgendwoher Mopp, Schrubber und Eimer aufgetrieben hatte, möglichst unauffällig seinen Obstsalat aufkratzte, tischte uns der Doktor einen dieser Fälle auf.

»Schreinerei«, begann er. »Niedergebrannt bis auf die Grundmauern. In den Trümmern entdeckt die Feuerwehr eine bis zur Unkenntlichkeit verkohlte Leiche. Ohne – und das rief uns auf den Plan, und das ist auch der Bezug zu dieser Geschichte hier – ohne Kopf. Fand sich dann ein paar Meter weiter, der Kopf. Ab*gesägt*«, betonte er und schnalzte mit der Zunge. »Mit, wie sich herausstellen sollte, einer Bandsäge. Großes Ding, stand mitten in der Werkstatt, ihr zu Füßen der verkokelte Torso.«

Jochen gab ein Geräusch von sich wie jemand, der Mühe hat, ein Aufstoßen unten zu halten.

»Es war, um es kurz zu machen, der Tischlermeister persönlich. Hatte einen Safe, im Büro seiner Werkstatt, und der stand offen und war leer gefegt. Raubmord, sagte die Kripo. Anschließend Feuer gelegt zur Verwischung der Spuren. Weitere Ermittlungen brachten ans Licht, dass er erst ein paar Wochen zuvor eine hohe Lebensversicherung abgeschlossen hatte, der Meister, und eh sie sich versah, saß seine Witwe auch schon in U-Haft.«

Stich für Stich nahm der Seebestattungssack um den Leichnam herum Form an.

›*Doch*‹, dachte ich.

»Doch«, sagte der ehemalige Pathologe, »ergaben sich bei näherem Hinschauen ein paar Ungereimtheiten.« Er sah kurz auf, um zu überprüfen, ob er unsere ungeteilte Aufmerksamkeit hatte. Zufrieden fuhr er fort. »Ein ehemaliger Mitarbeiter der Schreinerei brachte mich drauf.

Aus irgendeinem Grund hatte jemand die hydraulische Furnierpresse direkt vor die Bandsäge gerückt. Was keinen Sinn machte, da dies exakt der Platz ist, den man zum Arbeiten an der Säge braucht. Obendrein war an einem der Hydraulikstempel manipuliert worden. Jemand hatte ihn aus seiner normalerweise senkrechten Position in eine waagerechte Lage gebracht, ausgerichtet auf das Band der Säge. Ja, bei näherem Hinsehen entdeckte ich Schnittspuren der Sägezahnung im untersten Teil des Stempels. Mir kam da eine Idee. Und siehe da: Nachfragen bei der Bank ergaben, dass der Tischlermeister pleite war. Vollkommen. Hoch verschuldet, Werkstatt und Haus kurz vor der Zwangsversteigerung, Familie vor dem Ruin. Was macht er also? Schließt eine hohe Lebensversicherung ab, manipuliert seine Furnierpresse, stellt die Bandsäge an, legt den Kopf auf den Sägetisch, den Hydraulikstempel im Genick, startet die Presse und –«, triumphierend sah er vom säuerlich dreinblickenden Jochen zu mir und wieder zurück, »sägt sich selber den Kopf ab!«

Jochen schluckte, hörbar selbst über dem Dieselbrummen.

»Der Stempel drückt und drückt, die Säge sägt und sägt, irgendwann fällt der Kopf herunter und rollt davon, der Torso sackt zusammen, doch der Stempel drückt weiter, gegen das rasende Band der Säge, die Funken stieben, entzünden überall herumliegende trockene Holzspäne – der ganze Laden brennt komplett nieder, Feuer- und Lebensversicherung werden mit einem Doppelschlag zur Kasse gebeten.« Naht und Story waren kurz vor ihrem gemeinsamen Ende.

›*Nur*‹, dachte ich.

»Nur«, sagte der Doktor mit der leisen Stimme von jemand, der es gewohnt ist, Pointen zu servieren, »dass

Selbstmord und damit verbundenes Abfackeln der eigenen Werkstatt unter die sogenannten Ausschlussklauseln fallen. Nachdem ich mein Gutachten abgeliefert hatte, wurde die Witwe augenblicklich auf freien Fuß gesetzt, doch von dem Geld hat sie nie etwas gesehen.« Und Dr. Köthensieker gluckste auf eine unnachahmlich selbstzufriedene Art in sich hinein, ganz so, als wäre Witwen um die Versicherungssumme zu bringen das denkbar köstlichste Vergnügen, das einem Kenner der Materie widerfahren kann. …

»Was Sie so verstört«, sprach er mich wieder an, »ist dies …« Er schlug noch einmal das Laken zurück und wies mit der Nadel auf den Halsbereich des Leichnams. »Ihnen ist die Trennungslinie zwischen Haupt und Rumpf nicht sauber genug«, stellte er fest, deckte den Kopf wieder zu und stichelte weiter. »Und Sie haben keine rechte Erklärung für die Verletzungen an Armen und Händen.«

Außer der naheliegenden, dass man instinktiv die Hände hochhebt, wenn jemand versucht, einem ein Schwert in den Hals zu hacken, dachte ich.

»Möglicherweise bin ich selber nicht ganz unschuldig an dieser Ihrer Skepsis.« Er hielt kurz inne, um sich das Kinn zu reiben, mit einer Geste zerknirschten Selbstvorwurfs. »Als ich den Moment der Straffung des Drahtes unter dem Gewicht des fallenden Körpers mit ›Zapp‹ lautmalerisch umschrieb, habe ich Ihnen damit möglicherweise das Bild eines abrupten Abrupfens gezeichnet, ähnlich dem schwungvollen Entkorken einer Weinflasche.«

Jetzt, dachte ich, hast du mir ein Bild gezeichnet. Ich werde keine Pulle Wein mehr aufmachen können, ohne dass es mich einholt.

»Das war nachlässig von mir. Natürlich ist der Körper noch ein paarmal am Draht schaukelnd auf und ab getanzt, bevor der Hals endgültig durchtrennt war. Und jedes Hochhüpfen brachte die Drahtschlinge in eine andere Position, jedes erneute Straffen eine andere Schnittverletzung mit sich. ›Zapp-zapp-zapp-zapp-zapp‹. Und selbstverständlich griff der Selbstmörder in entsetztem Bewusstwerden seines fatalen Tuns nach dem Draht, verzweifelt bemüht, das Unausweichliche doch noch abzuwenden, und zerschnitt sich die Gliedmaßen bei seinen fruchtlosen Versuchen.« Energisch biss er den Faden durch, befestigte die Nadel mit einem Stich quer durch die Brusttasche an seinem Kittel, klopfte der Leiche wie zum Abschied auf die Schulter und erhob sich. »Nachdem das nun geklärt ist, hoffe ich, Sie schlafen wieder ruhig«, meinte er ebenso wohlwollend wie nachdrücklich, endgültig, abschließend.

»Das klang doch ganz plausibel«, fand Jochen. Sein angeborener Hang zur Unterwerfung hatte wieder die Überhand gewonnen über seinen ›Recht-und-Gesetz‹-Fimmel.

Wie ein Fähnchen im Wind, unser Jochen.

Ich machte »Hrm«.

»Okay, auch ich hatte zu Anfang meine Zweifel«, fuhr er fort und zog mit einem *Pümm* den Korken von der angebrochenen Flasche Portwein neben seinem Bett. »Doch je länger ich drüber nachdenke …« Nachdenklich goss er sich ein Wasserglas voll. Redete sich die ganze Angelegenheit schön. Log sich einen in die Tasche. Nahm den einfachen Weg. Schwenkte mit vollen Segeln ein auf die Zouteboom-Köthensieker'sche Linie.

Oder versuchte es zumindest. Er sollte mich besser kennen.

Ich sah auf die Uhr. Um fünf am Morgen, wenn der ganze Kahn schlief, wollten sie das Mordopfer über die Reling wandern und damit für immer verschwinden lassen. Uns blieben somit drei Stunden, etwas zu unternehmen. Bloß was?

»Du wirkst immer noch nicht überzeugt«, fiel Jochen auf. »Und jetzt stopp mal für einen Moment dieses Hin- und Hergerenne. Setz dich auf deinen Hintern und denk nach!«

Ja, dachte ich. Das mach ich. Mit einem Schritt war ich im Bad und hob den Wandspiegel aus seiner Klemmhalterung über dem Waschbecken. Nachdenken, dachte ich. Das werde ich. Und mir ein bisschen nachhelfen beim Nachdenken, das werde ich auch.

Jochen sah mir mit zusammengezogenen Brauen zu, wie ich erst den Spiegel auf den Tisch zwischen uns legte und dann meinen Arm in das Tiefkühlfach unseres Kühlschranks steckte. Ganz weit nach hinten.

»Was solln das werden?«, fragte er er misstrauisch und goss sich Port nach.

»Nur ein bisschen kristalline Stimulanz«, sagte ich. »Um der wachsenden Öde auf See entgegenzusteuern.« Und ich packte den Beutel auf den Spiegel, ging noch mal ins Bad, eine Klinge holen.

»Wachsende Öde? Kristof, wir sind gerade mal den siebten Tag auf See, und du sprichst schon von wachsender Öde? Was soll denn erst sein, wenn wir zwei Monate unterwegs sind?«

»Och«, sagte ich und wog den Beutel in der Hand, »damit kommen wir locker zwei Monate aus.« Es war deutlich mehr als ein Kilo.

»Und wenn die zwei Monate um sind und das Zeugs ist alle? Was willst du dann gegen die Öde tun?«

»Dann haben wir noch so einen im Eisfach.«

»Noch so … Woher um alles … ?«

»Längere Geschichte«, sagte ich und hackte und schob mir zwei Lines zurecht.

Meinem Freund Pierfrancesco Scuzzi hatten sie den, sagen wir mal, Grossisten wegverhaftet. Nach Jahren reibungsloser Zusammenarbeit stand Scuzzi von heute auf morgen ohne Nachschub da, und seine Kunden wurden rasant rappelig. In seiner Not telefonierte er hastig herum und tat auch tatsächlich eine neue Connection auf.

»Und ich habe ihn noch so gewarnt«, sagte ich zu Jochen und zog mir die erste Line weg. »Scuzzi, sag ich zu ihm, was erzählst du da? *Albaner?* Bist du noch ganz dicht?«

Doch hat er gehört, mein Freund? Nein. Die erste, kleinere Lieferung war ohne jede Beanstandung. Qualität wunderbar, Transfer ohne Stress, alles lief reibungslos. Kunden zufrieden, Scuzzi beruhigt. Auch die zweite, dritte Bestellung erledigten die Albaner ohne Probleme. Doch dann wurden ihnen die Aufenthaltsgenehmigungen nicht verlängert. Sagten sie. Scuzzi, der sein bequemes Leben – von früh bis spät zugedröhnt im Morgenmantel, um es knapp zu schildern – wieder aufgenommen hatte, reagierte etwas panisch. Da machten sie ihm ein Angebot: Er solle ihre Restbestände aufkaufen. Eine Menge Restbestände. Zu äußerst günstigen Konditionen.

»Und ich sag noch«, sagte ich zu Jochen und schnorchelte auch die zweite Linie ab, »Scuzzi, sag ich, lass die Finger davon. Das klingt für mich nach dem klassischen Beschiss. Doch hört er, der gierige kleine Lump? Nein.«

Zum Austausch verabredeten sie sich an einem öffentlichen Ort – Burger King –, wenn auch, wie ich bemäkelte, keine Minute von der Autobahn entfernt.

›Soll ich nicht mit?‹, habe ich gefragt, doch Scuzzi meinte, je weniger Leute, desto weniger Aufsehen. Auch von den Albanern wolle nur einer kommen. Hatten sie gesagt.

»Sie kamen zu zweit«, sagte ich zu Jochen, verstaute den

Beutel wieder im Tiefkühlfach und holte die Zigarrenkiste aus der Gemüsebox. Rauchen, dachte ich. Jetzt rauchen. »Und der eine, der Große, legte Scuzzi den Arm ganz freundschaftlich um die Schulter und hielt unseren Freund Pierfrancesco damit ganz freundschaftlich auf seinem Sitz fest und machte Small Talk auf Albanisch, bis der andere mit dem Geld aus der Türe war.«

Ein Teil davon geliehen, das Geld. Viel Geld obendrein, sehr viel Geld. Für einen Sack Katzenstreu. Den hatten sie ihm dagelassen, unterm Tisch.

»Hab ich dann übernommen, den Sack«, erinnerte ich mich und paffte eine Cohiba zur Glut. »Scuzzi hat ja keine Katze. Und was macht meine? Scheißt mir in den Topf mit der Yucca-Palme, das Aas. Passte ihr nicht, die neue Marke. Genau wie mit dem Trockenfutter aus'm Sonderangebot. Zehn Kilo von dem Zeugs habe ich wegschmeißen müssen, weil sie es partout nicht fressen wollte. Dabei habe ich mit allen Methoden versucht, es ihr doch noch anzudrehen. Aber nein, du kannst dir nicht vorstellen, was das für Dickschädel sein können, diese kleinen Biester. Doch«, fiel mir auf, »ich drifte ab.«

›Hilf mir‹, sagte Scuzzi zu mir. Also habe ich angefangen zu recherchieren. Wie war Scuzzi überhaupt an diese Gestalten geraten? Wer hatte den Kontakt vermittelt? Wie immer bei diesen Drogengeschichten ging alles um drei oder vier Ecken, aber wozu ist man Detektiv. Ich bekam also raus, um die üblichen drei oder vier Ecken, wer die Typen waren, wo sie wohnten. Eine ganze Sippschaft, natürlich. Operierten von einer Villa aus, fast schon ein Schlösschen. Mit Videoüberwachung innen und außen, mit frei laufenden Wachhunden im Park und der ganzen verdammten Familie über die ganze verdammte Hütte verteilt. Da heimlich einsteigen zu wollen wäre Selbstmord gewesen.

»Also bin ich hingegangen«, sagte ich zu Jochen und versuchte mich an einem Rauchring, »und habe ihnen die Polizei auf den Hals gehetzt.« Das Ergebnis war ein Teilerfolg, wenn man so will: Rauch ja, Ring nein. »In meiner Eigenschaft als privater Ermittler wäre mir zu Ohren gekommen und so weiter. Wie sich herausstellte, hatten die Bullen schon selber ein Auge auf die Sippe geworfen, und mein Hinweis brachte den Stein ins Rollen. Doch irgendjemand – und bitte sieh mich nicht so an, Jochen irgendjemand also muss die Albaner vorgewarnt haben, denn als die Hundertschaft vorne vorfährt, seilen sich praktisch zeitgleich zwei Mann hinten durch das Gartentor ab, wuchten zwei Taschen in den Kofferraum eines unauffällig geparkten dicken Benz und brausen davon. Richtung Belgien. An einer Raststätte geht der eine kacken, während der andere tankt. Als der erste nicht vom Klo zurückkommt, weil jemand sein Scheißhaustürschloss von außen mit Sekundenkleber eingeschmiert hat, geht der andere nachsehen und gibt damit ihrem diskreten Verfolger Gelegenheit, dem Kofferraum ihres Wagens mit einem kurzen Brecheisen zu Leibe zu rücken, in aller Hast die Reisetaschen in seinen alten Toyota umzuladen, dem Benz mit der Zange ein Reifenventil rauszurupfen und schließlich den Toyota unter dem Jubel der Reifen in den Sonnenuntergang hinein zu beschleunigen.«

Machen einen trockenen Hals, so Zigarren. Jochens Portwein war Gott sei Dank alle, also sprang ich auf die Füße und steckte meinen Kopf erneut in den Kühlschrank. Beck's? Warum nicht.

»Zwei Reisetaschen voll Drogen«, erinnerte ich mich, ein wenig träumerisch, klopfte den Kronkorken an der Tischkante ab und setzte die Bierflasche an. »Daff einfig Bwöde«, sprach ich am Hals der Flasche entlang, bevor ich sie wieder absetzte – leer –, »war, dass sich meine mühsamen Recherchen auch rückwärts nachvollziehen ließen.« Ich rülpste gefühlvoll und wiegte den Kopf dabei. »Um alle drei oder vier Ecken. Und deshalb kam uns dein Anruf mit dem Jobangebot hier auf dem Schiff auch so verdammt gelegen.«

Uns, ja.

»Und was würden Sie sagen, wo Ihre spezielle Begabung liegt?«, hatte die Personalchefin der Reederei Scuzzi gefragt, und seine kaltblütige Antwort hatte im Nachhinein einen ganzen Teil dieses Schiffes zu einer No-go-Area für mich gemacht.

Einen Moment lang sah ich etwas ratlos in den Flaschenhals. Mit der Erwähnung des Schiffes hatte ich, so wollte mir scheinen, einen gedanklichen Kreis geschlossen, nur dass ein Kreis rund ist, weshalb ich mich für einen Augenblick etwas schwertat mit dem Wiederauffinden des Ausgangspunktes.

»Und irgendjemand auf diesem Äppelkahn hat jemand anders vom Leben zum Tod befördert, und ich werde nicht zulassen, dass das vertuscht wird, auch wenn es der Schiffsleitung möglicherweise als die bequemste Lösung erscheint.« Da hatte ich ihn wieder, den Ausgangspunkt. »Weil nichts hier die heiter-sedierte Stimmung der Fahrgäste trüben darf, oder warum auch immer.« Weder für die Tat als solche noch für das Verhalten des Kapitäns und schon gar nicht für das des Bordarztes konnte ich bisher ein Motiv ausmachen. Und das ärgerte mich. Schürt meine Aufsässigkeit, wenn man versucht, mich wie einen Idioten zu behandeln.

»Was hast du vor?«, fragte Jochen. »Und bleib verdammt noch mal wenigstens eine Minute lang sitzen. Das ist jetzt dein drittes Bier in drei Minuten.«

»Auch eins?«, fragte ich, warf die leere Flasche routiniert hinter mich zu den anderen auf den sich über einem Einkaufswagen in der Ecke türmenden Berg von Leergut und machte mir noch rasch ein viertes auf. Ist nichts drin, in diesen Nulldreiern. Und Zigarrenrauch wird trockener, je länger die Glut vornedran wird. Meine näherte sich, fiel mir auf, recht flott vier Zentimetern. »Und mach mal die Tür auf. Man sieht ja die Hand vor Augen nicht mehr, so qualmst du. Das ist eine sündteure kubanische Zigarre, was du da rauchst, und kein Joint, verdammt noch mal.«

»Gleich«, sagte ich und meinte die Tür damit. Und er hatte ja recht, der Jochen. Ich ließ die Cohiba im Klo verzischen, kniete mich aufs Bett und durchforstete meinen Bettkasten mit beiden Händen. Irgendwo hatte ich doch …

»Also, noch mal von vorne: Was hast du vor, und was genau willst du nicht zulassen? Wir haben hier an Bord weder irgendeine Handhabe noch irgendeine Form von … Jurisprudenz, oder wie immer man das nennen will. Wenn die Schiffsleitung den Fall für abgeschlossen erklärt, dann haben wir uns dem anzuschließen. Und wenn sie morg…«, Jochen sah auf seine Uhr, »*heute* früh den Kadaver über Bord schmeißen wollen, dann gibt es nichts, was wir daran ändern könnten.«

Ah, da war sie ja. Die Keksdose. Mit den Blättchen.

»Blödsinn«, sagte ich. Und dem Beutel Gras.

»Ich werde dir jetzt mal sagen, wie ich die Dinge sehe«, knurrte ich und klebte zwei Blättchen schräg längs aneinander. Dann eins quer. Trennte vorsichtig das Dreieck überflüssigen Papiers heraus. Krümelte getrocknete Blütenblätter über die Papierchen, fügte am schmalen Ende ein Pappröllchen hinzu, leckte den Klebestreifen an und wickelte alles zu einem Konus. Drehte das obere Ende zu, kniff es rundum ein und brannte vorsichtig den Deckel ab. So.

Noch 'ne Line wär jetzt auch nicht verkehrt, dachte ich.

Jochen seufzte auf eine resignierte Art, erhob sich und griff ohne hinzusehen eine Flasche vom Regal über seinem Kopf.

»Wenn die Leiche erst mal bei den Fischen ist«, sagte ich und sog die Feuerzeugflamme ins dicke Ende, sprang auf die Füße, verstaute das Gras wieder im Bettkasten und riss den Kühlschrank auf, »haben wir nicht nur keine Handhabe, keine *Jurisdiktion*, sondern auch keinerlei Indiz mehr, dass hier an Bord ein Mord geschehen ist.« Was hatte ich noch mal am Kühlschrank gewollt?

»*Wenn* es Mord war«, gab Jochen hartnäckig zu bedenken, dicht gefolgt vom *Knck* eines frisch entsicherten Schraubverschlusses. Ich ignorierte ihn. Bier. Ja. Und was noch? Ah, stimmt. Eisfach.

»Ramazzotti«, las mein Kajütennachbar vor, ohne rechte Begeisterung. ›Pizza‹, dachte ich. Das ist zwanghaft. Eine Art Pawlow'scher Reflex. 9900 von 10 000 Pizzen, die ich in meinem Leben zu mir genommen habe, waren umlullt von der knödeligen Stimme dieses Sängers, der meinem Freund Pierfrancesco so einen seltsamen Schimmer in die Augen zu treiben vermag. »Den musst du angeschafft haben«, meinte Jochen verdrießlich.

»Und deshalb«, presste ich hervor, begleitet von Rauch, und löffelte ein bisschen Granulat aus dem Beutel auf den Spiegel, »habe ich Folgendes beschlossen.«

Jochen schloss die Augen, legte den Kopf in den Nacken, setzte die Flasche an und zog gleichzeitig eine Miene, die schon vorweg Opposition ankündigte zu jeglicher Form eines von mir geäußerten Beschlusses, gleich welcher Natur.

»Wir ziehen los«, eröffnete ich ihm und fragte mich, wo zum Deibel ich die Rasierklinge gelassen hatte, »schnappen uns die Leiche« – prustend sprühte italienischer Kräuterfusel quer durch die Kabine – »und verstecken sie bis zur Ankunft im nächsten Hafen irgendwo an Bord.«

»Du spinnst«, kam der erwartete Einwand, zerhackt von heftigem Husten. »Mit dem verdammten Pulver hast du dir den letzten Rest Verstand verschossen.«

Fertig mit Husten, blickte Jochen zu Boden, als dämmere ihm nur schrittweise, dass dunkelbrauner Likör und sandfarbene Auslegware zwar bis zu einem gewissen Grad organisch, aber in keinster Weise farblich miteinander zu verschmelzen vermögen.

»Ohne mich«, fügte er hinzu.

Mangels einer greifbaren Klinge walzte ich die Körner mit der – leeren – Bierflasche zu Staub. Einmal angesetzt und schon ist nichts mehr drin, in den kleinen Dingern. Gott sei Dank war der Duty free rund um die Uhr geöffnet.

»Jockel«, sagte ich zu ihm, wie ich es in Momenten zu tun pflege, wenn das Herz spricht, »dieses arme Schwein wurde *zu Tode gehackt*. Das können und das werden wir nicht einfach ignorieren. Und nun« – hastig zog ich mir noch eine Prise und sprang auf – »lass uns los!«

Im Grunde musste man von der *Equinox* im Plural sprechen; sie war zwei Schiffe: eines im Bauch des anderen versteckt. Das eine ein Luxusliner allerhöchster Exklusivität, das andere ein Seelenverkäufer wie Tausende andere auch. Nach außen hin eine weitläufige Welt des Lichtes, der Aromen und des Müßiggangs; unter der Oberfläche ein enges, verschwitztes, muffiges Schattenreich. Es war ein bisschen so wie Erste gegen Dritte Welt. Oder, um den gemeinsamen Lebensraum mit ins Bild zu nehmen, als ob man – sicherlich ganz in Kapitän Zoutebooms Sinne – die Apartheid wieder eingeführt hätte. In perfektionierter Form, diesmal.

Nun, natürlich war diese Trennung zwischen Zahlenden und Bezahlten rein praktischer Natur. Der Fahrgast in der luxuriösen Außenkabine will gar nicht wissen, wie und wo im Bauch des Dampfers die Mannschaft haust, und das Paar in eleganter Abendgarderobe braucht nun wirklich keine Küchenhelfer vergilbte Zehn-Kilo-Plastikeimer »Tomaat-Soep-Concentraat« und Fünf-Kilo-Tüten getrockneter »Herbes de Provence« wuchten zu sehen, bevor es sich zu seiner »Consommé de tomates à la Provençale« niederlässt.

Deshalb war der Kahn in seinem Innern von vorne bis hinten und von oben bis unten von schmalen Gängen und Treppenhäusern und Aufzügen durchwirkt, einzig und allein dem Personal vorbehalten und ganz allgemein für den unauffälligen und reibungslosen Ablauf dieses schwimmenden Hotelbetriebs bestimmt.

Um diese frühe Stunde war der Großteil der Gäste gefüttert und abgefüllt. Wer sich noch nicht in seine Kabine zurückgezogen hatte, ließ sich im Casino ausnehmen, in einer der fast ein Dutzend Bars weiter volllaufen oder in der Piano-Lounge in eine sachte Form von Koma klimpern, sodass der Großteil der Bediensteten Zeit für seine eigenen Bedürfnisse fand. Und die bestanden erst mal aus Schlaf.

Jochen und ich hatten die Gänge, Lifte und Stiegen des Schattenreiches praktisch für uns.

Praktisch. Das hieß, nicht vollständig.

»Dasss isssas Ver-rücktesde, dasssich jemals innn meinnnenm Lehm unn-temomm hab«, keuchte Jochen, der sein Nervenkostüm mit großzügigen Dosen Ramazzotti bei der Stange hielt, dicht an dicht mit mir und dem Ersten

Steward in einen leeren Spind gepfercht, während draußen eine späte Putzkolonne unter asiatischem Geschnatter den Küchentrakt verließ.

»Gib mir auch einen«, sagte ich zu ihm. Wenn man mit jemandem auf engstem Raum zusammenarbeiten muss, ist man gut beraten, das Gleiche zu sich zu nehmen, egal ob Knoblauch oder Ramazzotti. Jochen griff oben ins Leinen, wo der Schnaps an das Ohr des Stewards geschmiegt lag, und reichte mir die Pulle. Widerwillig nahm ich einen Schluck von dem galligen Zeug und dann noch einen, bis auch der letzte schlurfende Schritt und schnatternde Satz im Gang verklungen war.

»Weiter.«

»Hm«, machte Jochen, nachdem er das Klebeband mit beispielloser Kaltblütigkeit und ins Mark gehenden Reißgeräuschen von Haupt und Haar unseres (vorläufigen, bis zum Entscheid über ein besseres Versteck) Untermieters gerupft hatte, und stellte den Kopf auf den Spiegel, was einen perversen Janus schuf, »wenn man genau hinnsieht, seid ihr euch ga-harnichtmal unnunähnlich.«

»Unsinn«, sagte ich und zog mit fliegenden Fingern die Naht des Sacks bis unten hin auf. »Oder habe ich etwa graue Schläfen?«

»Nein. Stimmt. Doch davon ein-einmal abgesehn …« Mein Kollege fuhr dem Stewardkopf mit der einen Hand durch die Frisur, während er sich mit der anderen die Flasche an den Hals führte, »… könntet ihr Brüder sein. Zwihilllinnge.«

»Red keinen Scheiß«, fuhr ich ihn an, irritiert über diesen Vergleich und unwillig, die Behauptung auch nur in Betracht zu ziehen, und wälzte den Leichnam von Planke und Leinen. »Hilf mir mal lieber.«

Einen ebenso großen wie überraschend schweren Sack Reis nahmen wir für den Torso. Je zwei Mortadellas und Salamis für die Arme. Drei Schlangengurken im Tape-Verband, und man hatte einen Ober-, zwei Gurken und fertig war ein Unterschenkel.

Wir hatten unseren gesamten hochgetürmten Einkaufswagen voll Leergut in die Kabine des Pianisten kippen müssen, um das Baumaterial in einer einzigen Fuhre aus der Kühlkammer hierherholen zu können. Das Ergebnis wirkte jetzt, bei näherer Betrachtung, als ob wir die Fische trotz allem nicht um ihre versprochene Mahlzeit bringen wollten.

»Scheiße, wir haben den Kopf vergessen«, fiel mir auf. Und die Zeit lief uns davon.

»Und die Füße«, fügte Jochen hinzu.

»Lauf rasch noch mal und besorge uns den dicksten Weißkohl oder was dir sonst in die Flossen fällt. Und beeil dich!«

»Und für die Füße?«

»Da fällt mir schon was ein. Nu mach!«

Ich hatte die Naht schon bis zum Brustkorb wieder hochgezogen, als Jochen das verabredete Klopfzeichen an der Tür gab. Rasch ließ ich ihn ein.

»Wirsing«, meinte er und zeigte mir seine lappig-blättrige Beute, »und für die Nase hab ich auch was gefunden.«

»Jochen«, sagte ich streng, nahm die Mohrrübe an mich und biss ein Stück ab, »ob dus glaubst oder nicht, aber wir bauen hier keinen Schneemann.«

Im Endeffekt war dann doch noch fast eine Stunde Zeit, als wir die Steward-Leichen-Attrappe von unserem Einkaufswagen wuchteten und in ihr Kühlregal schoben.

Die äußere Form und auch das Gewicht hatten wir einigermaßen hinbekommen, versicherte ich mir selbst. Doch, gute Arbeit, beruhigte ich mich. Mit ein bisschen Glück wird niemand was merken.

»Womit hast du eigentlich die Füße gemacht?«, wollte Jochen noch wissen.

»Paar alte Treter«, antwortete ich ausweichend.

»Hm«, machte Jochen, eine Hand am Griff der Klappe, die er unnötig langsam und, wie ich fand, übertrieben nachdenklich schloss. »Was mir gerade durch den Kopf geht«, sagte er, ein Gähnen unterdrückend, »ist dies: Wann stoppen wir eigentlich das nächste Mal in einem Hafen?«

»In ein oder zwei Tagen«, schätzte ich. Hatte ich mir bis dahin noch keine Gedanken drum gemacht. Das Personal bekam sowieso nur in Ausnahmefällen Landgang.

»Dann verrat mir doch mal«, meinte Jochen mit schräg gelegtem Kopf und diesem inquisitorischen Blick, eine Kombination, die ich so gar nicht an ihm mag, »abgesehen davon, wie wir ihn unbemerkt an Land schaffen wollen, nein, verrat mir erst mal, wie du gedenkst, unseren Kunden in unserer wohlgeheizten kleinen Kabine bis dahin frisch zu halten?«

»Aäähh«, begann ich.

Immer wenn man es am nötigsten braucht, wenn scharfes Denken und schneidige Reaktionen gefragt sind, verlässt einen das Zeugs einfach.

Immerhin war ich auf dem Weg zurück zu unserer Kabine noch geistesgegenwärtig genug gewesen, zwei große schwarze Müllbeutel mitgehen zu lassen. Beide waren nicht wirklich leer, vor allem der aus der Personal-Damentoilette nicht, doch irgendwie kamen wir unweigerlich wieder an der Tür dieses fingerfertigen Entertainers vorbei, dessen Schicht in der Piano-Lounge erst gegen sechs am Morgen endete. Und Borddetektive haben selbstverständlich Generalschlüssel.

»Nun pack den Kopf schon dazu!«, fuhr ich Jochen an und dann mit dem gerollten Schein über den Spiegel. Ich wollte dabei sein, wenn sie den Sack über Bord warfen, und in Form dazu.

»Ich weiß auch nicht«, fand mein Mitbewohner und *pfümm*-te den Kork von einer Flasche Armagnac, »aber je länger ich von ihm zu dir und wieder zurück gucke, desto ähnlicher werdet ihr euch.«

Wenn das wahr ist, dachte ich genervt, hielt mir ein Nasenloch zu und zwinkerte mit tränenden Augen, dann sollte ich vielleicht mal zum Arzt gehen.

»Nu pack ihn weg, Jochen! Und stell die Flasche mal ein Weilchen beiseite. Du halluzinierst ja schon.«

»Nein, warte!« Entgegen meinen Anweisungen nahm er einen ordentlichen Schluck, keuchte kurz – der Fusel war über zwanzig Jahre alt und hatte ein paar deutliche Umdrehungen mehr als der Ramazzotti –, kramte in seiner Schublade und zog schließlich das Erinnerungsfoto von unserer Einschiffung hervor. Es zeigte die gesamte Mannschaft. Pardon, die gesamte Decksmannschaff. Keine verschwitzten asiatischen Küchenschaben in löchrigen T-Shirts und auch keine osteuropäischen Schmiermaxe in verölten Overalls trübten die gestärkte blütenweiße Reinheit unserer für besondere Anlässe reservierten sogenannten Dinner-Uniformen.

»Sieh selbst!« Jochen tippte mit dem Finger und beugte sich zu mir herüber.

So muss ein Feuerspucker riechen, dachte ich. Der seine Zündhölzer verlegt hat.

Skeptisch hielt ich die Aufnahme ins Licht der Deckenleuchte.

Da war eine gewisse, nicht von der Hand zu weisende oberflächliche Ähnlichkeit. Ähnliche Frisur, Haarfarbe, mal abgesehen mal von den Schläfen, und auch die Gesichtszüge wiesen möglicherweise ein paar Gemeinsamkeiten auf. Vor allem die beiden Zinken vornedran, musste ich zugeben. Trotzdem ... Denn gleichzeitig waren wir grundverschiedene Typen, das sah man sofort. Der Erste Steward trug sein aufgesetztestes, strahlendstes Lächeln zur Schau, während ich – wie auf allen Gruppenfotos seit dem Kindergarten – mir eins feixte, als wäre ich gerade dabei, dem vor mir Stehenden munter von hinten ans Bein zu pinkeln. Was in diesem Fall Kapitän Zouteboom gewesen wäre.

Dann setzte das Koka endlich ein und mit ihm die übliche, subjektiv empfundene, aber bis heute jeglicher Form von wissenschaftlichem Nachweis schuldig gebliebene geistige Klarheit.

Und es traf mich wie ein Hammer.

»Sag mal, Jochen«, sagte ich, und mein Herz wummerte mir in der Brust, dass es die Schiffsdiesel übertönte, »wir haben nicht durch irgendeinen blöden Zufall ein paar Albaner in der Crew? Oder, gottverdammt noch mal, unter den Gästen?«

Zwei

Schwer zu sagen, wem die sattere Fahne voranflatterte, unserem Jochen oder Reverend Mycroft »Bill Gates« McNish, dem auf keine bestimmte Religionszugehörigkeit festzunagelnden, universellen Bordgeistlichen. Bauch vor, Schultern zurück, hielt er eine frei formulierte, kurze, aber prägnante und – ohne je in Rührseligkeit zu verfallen – zu Herzen gehende Rede, der alle Anwesenden mit ernster und gefasster Miene lauschten. Danach pfiff der Leichtmatrose auf seiner schrillen Pfeife, das Nebelhorn der *Equinox* tutete einen traurigen Ton, der Kapitän, der Schiffsarzt, der Security-Chef sowie die beiden Borddetektive salutierten mehr oder weniger stramm, der Geistliche hob das vor seiner Brust baumelnde Kreuz ins blasse Licht der nördlichen Morgensonne, und die vier wartenden Jungmatrosen hievten den Kadaversack auf den hölzernen Handlauf der Reling und ließen ihn, Füße voran, über Bord rutschen. Wir alle sahen ihm nach, wie er fiel, schäumend ins dunkel dräuende Nass tauchte, noch einmal hochkam und dann ziemlich rasch sowohl nach achtern als auch Richtung Meeresgrund verschwand, gezogen von einem zwanzig Kilo schweren Glied der Ankerkette.

»Meine Herren!« Kapitän Zouteboom verabschiedete uns mit einem kurzen, ernsten Rundblick und erklomm die Treppe zur Brücke, die Matrosen trollten sich zu ihren Aufgaben, und Pater McNish betrachtete lange und freudlos das Zifferblatt seiner Armbanduhr, während er zwischen zusammengebissenen Zähnen hindurch speichelblasig und in aller Ausführlichkeit dem Erfinder der Morgenandacht die Pest an den Hals wünschte. Dr. Köthensieker hatte noch einen Patienten in der Krankenstation zu besuchen, Antonov boxte Jochen und mir gegen den Oberarm, zwinkerte uns, warum auch immer, kurz und verschwörerisch zu und verzog sich dann in sein Loch oder was immer es war, worin er hauste.

»Meinst du, irgendjemand hat auch nur *ein* Wort seiner Predigt verstanden?«, fragte Jochen, mit einem Wink zu dem schwankend fluchenden Priester.

Ich verneinte. »Gelalltes Gälisch, mein lieber Jochen, ist eindeutig ein Idiom minderer Verständlichkeit.«

»Trotzdem haben sie alle ganz feierlich geguckt, und keiner hat was gesagt.«

»Das ist halt das Wunderbare, wenn du in deinem Job unersetzlich bist.«

Ich gähnte. Das Pulver verließ mich, und mein Bett rief.

Albaner, Albaner, Albaner, warnte mich mein Unterbewusstes, doch manchmal ist man so groggy, dass man einfach abschaltet und sein Leben einem popeligen Kajütentürschloss anvertraut. Mit halb geschlossenen Augen schlurfte ich hinter Jochen her, willenlos der Anziehungskraft meiner Matratze ausgeliefert. Wir bogen um eine Ecke, und aus einer offen stehenden Kajütentür drang ein Geräusch, wie man es von einem Kater erwarten würde, den jemand ohne Betäubung um sein Glockenspiel zu bringen versucht. Jochen packte meinen Arm, und seine stoppelige Haarpracht spreizte sich von seinem Schädelrund wie die Borsten von der Klobürste. ›Schwertmörder an Bord und Waffenausgabe nur nach ausdrücklicher Anweisung des Kapitäns‹ war der Gedanke, der uns beide den Schritt verhalten ließ. Der Schrei war noch nicht ganz verhallt, da taumelte uns Ankje, die honigblonde Kellnerin der Piano-Bar, entgegen, die Baby-Blauen schreckgeweitet und mit wogendem, nur sparsam bedecktem Busen. Ihr auf dem Fuße folgte Fjodr Fjodorov-Tsarinski, der blaublütige und graumähnige Tastengott höchstpersönlich, denn es war natürlich seine Kabine, und sein Schrei war es auch gewesen, der so an feline Neutralisation gemahnt hatte.

»Sehen Sie sich das an!«, forderte er, vor Wut schäumend und gestikulierend, und ich folgte pflichtschuldig seiner Aufforderung, während Kollege Fuchs nicht bewegt werden konnte, seinen Blick vom sparsam bedeckten Wogen der Honigblonden zu lösen.

»Mein Gott«, entfuhr es mir schließlich, nach eingehender Betrachtung der Verwüstung. Fliegen summten über der Sackladung gebrauchter Artikel weiblicher Hygiene, Reste aus mindestens hundertfünfzig leeren Flaschen hatten den Teppich in ein alkoholgesättigtes Feuchtbiotop verwandelt.

»Was gibt es doch für Schweine«, entrüstete ich mich kopfschüttelnd.

»Ja, und jetzt? Ja, und jetzt?«, fragte Fjodorov-Tsarinski wieder und wieder, als erwarte er allen Ernstes, dass Jochen und ich die Sauerei beseitigten.

»Sagen Sie mal«, fragte ich nachdenklich und förderte mit professionellem Gestus Block und Kuli zutage, während ich hinter mir mit halbem Ohr mitbekam, wie Jochen die Blonde auf ein Gläschen zu uns einzuladen versuchte, »haben Sie eigentlich Feinde hier an Bord?«

Ich hatte den Schlüssel noch nicht in der Hand, als ein entmenschlichter Schrei an mein Ohr drang. Es konnte keinen Zweifel geben, er kam direkt aus unserer Kabine, diesmal. Jochen packte meinen Arm, und für eine Sekunde konnten wir einer dem anderen beim Erbleichen zusehen. ›Albanischer Killer bei der Erledigung seines Auftrages und immer noch keine Waffenausgabe‹ war der Gedanke, der uns zögern ließ. Dann flog die Kabinentür auf, und Scuzzi kam herausgestürzt, blass und taumelnd wie nach massivem Blutverlust, die Augen riesengroß in einer Fratze nackten Entsetzens.

»Scuzzi«, sagte ich, besorgt und beschwichtigend, und er richtete seinen bis dahin panikblinden Blick auf mich, schrie erneut und machte einen Satz zur Seite, der ihn um ein Haar über die Reling befördert hätte.

»Hey, hey, hey«, murmelte ich, beschwichtigend und besorgt, und ging einen Schritt auf ihn zu.

Er schrie. Hielt mir abwehrend eine Hand entgegen und deutete mit der anderen auf die Kabinentür, um die Jochen sich mittlerweile mit gebührender Vorsicht herumtastete.

»Dadada, nanana, wawawa«, stammelte Scuzzi, sein normalerweise glatt zurückgegeltes Haar wild wie ein Teerbesen, und sein ausgestreckter Zeigefinger oszillierte am Ende eines heftig zitternden Arms. Jochen verschwand in der Kabine, und Scuzzi und ich starrten ihm gebannt hinterher. Gleich darauf erschien er wieder in der Türöffnung, seine Miene relaxt, fast schon schläfrig.

»War es das hier?«, fragte er Scuzzi und förderte den an den Haaren gehaltenen Stewardkopf zutage, und, ich schwöre, wenn ich Scuzzi nicht im letzten Augenblick an den Beinen gepackt hätte, er wäre rückwärts über Bord gehechtet. Schreiend.

Von der Reling ein Deck über uns erkundigte sich eine Stimme, was denn los sei. Jochen zog sich hastig in den Schatten der Kabine zurück, und ich fasste Scuzzi freundschaftlich fest um die Schultern und bugsierte ihn aller Gegenwehr zum Trotz in die gleiche Richtung.

»Nichts, nichts«, rief ich gleichmütig. »DJ Scuzzi hat nur ein bisschen einen Techno-Koller.«

Denn das war es, das war die unfassbare Wahrheit: Sie hatten Scuzzi hier auf dem Schiff zu so einer Art Generalmusikdirektor gemacht. Einen Mann, der alle Alben von Supertramp besaß, von Lionel Richie und, mein Gott, sämtliche LPs und Singles von Phil Collins *und* Genesis. Ein Mann, dessen Plattenschrank man auch »die Top 10 000 der seichtesten Titel aller Zeiten« nennen könnte, ein Mann, der Mariah Carey nach eigener Aussage *vergötterte*, ein Mann, der geweint hatte, als Kirmestenor Freddie Mercury endlich in den Staub biss, dieser Mann also kontrollierte die komplette Beschallung dieses ganzen verfluchten Kahns, und wenn sich jemand gefragt haben sollte, wieso ich seit meiner Ankunft an Bord mehr als nur ein bisschen dem Alkohol und anderen Stimulanzien zusprach, möchte ich den hiermit eindringlich an den Oberbegriff »Betäubungsmittel« erinnern. Der Tag, an dem mir hier der Stoff ausginge, wäre der Tag, der mich den Heimweg per Kopfsprung antreten sah. Vom Heck herunter, und scheißegal, ob Land in Sicht oder nicht.

Nacht für Nacht legte Scuzzi in der größten Disco an Bord auf, dem »Chagalle«, und die Drohung war noch nicht erfunden, die mich über die Schwelle dieses Etablissements geschickt hätte, jedenfalls nicht, bevor nicht jemand vorausgegangen wäre, um den Stecker zu ziehen, den DJ bewusstlos zu schlagen und die ganze Bude schalltechnisch zu desinfizieren.

Scuzzi schien Ähnliches über unser gemeinsames Wohn-Schlaf-Gemach zu denken.

»Ich geh da nicht rein«, presste er hervor und spreizte alle viere von sich wie eine Katze, die man am Nackenfell über die volle Wanne hält.

»Wir können dir das erklären«, beschwichtigte Jochen und packte ihn energisch an der Gürtelschnalle.

»Das hat alles Hand und Fuß«, versicherte ich, keuchend vor Anstrengung, und stemmte ihm mein Knie in die Kehrseite.

»Ja, aber keinen *Kopf* mehr!«, protestierte Scuzzi, doch da hatten wir ihn schon drinnen, und ich warf die Tür ins Schloss.

»Weißt du, was ich gedacht habe …«, sagte Scuzzi, ein paar Erklärungen später, und das Zahnputzglas klapperte eine Tango-Percussion gegen seine Zähne, »ich dachte …«, und er nahm einen weiteren Schluck Armagnac, deutete mit nicht mehr ganz so wild oszillierendem Finger in die Richtung, in der Jochen damit beschäftigt war, den Kopf wieder zurück in den Plastiksack zu stopfen, »ich dachte ehrlich, das wärst du.«

Ich schluckte etwas trocken, war doch die Flasche an meinem Hals wieder mal leer. Nulldrei ist einfach keine Maßeinheit für Bier.

»Wassn los?«, fragte ich und blinzelte aus Schlitzen direkt in die gottverdammte Sonne, einer der Nachteile einer Steuerbord-Außenkabine auf dem Weg nach Norden. Der Lack auf der Innenseite der Tür war schon rissig geworden, so hatte jemand von außen dagegengehämmert.

»Habt ihr keine Ohren?«, fragte Matrose Radovic, genannt Ratso, zurück, und da hörte ich es auch: »15A und 15B auf die Brücke!« Es war Zoutebooms Stimme, und sie klang, nun ja … blechern über die Außenlautsprecher, und ausgesprochen … *nunja* klang sie auch. Ich sah auf die Uhr. Es war neun. Zwei satte Stunden erholsamen Schlafes lagen hinter mir.

»Das ist jetzt bestimmt schon das zehnte Mal«, meinte Ratso auf eine durch und durch zufriedene Art. Der nur um die einsfünfundsechzig große Matrose war ein geborener Hustler, hatte seine Finger in sämtlichen schmutzigen kleinen Deals hier an Bord und genoss es, schlechte Nachrichten zu verbreiten und Leute in Schwierigkeiten zu sehen. Seine Theorie war, dass Ärger, der andere traf, sich nicht mehr gegen ihn richten konnte.

»Habt ihr euch das mit Gazella mal überlegt?«, fragte er, in den Türrahmen gelehnt, während ich 15A, den immerhin Ersten Borddetektiv, am Ohr aus dem Bett und mir gleichzeitig mit der freien Hand die Hose anzog. Ratso machte – unter anderem, oh ja – den Zuhälter für eine Weißrussin, Bademeisterin der *Equinox* und ehemalige Olympiateilnehmerin, wenn auch nicht ganz sicher war, in welcher Disziplin.

»Ich mach euch einen Gruppentarif. Drei Kerle zusammen in einer Kabine und keine Frau, das ist doch nicht normal.«

Das, nur mal eben nebenbei, von dem Mann, der mir, noch keine halbe Stunde an Bord, schon seine Dienste als Lustknabe angeboten hatte.

»15A und 15B *unverzüglich* auf die Brücke«, schepperte es von draußen herein.

»Da«, beobachtete Ratso stillvergnügt. »Schon wieder. Und von Mal zu Mal klingt er mehr … nun ja. Wieso habt ihr Jungs eigentlich keinen Lautsprecher in der Kabine?«

Box von der Wand gerissen, Kabel durchgebissen und beides in hohem Bogen über Bord geschmissen, war die Antwort auf diese Frage. Nachdem eine angebliche »Fehlschaltung in der Zentrale« uns morgens um halb sechs eine Auswahl der größten Hits von Celine Dion in die Kabine gespült hatte wie einen Sturzbach Fäkalschlamms.

In Erinnerung daran trat ich den weiterhin schlafenden Scuzzi ins Kreuz.

»Und wieso schließt ihr euch ein?«

Das erzählen wir dir ein andermal, dachte ich, fand meine Socken nicht und beschloss, für den Moment darauf zu verzichten.

»Angst um euren Kopf?«, fragte er, und aus dem Augenwinkel sah ich ihn grinsend diese südländische Halsabschneider-Geste machen, und so was wie das erste *Fiep* des Weckers traf mich, wie immer unvorbereitet.

»Was habt'n ihr da unterm Bett?«, wollte Ratso weiter wissen, und erst ab da konnte man mit Fug und Recht behaupten, dass ich wirklich wach war.

»Danke«, sagte ich zu ihm, »wir kommen«, schob ihn nicht eben sanft vor die Tür und knallte sie zu.

Gottverdammter wieseliger kleiner Scheißkerl, dachte ich. Augen und Ohren überall.

»Wo sind eigentlich meine neuen Reeboks?«, fragte Jochen, das Hemd auf links an und fahrig herumkramend. »Du weißt schon, die Limited Edition?«

Bis auf ein paar früh aufstehende Sonnenanbeter saßen die meisten Passagiere noch beim Frühstück, und das war ganz gut so. Denn Jochen wirkte nicht gerade überzeugend. Er wirkte nicht wachsam, wie es ein Mitglied der Security sein sollte, geschweige denn wach, und ausgenüchtert wirkte er auch nicht.

Ich hatte meinem Kreislauf noch rasch mit einer steifen Prise auf die Beine geholfen und fühlte mich einigermaßen, na ja, rege, doch Jochen taumelte hinter mir her wie ein Schlafwandler, dessen physischer Schwerpunkt irgendwo im Bereich der Unterschenkel sitzt. Sosehr ich ihn auch zur Eile antrieb, er wankte nur mit beträchtlichem Seitenausschlag über das Deck und hätte den Aufstieg zur Brücke komplett verpasst, wenn ich ihn mir nicht geschnappt und hinter mir hergezogen hätte.

Wir betraten die Brücke. Kapitän Zouteboom las mit zusammengezogenen Brauen ein Fax, ein Matrose stand am Steuerpult, Arme auf dem Rücken, Augen geradeaus. Vor sich, wo man ein riesiges Steuerrad erwarten würde, nur einen ganz sachte in alle Richtungen zuckenden Joystick.

Ich meldete uns, verkniff es mir nur mit Anstrengung, dabei die Hacken zusammenzuknallen. Kapitän Zouteboom hob den Kopf von seiner Lektüre, und man konnte dabei zusehen, wie ihm das Blut in die Kopfhaut stieg. Hastig sah er an Jochen und mir auf und ab wie auf der Suche nach einem Punkt, aus dem sich ein Anschiss melken ließe. Er war einer von diesen hassenswerten Vorgesetzten, denen aber auch nichts entgeht und die vor allem nichts unkommentiert lassen können. Voller Reue, nicht noch länger nach meinen Socken gesucht zu haben, zog ich das Zwerchfell ein und kniff die Arschbacken zusammen – in der Hoffnung, die Hose möge mir über die nackten Fußknöchel rutschen.

»Endlich«, befand Zouteboom nach einer Weile, ohne sich auf eine missbilligende, mehr innerlich als äußerlich kopfschüttelnde Art an uns sattsehen zu können. Jochen neben mir schwankte hin und her wie eine von herbstlichen Böen gebeutelte Aufblasfigur. Ich fragte mich, wie ich ihn stabilisieren könnte, ohne dass es aussah, als ob ich mit ihm Händchen halten wollte.

Irgendwann ließ der Käptn dann doch von uns ab, beugte sich zu einem Mikrofon und drückte eine Taste. »Einundsiebzig zur Brücke, bitte«, schallte es blechern von draußen herein und hackte damit ein kleines Stück aus einer tranig gelallten Hymne auf Kingston Town. »Great Songs, Great Citys«, war eines von Scuzzis »Compilation Tapes«, die bis auf ein paar gnädige Nachtstunden rund um die Uhr aus den überall versteckten billigen Boxen eiterten.

Befreit von dem bohrenden Blick strich ich ein wenig umher, interessiert, wie man so ist, das erste Mal auf einer Kommandobrücke und alles, und suchte im Vorbeigehen höchst unauffällig die neben dem Mikro an die Wand geheftete Liste nach Nummer 71 ab. Man möchte wissen, aus welcher Richtung der Tritt kommt. Und irgendeine Form von Tritt stand an, das fühlte ich, das war so sicher, wie wenn der Ball auf dem Elfmeterpunkt zu liegen kommt.

Jochen stand derweil weiter wie angeklebt an seinem Platz und fing nicht vorhandene Bootsbewegungen mit den Beinen ab. Die See war arschglatt, die Temperaturen sommerlich, die Sonne schien 18 Stunden am Tag; ich war bei meiner Suche irgendwo in den Sechzigern angelangt, als Kapitän Zouteboom wieder die Stimme erhob.

»Nun, meine Herren«, sagte er, lauter als nötig, wie immer besorgt, man könne ihm irgendetwas anderes als die volle Aufmerksamkeit schenken, »die ersten Tage dieser Reise müssen Ihnen wie ein bezahlter Urlaub vorgekommen sein.«

Wenn man nur eine Sekunde drüber nachdachte, hatte er völlig recht: Wir hatten nichts gearbeitet, waren aber trotzdem fertig wie nur was. Übernächtigt, verkatert von mehr als nur einer Droge und kaum in der Lage, uns auf den Beinen zu halten. Fehlte eigentlich nur noch eine satte Durchfallerkrankung und großflächige Verbrennungen zweiten Grades, und die Urlaubsstimmung wäre perfekt gewesen.

»Nun«, wiederholte der Kapitän, »damit ist es fürs Erste vorbei.« Er machte eine Pause, wohl um uns Zeit zu geben, darüber nachzudenken, was er damit meinte. Ich ertappte mich dabei, wieder nach der Liste zu schielen.

»Es sieht so aus, als käme in der nächsten Zeit eine ganze Menge Arbeit auf Sie beide zu.«

Das machte mich neugierig, gestalten sich die Aufgaben eines Detektivs doch normalerweise nicht so vorhersehbar wie die eines, sagen wir, Briefträgers. Ob Zouteboom jetzt doch von der Selbstmordthese abgerückt war?

Albaner, erinnerte mich meine innere Stimme, und plötzlich war mir, als ob ich einen Knopf zu viel an meinem Hemd zugemacht hätte.

»Hier an Bord geschehen seltsame Dinge«, bellte der Kapitän, und mit der Lautstärke synchron hob sich wieder der Rot-Ton seines steckdosennasigen Antlitzes.

Ich nickte nur, ohne etwas zu sagen, doch das genügte schon, mir einen äußerst bohrenden Blick aus den beinahe wimpernlosen Schweinsaugen des Kapitäns einzutragen.

»Die Kabine eines unserer Musiker wurde *vandalisiert*!« Der Blick wanderte von mir zu Jochen und wieder zurück.

»Das wissen wir schon«, sagte ich hastig, denn ich hörte, wie Jochen sich räusperte. »Wir haben den Fall aufgenommen und gehen verschiedenen Hinweisen nach.«

Klang doch gut, oder? Professionell.

Zouteboom schnaubte. »Sie sollten sich beeilen!«, schrie er. »Fürst Fjodorov-Tsarinski«, und bei der Nennung des Titels beruhigte er sich ein wenig, und so was wie Andacht schwang in seiner Stimme, »ist entschlossen, bis zur Aufklärung des Falles die Arbeit zu verweigern.«

Na, dachte ich, kein großer Verlust. Der Fürst hatte zwar das Auftreten eines Superstars, doch wenn er dann tatsächlich die Tasten bearbeitete, kam ein Geklimper heraus, wie man es gerne in den Aufzügen und Telefonwarteschleifen von Versicherungsunternehmen dudeln lässt.

»Eifersucht«, stieß Jochen überraschend hervor. »Da hat ihm einer was heimzahlen wollen. Der Mann bespringt an Bord ja praktisch alles, was sich bewegt.«

Eine Bemerkung, die bei unserem Bootsführer einen Nerv getroffen zu haben schien, denn für einen Moment sah er aus, als ob er unserem Jockel an die Gurgel gehen wollte.

»Egal, ob Männlein oder Weiblein«, fügte mein Kollege, momentan unempfänglich für jede Art von Signal unterhalb Hammerschlagstärke, ungerührt hinzu. Da ging hinter seinem Rücken die Tür auf, und ein finster dreinblickender Koch asiatischer Herkunft trat über die Schwelle, verharrte und räusperte sich kehlig. Er trug eine Montur von solcher Blütenreinheit, dass sie seiner Berufsbezeichnung ganz von alleine ein ›Chef-‹ voranstellte.

Kapitän Zouteboom fing sich mühsam und stellte uns einander vor. »Herr Masimoto«, erklärte er uns dann, unterstützt von vielsagendem Räuspern des japanischen Küchenchefs, »vermisst aus seinem Lebensmittellager einen Sack ...« – Zouteboom machte eine unerklärliche Pause und sah bohrend von mir zu Jochen und wieder zurück, und ich weiß nicht genau, wieso, aber plötzlich wurden mir die Ohren heiß, heiß wie Toast – »... *Reis*«, brachte der Kapitän den Satz mit einigem Gewicht zu Ende.

Sieh jetzt nicht zu Jockel, befahl ich mir, da spürte ich, wie der mich von der Seite ansah. Betreten, fühlte ich. Schuldbewusst, ahnte ich. Mir war danach, ihm einen viehischen Kick zu verpassen.

»Ah«, sagte ich rasch, mit der ganzen Nachlässigkeit von jemandem, dessen Aufgaben normalerweise ein wesentlich höheres Maß an Brisanz enthalten. »Reis«, schickte ich hinterher, im gleichen Tonfall mangelnder Begeisterung.

Jesus, da hatten mindestens zwanzig Sack von dem

Zeugs herumgelegen. Wer kam denn schon auf die Idee, dass der japanische Pedant jeden gottverdammten Tag seine Reiskörner abzählte?

Ein Wortschwall brach aus dem obersten Chefkoch der *Equinox* heraus, kehlig im Tonfall und in einer Sprache, die ich »Japaninglish« nennen möchte, und von dem ich nur das mehrmals wiederholte »Basmati Golden Triangle« verstand.

Hört sich an wie eine Sorte Opium, dachte ich mit einer ebenso kurzen wie heftigen Attacke von Sehnsucht. Oder lassen wir das »Sehn-« einfach weg.

»Basmati Golden Triangle –«, begann Zouteboom zu erklären, da wurde er von Jochen unterbrochen.

»Könnte man nicht einfach Nudeln nehmen?«, schlug er vor. Und Masimoto-San fiel über ihn her. Verbal nur, aber doch heftig genug, um neues Vertrauen in die Berichte britischer Kriegsgefangener über japanische Gastfreundschaft zu entwickeln. Nudeln, so wurde auch ohne direktes Verständnis seiner Worte deutlich, stellten in diesem Fall keine wirkliche Alternative dar.

»Basmati Golden Triangle«, schrie Zouteboom dazwischen, mit dem Nachdruck, der nötig schien, uns alle mal eben an die Rangordnung zu erinnern, »ist eine spezielle Sorte Reis, die extra für unsere japanischen Gäste angeschafft worden ist!«

Ah, die japanischen Gäste. Immer im Plural. Es handelte sich nur um eine Handvoll, trotzdem sah man niemals nur einen von ihnen alleine. Nach außen hin tadellose Manieren. Konnten einen mit stetem Lächeln und höflichem Verbeugen behandeln, als wäre man etwas, das man sich normalerweise am Bordstein von der Schuhsohle kratzt. Lauter Kerls in Anzügen, begleitet von – tja, hier komme ich nicht umhin, Jochen Fuchs zu zitieren – »obenrum blondiertem, untenrum rasiertem baltischem Fickfleisch«, wie er meinte. Zwei oder drei an kurzer Leine gehaltene, desinteressiert dreinblickende Sexsklavinnen also. Es gab eine eigens für die paar Söhne Nippons reservierte Bar an Bord, wo sie sich angeblich regelmäßig von den Beinen rissen, dass es nur so rauchte. Durften wir nicht rein, klare Sache, aber: Wie alle öffentlichen, von Passagieren besuchten Räume des Schiffes, seien es die Außendecks, die Gänge, Treppenhäuser, Kinos, Restaurants, ja selbst die Vorräume der Toiletten, unterstand natürlich auch die Nippon-Bar der permanenten Video-Überwachung. Die Engländer von der Security hatten versprochen, uns einen netten Trailer zusammenzuschneiden.

»Kaffee?«, fragte Zouteboom. Von irgendwo war ein Steward mit einem Tablett erschienen und reichte Tassen herum. Plötzlich war ich in Gedanken bei seinem toten Boss, und mir wollte nicht einfallen, wie der geheißen hatte. Georgier, das war er gewesen, der Erste Steward, mit einer dieser für den Balkan typischen willkürlichen Anordnung von Buchstaben, wo normale Leute einen Namen haben.

Ich nahm ein Tässchen, schlürfte ein Schlückchen und sah hinaus auf die blaue, blaue See.

Irgendwas mit »K« am Anfang, so viel wusste ich noch.

»Kryszinski, hören Sie mir überhaupt zu?«, blaffte mich der Käptn an, und ich nickte.

»Was ich gerade sagte, war: Ein einziger Sack dieser speziellen Reissorte«, und Zouteboom sah von Jochen zu mir und wieder zurück, »kostet uns im Einkauf 5000 Dollar.«

Jochen prustete etwas Kaffee von sich und röchelte danach ein Weilchen vor sich hin.

»Meine Herren, Vandalismus und Diebstahl an Bord sind nicht zu dulden. Ich möchte diese beiden Fälle aufgeklärt sehen, und zwar schleunigst. Ich denke, ich habe mich klar ausgedrückt.«

Wir waren entlassen. Mit einem heimlichen Seufzer strebten wir der Tür zu, als uns die Stimme des Kapitäns noch mal einholte. Oder besser: mich.

»Und, Kryszinski«, knurrte er wie ein Kettenhund, »sollte ich Sie noch ein Mal ohne Socken erwischen, wandern Sie unverzüglich in die Arrestzelle.«

Ich sag ja: Voll die Sorte, der nichts entgeht.

Vier Minuten und vierunddreißig Sekunden später lagen wir wieder in unseren Betten.

»15Aund 15B bei der Rezeption A-Deck melden!«, schallte es. Blechern. Matrose Ratso besah mich von oben bis unten, kopfschüttelnd. Eine weitere Stunde hatte sich auf meinem Schlafkonto addiert und eine ganze Anzahl weiterer Lackpartikel war von der Innenseite der Kabinentür abgesplittert.

»Weiß Antonov, dass ihr den ganzen Tag pennt?«, fragte er. »Denn wenn der das mitkriegt oder, Gott bewahre!, der Kapitän, fliegt ihr im nächsten Hafen von Bord.« Man konnte zusehen, wie sich, noch während er den Satz aussprach, eine Idee in ihm formte. »Würde euch ganz schön was an Heuer kosten, oder?« Und er grinste vielsagend.

Kalkulierend.

Ich grinste zurück. »Doktor Köthensieker«, raunte ich langsam, »macht beim Nähen ziemlich grobe Stiche.« Unsere Blicke trafen sich, und wir grinsten gemeinsam noch ein bisschen weiter.

»Wann kommt denn der nächste Hafen?«, mischte sich Jochen ein.

»Morgen, Tromsø«, lautete die Antwort, »aber ob und wen sie von uns an Land lassen, steht noch komplett in den Sternen. Hab was läuten hören von 'ner Übung.«

Übung? Jochen und ich schluckten trocken.

»Doch falls es Landpässe gibt«, fügte Ratso nach einem raschen Blick links und rechts das Deck hinunter halblaut hinzu, »dann habe ich welche.« Er nickte verschwörerisch.

»15A und 15B *unverzüglich* bei der Rezeption des A-Decks melden«, dröhnte es in impertinentem Tonfall aus dem Lautsprecher, gerade als wir uns auf den Weg machen wollten.

»A-Deck«, kommentierte Ratso und schnalzte mit der Zunge. »Ihr Jungs kommt rum.« Ich nickte eilig, und Jochen und ich machten uns auf die – doch noch gefundenen – Socken. »Nur eins noch«, gab uns Ratso mit auf den Weg. »Ihr solltet vielleicht ein bisschen öfter lüften. Bei euch in der Kabine mufft es ja wie im Leichenschauhaus.«

A-Deck. Nobility, mit anderen Worten. Es gab nur zwei Klassen an Bord: erste und, eben, Nobility. Wo das Ticket noch mal so viel kostete. Man kann natürlich unmöglich noch mal so viel essen oder trinken oder sich noch mal so viel Aussicht oder Seeluft reinziehen, also erwartet die Kundschaft der Nobility für das noch mal so viele Geld, das ihre Tickets gekosten haben, in erster Linie noch mal so viel Service.

»Zwanzig Minuten«, stellte die belesebrillte Rezeptionistin mit einem langen Blick auf ihre Armbanduhr fest. »Seit geschlagenen zwanzig Minuten wartet der Gast in Suite 9 nun schon auf Ihr Erscheinen.« Sie war Mitte vierzig, mit schwarz gefärbten, straff zurückgezerrten Haaren, der harten, hageren Statur einer Eiskunstlauf-Trainerin und der Stimme eines Vogels. Eines Vogels mit langen, dünnen, stoppeligen Beinen.

»Wir mussten auf dem B-Deck noch eben eine Bombe entschärfen«, sagte ich, mit großem Ernst.

»Sie scheinen die Prioritäten hier an Bord noch nicht recht begriffen zu haben«, kanzelte sie mich ab und wies uns mit gerecktem Finger auf gestrecktem Arm brüsk die Richtung.

Das A-Deck saß oben auf dem Schiff wie ein Penthouse und war aufgeteilt in neun Suiten. Nr. 1 war die vorderste, aber auch die bescheidenste, sie beherbergte den Kapitän. Die restlichen acht Luxuskabinen hatten Einheitsgröße. Rund die Hälfte wurde von den japanischen Herren in Beschlag genommen.

Wir bogen um die Ecke, und der Schlichte Gundolf von der Security stoppte uns.

»Bordpässe«, forderte er mit wichtiger Miene.

»Gundolf«, sagte ich zu ihm und versuchte, ihn beiseitezudrängen, »das hier ist eilig.« Gundolf mochte ja recht schlicht sein, gleichzeitig war er aber auch recht schwer und somit bei aller Schlichtheit recht schwer zu verdrängen.

»Bordpässe«, wiederholte er mechanisch und legte mir die Hand auf die Brust.

»Es geht hier um Leben und Tod«, knurrte Jochen, und Gundolf wiederholte sich noch mal, ohne auch nur die Stimme zu heben. »Bordpässe.«

Fast die ganze Security-Truppe bestand aus solchen Typen, seien es Belgier, Briten, Franzosen, Deutsche, alle waren sie mehr oder weniger beschränkt und jeder Einzelne gedrillt wie ein Schäferhund. Kaum zu glauben, wie sich zwei so brillante Köpfe und schillernde Individualisten wie Jochen und ich in ihre Reihen hatten verirren können. Oder, so gesehen, sprechen wir lieber von einem brillanten Kopf und schillernden Individualisten. Ohne meinen verderblichen Einfluss hätte der andere sich sehr schnell und nahtlos in die tumbe Truppe integriert.

Ich warf ihm einen Blick zu, dem anderen, wir streckten jeder erst ein Bein und dann einen Arm vor, und Gundolf schlug der Länge nach dröhnend auf das Teakholzdeck.

Anschließend zückten wir brav die Pässe, beugten uns vor, damit er sie inspizieren konnte, und mit einem Nicken ließ Gundolf uns passieren.

»Euch krieg ich beide noch dran«, ächzte er uns hinterher, und noch während mir das Feixen im Gesicht hing, kam schon die Frage hoch, ob dies ein glücklicher Zeitpunkt war, es sich ausgerechnet mit der Security zu verderben. Ich meine, Schwertmörder und alles mal so in die Waagschale geworfen.

Albaner, erinnerte mich die Stimme aus dem rückwärtigen Anbau meiner Denkfabrik.

»Herein«, rief ein zittriges Stimmchen, nachdem wir bei Nr. 9 geklopft hatten, und wir hatten die Tür noch nicht ganz geöffnet, da kamen zwei, tja – sie sahen aus wie nachlässig rasierte Kanalratten und gaben Geräusche von sich wie schlecht gespannte Keilriemen – angeschossen und verbissen sich unverzüglich in Jochens Hosenbeine.

»Wupsie, Pupsie«, rief das zittrige Stimmchen in mildem Vorwurf, doch ohne Erfolg.

Mich nahm Giorgio in Empfang, in all seiner ungetrübten Bodybuildität. Giorgio war als oberster Boss der Fitnesstrainer und Animateure eine recht große Nummer hier an Bord, und, bei Gott, er nahm sich ernst. Außer einer V-förmigen Badehose trug er im Moment nur gleichmäßig eingefärbte, gleichmäßig eingeölte und gleichmäßig stramm sitzende Haut. Ah, Schläppchen hatte er auch noch an. Fast vergessen. Goldene, mit Goldbrokat bestickte Schläppchen, sicher ein Geschenk. Er kam auf mich zu, wie sie es alle tun: obenrum mit der Wiegebewegung einer Boje in kabbeliger See, unterhalb der Taille aber seltsam steif, geradezu verkniffen. Als ob ihn Schwierigkeiten plagten, den Korken drinzuhalten, ohne den sich die ganze geblähte Muskulatur in prustende Flatulenz aufzulösen drohte.

»Männer«, begrüßte er uns gewichtig, »gut, dass ihr da seid.« Sein Händedruck war von erwarteter Markigkeit, und ich erwiderte ihn mit dem schlaffsten, den ich aufzubieten vermochte. »Miss Lovejoy vermisst ein Schmuckstück.« Und mit großer, ausholender Armbewegung verwies er auf den Ohrensessel, in den Lilly Lovejoy, die Schauspiellegende, hineingeschrumpelt schien wie eine taube Nuss in eine viel zu große Schale. Sie winkte, und da Jochen sich noch mit den schlecht rasierten Keilriemen amüsierte, winkte sie mir.

»Zweiter Borddetektiv Kryszinski«, stellte ich mich vor, in vollem Bewusstsein, dass die Passagiere der Nobility-Class sich grundsätzlich niemals mit dem Zweiten gleich welcher Form zufriedengeben, doch die taube Nuss hörte gar nicht zu. Sie winkte mich noch näher zu sich und gab mir mit vertraulicher Gestik zu verstehen, mir etwas ins Ohr flüstern zu wollen, also beugte ich den Rumpf.

»Ich sehe es so gerne, wenn Giorgio rudert«, vertraute sie mir an. Und, angeführt von meiner Nase, stellte meine Atmung die Arbeit ein für einen kurzen Warnstreik. Hollywoodlegende, Actrice und Diseuse Lilly Lovejoy hatte einen Atem wie eine frisch geöffnete Dose Katzenfutter. Die den ganzen Sommer im Auto gelegen hat.

Auf der Hutablage.

In einem schwarzen Wagen ohne Klimaanlage.

Ich richtete mich auf, drehte mich ein wenig zur Seite und nahm einen tiefen Atemzug.

»Giorgio«, sagte ich dann, »ruder uns doch mal ein bisschen was vor.« Und ich verwies einladend auf die Rudermaschine direkt vor Lillys Sessel. Kreuz und quer über die ganze Suite verstreut stand noch jede Menge anderes wuchtiges Sportgerät herum. Darunter ein Laufband.

Giorgio nahm nicht den direkten Weg zur Rudermaschine, sondern schlug einen kleinen Haken, der ihn dicht an meinem Körper vorbeibrachte.

»Ich bin der Chef einer ganzen Abteilung«, raunte er mir zu, »und du«, knurrte er, »hast mir überhaupt nichts zu befehlen.« Doch dann ging er, hockte sich auf den Rollsitz und begann an den kurzen Auslegern zu zerren, als ob er ihnen die Gelenke auskugeln wollte.

»Und danach fände Miss Lovejoy es schön, wenn du ein paar Meter auf dem Laufband machen könntest«, behauptete ich, inspiriert von dem großen roten Einstellknopf unten, an der Seite des Gerätes.

Miss Lovejoy winkte mich wieder zu sich runter, und ich gab das Signal rasch an Jochen weiter.

»Komm doch mal eben«, forderte ich ihn auf. »Ich versteh sie so schlecht.« Doch Jochen hörte nicht hin. Im Versuch, von seinen Hosenbeinen zu retten, was noch zu retten war, hatte er sich gebückt und als Resultat jetzt eine der beiden Hundsratten mit ihren gelben, gebleckten Zähnen an den Fingern seiner rechten Hand hängen.

Ich hielt den Atem an und neigte mein Ohr.

»Ihr Kollege wird Pupsie doch nichts tun?«, fragte das dünne Stimmchen. Rasch nahm ich wieder Haltung an.

»Seien Sie unbesorgt«, dröhnte ich, während Jochen das in seine Hand verbissene Bündel mehrmals so heftig gegen die Kante der Schreibtischplatte schlug, dass der PC-Monitor obendrauf zu hopsen anfing, »Erster Borddetektiv Fuchs liebt Tiere über alles.« Ein reißendes Geräusch, und das andere Bündel hatte Jochens linkes Bein bis zum Oberschenkel freigelegt. »Doch was«, fuhr ich fort, im Bestreben, die Sache hinter mich zu bringen, »war der Grund, uns rufen zu lassen? Es ist doch hoffentlich niemand ermordet worden?«

Giorgio ließ grunzend die Ruderstummel los und verdrehte die Augen wie jemand, der den Witz schon öfter gehört hat.

Ich wies ihn mit eindringlicher Geste auf das wartende Laufband hin. Wär doch gelacht, sagte ich mir, wenn wir seine Sohlen nicht zum Rauchen bringen könnten.

Miss Lovejoy strich sich energisch ihre blau gefärbten Locken zurück und entblößte ein Ohrläppchen von Farbe, Form und Konsistenz eines Koteletts, das der Metzger zehn Minuten lang mit dem Steakhammer bearbeitet hat.

Vor etwa zwanzig Jahren, sollte ich vielleicht hinzufügen, denn Spuren jüngerer Gewalteinwirkung waren nicht auszumachen. Dann drehte sie den Kopf, entblößte das andere Ohr, und so was wie ein halber Kristalllüster baumelte davon herab.

Verschwörerisch winkte sie mich zu sich herunter.

»Das Zimmermädchen«, flüsterte sie, und mit einem trockenen Husten ging mir auf, dass ich vergessen hatte, die Luft anzuhalten. »Ihr Name ist Rosalia. Diebisch wie eine Elster. Ich möchte, dass Sie sie in Ketten legen. Oder«, und sie winkte mich noch mal zu sich herab, »noch besser: Werfen Sie sie über Bord. Nachts, wenn alle schlafen.«

»Tja«, sagte ich nachdenklich, zog ein kritisch-interessiertes Gesicht und trat nahe ans Laufband. Giorgio, der mit seiner kopflastigen Figur und der überdefinierten Beinmuskulatur recht schwerfällig auf der Stelle trampelte, beäugte mich mit Misstrauen. »Das hört sich ja ernst an«, rief ich Miss Lovejoy zu und drehte mit der Fußspitze den roten Knopf von ›Guter Vorsatz ohne rechten Willen‹ auf ›Panische Flucht vor verheerender Feuersbrunst‹. »Wir werden der Sache natürlich sofort nachgehen«, versicherte ich und machte mich auf den Weg zur Tür, überholt von Jochen, dem es geglückt war zu entkommen, indem er sich selbst ein Hosenbein abgerissen und es Pupsie und Wupsie hingeworfen hatte. Die beiden Biester balgten sich wie wild darum.

»Nur«, gab ich, schon an der Tür, zu bedenken, lauthals, um Giorgios rasendes Trampeln und pfeifendes Keuchen zu übertönen, »wenn wir das Zimmermädchen über Bord werfen – wer macht dann Ihre Betten?«

Die Geste, mit der sie antwortete, beinhaltete eine tief sitzende Verachtung für die komplette Gattung ›Domestik‹, Fitnesstrainer und Borddetektive nicht ausgenommen, und die empirisch gewonnene Überzeugung, dass eine in Armut gehaltene Welt mehr billiges Hauspersonal produziert, als irgendjemand jemals wird über Bord schmeißen können. Das alles in einer Geste. Von Kopf bis Fuß die lebende Legende.

Da Jochen unterwegs war, sich ein paar Kubikzentimeter Tollwut- und Tetanus-Prophylaxe verpassen zu lassen, blieb die Suche nach Rosalia an mir hängen. Kaum hatte ich sie in Suite Nr. 5 aufgespürt, konnte ich schon wieder los, um jemanden zu finden, der mir meine im Grunde sinnlosen Fragen ins Spanische übersetzte und die erwarteten Antworten dann aus dem Spanischen ins Deutsche. Ich hätte jetzt schnurstracks in Suite Nr. 9 zurückkehren und Meldung erstatten können, aber ich machte mir Sorgen um meine blauen Uniformhosen, von denen wir nur je zwei Exemplare ausgehändigt bekommen hatten, begleitet von der Mahnung zur Sorgfalt, und Jochen ist im Umgang mit Tieren und älteren Damen ja so viel geschickter als ich.

Außerdem hatte ich bei Gott dringendere Sachen zu erledigen, wenn auch nicht unbedingt in öffentlichem Auftrag.

Nachdenklich nahm ich einen der gestapelten Edelstahl-Sektkühler von der Eismaschine vor Suite Nr. 5 und ließ ihn bis zum Rand mit Eiswürfeln vollrappeln. Wenn ich mich nicht persönlich um alles kümmere, denke ich manchmal, dann läuft überhaupt nichts.

»Was machen Sie denn da mit dem Kühler?«, fing mich die hagere Rezeptionistin beim Vorbeilaufen ab. Oder versuchte es zumindest. »Bleiben Sie stehen! Diese Gefäße sind ausdrücklich der Nobility vorbehalten!«

»Ach«, sagte ich und ging ungerührt weiter, gespannt, ob sie hinter ihrem Schalter hervorgesprintet kommen würde.

Sie kam, tatsächlich, und wütend obendrein, und packte mich am Ärmel. Da bin ich jetzt wiederum nicht so für zu haben.

»Wo wollen Sie damit hin?«, bellte sie krächzend.

»Zur Brücke«, log ich und schüttelte ihre Finger von meinem Ärmel. »Der Käptn hat was zu feiern.«

Wir sahen uns an. Was immer es sein mochte, das da zwischen uns knisterte, Erotik war es nicht.

»Ich werde das überprüfen«, log sie, um ihr Gesicht nicht zu verlieren, und ich verschwand im Treppenabgang, verfolgt von der Mahnung, den Kühler nach Gebrauch ja wieder hochzubringen, und in dem schönen Gefühl, ein weiteres Besatzungsmitglied in treuer Verbundenheit an mich gefesselt zu haben. Das bei näherer Betrachtung nicht so Tolle daran war, dass es auf dem ganzen verdammten B-Deck nur eine einzige Eismaschine gab, hier oben auf Nobility aber gleich drei. Na, dachte ich, wozu habe ich denn meinen Jochen. So viel geschickter, so viel verständnisvoller als ich im Umgang mit Hunden und anderen bissigen Bestien.

Die Hitze und der Gestank in unserer Kabine waren atemberaubend. Scuzzi schnarchte ungerührt. Ich ließ die Tür einen Moment offen, kippte den Inhalt des Sektkübels in den oberen der beiden schwarzen Müllsäcke, über das grünlich-bräunlich angelaufene Antlitz unseres ehemaligen Obersten Domestiken, drehte den Regulierknauf des Deckenlüfters knirschend bis zum blauen Anschlag, ohne dem wabernden Luftstrom auch nur ein Grad von seiner Tropenschwüle zu nehmen, und zog dann sofort wieder los, um mehr Eis aufzutreiben. Wieso war das so scheißwarm bei uns?

Die verdammte B-Deck-Eismaschine schien eine Stunde zu brauchen, mir den Stahleimer vollzuspeien. Wenn wir die Temperatur in der Kabine nicht drastisch heruntergedreht bekamen oder – was nicht auszudenken war – wenn wir in Tromsø keinen Weg an Land finden sollten, mussten Jochen und ich uns etwas mit der Leiche einfallen lassen. Sie umbetten, um es klar zu sagen. Doch keinesfalls vor heute Nacht, und deshalb stand ich da und wartete, während die Maschine Würfel um Würfel ausspuckte.

Ein anderes, buchstäblich nagendes Problem war, wie ich Jochen dazu bringen sollte, in die hundsrattenverseuchte Suite Nr. 9 zurückzukehren. Bevor Miss Lovejoy zum Hörer griff, um uns abmahnen zu lassen.

Sektkübel unterm Arm, machte ich mich auf den Rückweg zu unserer Kabine, meine Stimmung die einer, wie soll ich sagen, verschärften Entschlossenheit.

Das Bullauge stand offen, als ich zurückkam, eine kluge oder auch nicht so kluge Entscheidung, abhängig von der Seite, auf der man stand. Drinnen verbesserte das möglicherweise die Luft. Draußen sicherlich nicht. Irgendeine Wetterlaune hatte das Deck vor unserer Kabine in eine jener rätselhaften Nischen völliger Windstille verwandelt, wie die UV-süchtigen Deckstuhl-Abhänger sie so lieben. Es war nur eine Frage der Zeit, bis jemand die aus unserer

Kemenate strömenden Aromen bemerken und ihnen, je nach Temperament oder Dienstrang, auch auf den Grund gehen würde.

Die *Equinox* suchte sich in verhaltenem Tempo ihren Weg in einen Fjord, Lautsprecherdurchsagen wiesen in fünf Sprachen alle naselang auf die Sehenswürdigkeiten ringsum hin, doch ich hatte im Moment keinen rechten Sinn für Wasserfälle und Gletscherläufe und moosbehangenen Fels.

Jochen lag bäuchlings auf seiner Koje und stöhnte.

»Los«, schnauzte ich ihn an und wedelte ein bisschen mit der Kabinentür, solange draußen niemand vorbeischlurfte. Jesus, was für ein Mief. Scuzzi schnarchte weiterhin sachte, Augenbinde und Ohrenstöpsel hielten ihn auf bequemem Abstand zu den Tagesgeschehnissen, Nase nach zig Jahren des Missbrauchs eh unempfindlich, ja, seien wir mal ehrlich, praktisch unbrauchbar. Abgetötet.

»Los, Jochen, raus aus der Pofe! Beweg deinen Arsch!«

»Oh, erwähne nicht meinen Arsch«, stöhnte er, stark gedämpft durch das Kissen, in das er seine Visage gedrückt hatte. »Erst die Stahltreppe und dann Dr. Köthensieker«, klagte er. »Ich werde nie wieder sitzen können.«

»Los, los, los«, drängte ich. »Hoch mit dir zu Miss Lovejoy. Geh und stell ihr die Bude auf den Kopf, bis du diesen Scheiß-Schmuck gefunden hast!«

Denn genau das war es, worauf ich, abgesehen von den Aufmerksamkeiten der beiden ekelhaften Tölen und dem Nähebedürfnis ihrer Halterin, absolut keinen Bock hatte: stundenlang sämtliche Wäschestapel und Polsterfugen der ganzen verdammten Hütte nach dem fehlenden Klunker abzutasten.

»So ein Ding hat er mir hinten reingejagt.« Jochen drehte

sich auf die Seite und hielt seine Zeigefinger auf die übliche Distanz männlicher Übertreibung auseinander. »Und morgen verpasst er mir noch eine.« Dann sah er mich an und stutzte. »Wie kommst du darauf, dass der Schmuck sich in ihrer Kabine befindet?«

»Jochen«, sagte ich. »Denk doch mal nach: Wer um alles in der Welt geht hin und klaut nur *einen* Ohranhänger?«

»Da kannst du recht haben«, meinte er nach einem kontemplativen Momentchen und setzte sich ächzend auf. »Die alte Krähe will wahrscheinlich einfach nur Aufmerksamkeit.« Unter noch mehr Geächze erhob er sich, nestelte an seinem Gürtel herum. »Bestimmt hat sie den Klunker selber versteckt. Aber was sage ich, wenn sie fragt, warum ich ausgerechnet bei ihr alles durchwühlen will?« Anstatt loszusprinten, wie ich es erwartete, ließ er sich die Hose bis in die Kniekehlen rutschen.

»Sag einfach, den Rest des Schiffes hätten wir schon abgesucht. Der Gedanke wird ihr gefallen.«

Jochen nickte und tastete mit beiden Händen seine verschrammte und verpflasterte Kehrseite ab, hielt dann aber inne.

»Moment mal«, sagte er, als wäre ihm ein Gedanke gekommen, und zwar einer, der ihm gar nicht gefiel, »wieso eigentlich ich?«

Hatte ich kommen sehen, die Frage, schon von Weitem, aber irgendwie war trotzdem keine Zeit gewesen für das Zurechtlegen einer entwaffnenden Antwort. Ich wollte Jochen gerade eine eiskalte Lüge auftischen, da klopfte es an der Tür. Jochen hatte die Hose auf halbmast, Scuzzi schlief, also blieb nur ich. Wie immer, will mir manchmal scheinen.

»Ich komme«, rief ich, riss kurz die Tür auf und musste mich gewaltig dagegenstemmen, um das Rote Quadrat am

Reinkommen zu hindern. Einer von Gottes natürlichen Eindringlingen, das ist er, unser Antonov.

»Scuzzi schläft«, raunte ich in sein Ohr, während ich versuchte, es möglichst beiläufig wirken zu lassen, einen Vorgesetzten mit der Schulter zum Zurückweichen zu zwingen. Er leistete keinen über seine schiere körperliche Masse hinausgehenden Widerstand, und doch konnte ich spüren, wie er rasch die Szenerie in Augenschein nahm. Kaum hatte ich ihn weit genug, drehte ich mich rasch, um während des Schließens der Kabinentür zu prüfen, was für einen Eindruck Antonov gewonnen haben könnte. Alles, was ich sah, war Jochen, der sich, leicht nach vorn gebeugt, die rot leuchtenden Arschbacken hielt und dazu eine Miene zog, die einen nicht näher zu begründenden oder genauer zu lokalisierenden Schmerz ausdrückte.

Dann war die Tür zu.

Antonov hatte inzwischen freiwillig einen weiteren Schritt zurück gemacht und den Kopf etwas schief gelegt, wie um mich in neuem Licht zu betrachten.

»Ich störe doch nicht?«, fragte er mit seiner hellen Stimme, die wie so oft nur ein Millimeterchen von einem Glucksen entfernt schien. *Schien* – denn machen wir uns bitte nichts vor: Er mochte sich anhören, als ob es kaum etwas unter der Sonne gäbe, dem er nicht eine heitere Seite abgewinnen könnte, doch war das reine Akustik. Seine alles sehenden, flinken, harten kleinen Äuglein sprachen eine ganz andere Sprache. Er war der Chef eines militärisch gedrillten Haufens, und man war im Umgang mit ihm gut beraten, das nicht eine Sekunde zu vergessen.

»Nein«, sagte ich. »Es ist halt nur so – Jochen zieht sich gerade um, und Scuzzi hatte 'ne lange Schicht gestern.«

»Hatten wir die nicht alle?«, fragte er. »Manche haben seither noch nicht mal Zeit zum Rasieren gefunden.«

Ich brauchte mir nicht ans Kinn zu fassen, tat es dann aber doch.

»Stressig, heute Morgen«, gab ich zu.

»Ja«, fand Antonov, »und nicht nur für euch.« Er packte mich am Arm und zog mich ein Stück näher an seine fleischige Gestalt. Augenblicklich machte ich mich wieder los.

»Hör zu«, raunte er und sah sich geheimniskrämerisch um. Die ersten Deckstühle waren alle mit Handtüchern belegt, doch weitere wurden von Matrosen herangekarrt, wohl für die Engländer, die in solchen Dingen immer schon etwas langsamer waren als andere Nationen.

»Die Japaner meckern am Reis herum«, vertraute Antonov mir an. »Masimoto-San fühlt sich in seiner Ehre verletzt. Wir mussten alle scharfen Gegenstände aus seiner Reichweite entfernen, er entleibt sich sonst noch. Und du kannst dir vorstellen, wie schwierig es werden kann, einen Großküchenbetrieb ohne Messer aufrechtzuerhalten.«

Ich nickte, als könnte ich. Antonov hielt sich für einen grandiosen Verarscher, und es war nicht an mir, ihm diese Illusion zu rauben.

»Fürst Tsarovski hat nach wie vor hysterische Anfälle wegen seiner Kabine«, fuhr er fort, »was wiederum den Käptn knurrig macht, der den Klimperfritzen tatsächlich für einen Künstler oder sogar einen Pianisten zu halten scheint. Und, Kristof, Miss Lovejoy hat mich«, er hielt mir das klobige Tragbare hin, das wir eigentlich alle mit uns herumschleppen sollten, »fünf Mal allein in den letzten dreißig Minuten angerufen und nach Jochen und dir verlangt. Scheint euch für …«, Antonov wischte sich über ein Auge, als müsse er eine heimliche Träne entfernen, »… irgendwie *maskuliner* zu halten, als es, äh, andere hier an Bord tun.«

Jochens malträtierter Arsch, natürlich. Ha-ha. Ein genervtes Seufzen war alles, was mir dazu einfiel.

»Also«, flüsterte er und rückte mir auf die Pelle, »beeilt euch besser mit eurer Arbeit. Dieses ganze Gemecker kann jederzeit *ihm* zu Ohren kommen«, Antonov deutete vielsagend Richtung Brücke, »und von da fällt es auf *mich* zurück.« Wieder packte er meinen Arm, fester diesmal. »Und glaube mir, mein Junge, wenn ich Ärger kriege, dann gebe ich den weiter, und zwar potenziert um den Faktor zehn. Habe ich mich klar ausgedrückt?«

Ich nickte.

»Und noch was«, sagte er, im Begriff, wegzugehen in eine der stilleren Bordkneipen, in denen er sich die meiste Zeit herumzudrücken pflegte, »lüftet mal ein bisschen besser in eurem Liebesnest.«

Ich sah ihm hinterher, lehnte mich gegen die Reling, atmete tief durch und fragte mich, wo die ganze Hektik so plötzlich hergekommen war. Erst gestern noch hatte ich mich bis zum Umfallen gelangweilt.

Wir passierten eine der zahllosen von oben so harmlos aussehenden Fischfarmen. Käfig-Lachs produzieren sie da. Furchtbar. Hühner, zum Beispiel, haben keine größeren Bedürfnisse als ein bisschen Dreck zum Scharren und Picken. Ihnen das nicht zu gewähren kommt mir schon grausam vor. Lachse hingegen sind genetisch dazu bestimmt, von einem Fluss aus eine weltumspannende Reise durch die Weltmeere zu unternehmen, ein Leben in grenzenloser Freiheit, bevor sie an den Ort ihrer Geburt zurückkehren, um zu laichen und zu sterben. Das unbeschreibliche Sehnen schien aus diesen vollgepferchten Netzkäfigen zu mir aufzusteigen wie ein leises Wimmern, und ich musste mich wegdrehen, um nicht in Depression zu verfallen.

»Such es dir aus, Jochen«, schloss ich meinen kleinen Vortrag. »Was willst du lieber wieder herbeizaubern: den Schmuck oder den Reis?«

Jochen zog sich missmutig seine neue Hose zurecht. Trotz allen Maßnehmens durch den Bordschneider schienen sie ihm eine mit etwas zu kurzen Beinen verpasst zu haben. Er machte den Gürtel ein Loch weiter, und es ging, so gerade.

»Da ist doch irgendein Trick dahinter«, mutmaßte er, die Stimme harsch vor Misstrauen. »Du weißt genau, wo der Reis hin ist. Wie willst du ihn jemals wieder hochholen?« Und, in einem Nachsatz, fügte er irritiert hinzu: »Wo, verdammt noch mal, sind eigentlich meine Reeboks abgeblieben?«

»Lass das meine Sorge sein, mit dem Reis«, antwortete ich, die Frage der Sportschuhe umschiffend. »Beeil dich lieber, ja? Und bring auf dem Rückweg von oben so viel Eis mit, wie du nur schleppen kannst.« Ich deutete mit dem Kopf zu der in schwarzes Plastik gehüllten Gestalt unter seiner Koje. »Oder unser Gast fängt schon bald an zu krabbeln.«

Die Eismaschine ratterte, stotterte, krächzte, quietschte, spotzte, poffte und gab den Geist auf. Ein halber Eimer war alles, was ich ihr noch hatte entlocken können. Ich presste den Knopf mit dem Daumen, hämmerte gegen die Front mit der Faust, kickte erst die eine, dann die andere Flanke mit dem Fuß, doch ein halber Eimer war und blieb es. Ich hastete zurück.

Irgendjemand machte »Puh« und wedelte sich mit der Hand vor der mit Zinksalbe eingeschmierten Nase herum, blickte fragend und angewidert hoch zu dem offen stehenden Bullauge.

So gehts nicht weiter, dachte ich. Absolut nicht. Der Teppichboden platschte unter meinen Füßen vor Nässe, das verfluchte Eis schmolz schneller, als ich es herankarren konnte. Am liebsten hätte ich die Kajüte abgeschlossen und den Leichnam und den ganzen verdammten Kahn sich selbst überlassen, ehrlich. Mehr Eis, doch woher? Und gleichzeitig musste die Heizung runter. Ich leerte den Kübel in den stinkenden, gluckernden Plastiksack, schloss das Bullauge und sprintete wieder los.

Gleich zwei Mann bewachten die Tür, doch mein Security-Pass und die markig vorgetragene Versicherung, ich handele im Auftrag Antonovs, brachten mich hinein ins Allerheiligste. Duster wars, steril und trocken, die Luft erfüllt von Summen, Fiepen und diesem leisen Rattern, das die elektronischen Rechenvorgänge begleitet und bei dem ich mich immer frage, was genau es eigentlich ist, das da rattert.

Funker und Bordelektroniker Jansen empfing mich, ein bebrillter, seltsam umwölkter Mann, der mit einem Ohr den kratzigen Durchsagen seines in dieser Umgebung fast schon antiquiert wirkenden Funkgerätes lauschte, während er sich mit dem anderen unter ungeduldigem Nicken mein Anliegen anhörte.

»Da hätten Sie auch mailen können«, belehrte er mich und zog sich eine Tastatur heran.

Ja, dachte ich, sicher. Doch erst mal hatten wir keinen PC in der Kabine.

Anders als hier, Sweet Jesus. Mindestens zwanzig große Flachbildschirme hingen ringsum an den Wänden wie animierte Poster, jeder mit eigener in ein stählernes Pult eingelassener Tastatur. Und mitten im Raum thronte ein Kasten im Format eines rundlichen Fünfziger-Jahre-Kühlschranks, jedoch ganz aus gebürstetem Metall bis hin zu den zahllosen völlig plan in die Flächen integrierten Verschlussklappen. Nicht eine Schraube war an dem Ding zu sehen, es schien nicht zusammengesetzt, sondern aus einem Stück herausgearbeitet zu sein. Eine einsame Diode leuchtete blau aus der Mitte der Front wie ein stechender Zyklopenblick, gleich über dem CNC-gefrästen Namenszug »Votix«.

»Ganz schön großer Kasten«, bemerkte ich, ohne dass einer der beiden Techniker darauf eingegangen wäre.

Abgesehen von den Flachbildschirmen gab es keinen weiteren Monitor im ganzen Raum.

»Kein Radar?«, fragte ich den japanischen Weißkittel, der, Hände auf dem Rücken, ruhig auf und ab lief und alles im Raum im Auge behielt. Sein Namensschild wies ihn als »Mr N. Honnaido« aus. Eine Berufsbezeichnung fehlte. Er nickte kurz, streckte eine weiß behandschuhte Rechte vor und erläuterte mir anhand eines der Bildschirme, dass die Radarsignale sofort in eine Grafik umgesetzt wurden. Tatsächlich sah ich zwei Küstenlinien und dazwischen ein rhythmisch blinkendes Schiff von oben.

Ein anderer Monitor zeigte das Ruder, in ständiger Bewegung, wie es mir schon auf der Brücke an dem Joystick aufgefallen war.

Wind, Wellen und Meeresströmungen schubsten die *Equinox* ständig weg vom berechneten idealen Kurs, erfuhr ich, und Votix korrigierte das ebenso ständig auf eine pingelige Weise. Honnaidos Deutsch war in etwa so makellos wie seine restliche Erscheinung.

»Welche Kabinennummer habt ihr?«, wollte Jansen wissen, und ich sagte sie ihm.

»Hm, Außenkabine. B-Deck. Schick«, meinte er verdrießlich und tippte die Nummer ein.

Dass wir, als Borddetektive, eine so attraktiv gelegene Hütte bewohnten, hatte etwas mit der ständigen Verfügbarkeit für die Passagiere zu tun und auch etwas damit, dass die *Equinox* im Moment nur zu etwa 85 Prozent ausgebucht war. Ansonsten wären wir, genau wie der vom Kapitän mit einer komfortablen Innenkabine verwöhnte Pianist, sicher augenblicklich in einem der üblichen, tiefer gelegenen Mannschaftsquartiere verschwunden. Trotzdem war diese bevorzugte Behandlung ein Grund für nicht unerheblichen Neid.

Mr Honnaido beugte sich über eine der Tastaturen und tippte mit einer Hand sachte ein paar Tasten an, wobei er den kleinen Finger vornehm abgespreizt hielt, wie die Gräfin aus dem Fernsehspot beim Beschlürfen ihrer goldenen Kaffeetasse. Eine Darstellung der Seitenansicht des Schiffes erschien, unter dem Schriftzug »Throttle Control«. Der Bug schob sich in einen Wellenberg, und die Nadel der Motordrehzahl zuckte ein bisschen nach rechts. Der Wellenberg wanderte weiter, und die Nadel zuckte wieder zurück.

»Automatische Kraftstoffzufuhr für bessere Ökonomie und ein sanfteres Gleiten des Schiffs«, erklärte Mr Honnaido zufrieden. »Und alles wird hier drin geregelt.« Und er betrachtete Votix mit etwas wie väterlichem Stolz.

»Kommt mir ganz schön groß vor, der Kasten«, wiederholte ich meine Bemerkung von eben.

»Nun«, sagte Mr Honnaido, vielleicht einen Hauch reserviert, »Votix beinhaltet die Rechnereinheit zur Steuerung und technischen Überwachung des ganzen Schiffes …«

»Trotzdem«, fand ich.

»Er kontrolliert die komplette Vorratshaltung an Bord, vom Treibstoff bis zum Inhalt der Kaffeeautomaten …«

»Trotzdem«, meinte ich.

»Er überwacht alle Sicherheitssysteme, angefangen beim Brandschutz. Ja«, sprach Honnaido schnell weiter, bevor ich ein weiteres »Trotzdem« einwerfen konnte, »das System ist sogar in der Lage, im Falle eines Lecks nicht nur von sich aus die Schotts im beschädigten Teil zu schließen, sondern kann vorher auch noch feststellen, ob sich Personen in den zu sperrenden Bereichen aufhalten, und diese mit präzisen optischen und akustischen Anweisungen aus der Gefahrenzone leiten.«

Er sah mich an, als ob er erwartete, dass mir das Maul offen stand, und ich sagte: »Trotzdem.«

»Seltsam«, unterbrach uns Jansen und stoppte seinen Cursor auf halbem Weg eine Zahlenkolonne entlang. »Eure Kabine ist tatsächlich auf 28 Grad Minimum eingestellt. Normal wären 18 Grad. Sicher, dass ihr das nicht so wollt?«

Ich nickte.

»Votix«, nahm Honnaido den Faden wieder auf, »regelt den gesamten Zahlungsverkehr, sowohl den der Passagiere als auch den der Mannschaft und der Reederei, kommuniziert mit Kreditkartengesellschaften und Banken auf der ganzen Welt, hält unseren Kurs und Kontakt zu Satelliten und Funkanlagen, er synchronisiert und ordnet sämtliche ein- und ausgehenden Datenströme ...« Honnaido musste kurz Luft holen, was ich sofort nutzte, ein weiteres »Trotzdem« an den Mann zu bringen.

»Außerdem hat er 12 Millionen Dollar gekostet«, mischte sich Jansen barsch ein. »Da kannste dem Auftraggeber nicht mit 'nem besseren Toaster unterm Arm ankommen.«

Ich sah zu Honnaido.

»Bei der Größe des Gehäuses spielte die Möglichkeit späterer Ausbaustufen eine Rolle«, rang er sich ab. »Außerdem mussten wir Kontergewichte unterbringen, um die Elektronik vor den Schwingungen des Schiffskörpers zu schützen.«

Ich dankte ihm höflich für die Lektion, wir nickten uns knapp zu und lächelten dünn, und ich wandte mich wieder an Jansen.

»Wer könnte uns die verdammte Heizung so hochgedreht haben?«, fragte ich, und er zuckte die Achseln.

»Vielleicht fehlerhafte Grundeinstellung«, murmelte er und verpasste uns mit einem Mausklick ein erträglicheres Kabinenklima. »Die komplette Rechnereinheit ist halt brandneu. Mr Honnaido hilft uns im Auftrag der Herstellerfirma, die ganzen Abläufe zu verinnerlichen.«

»Also«, resümierte ich, was mir schon seit meinem Besuch auf der Brücke nicht so recht aus dem Kopf gehen wollte, »könnte eine fehlerhafte Grundeinstellung der, sagen wir, Radarerkennung uns auch volle Hupe gegen eine Bohrinsel rauschen lassen, oder?«

Niemand würde sich, mal ganz im Ernst, auf ein von einem Autopiloten gesteuertes Motorrad setzen, doch bei anderen Verkehrsmitteln sind wir da wesentlich mutiger. Was heißt »wir«. Ich nicht, wenn ich ehrlich bin.

Mr Honnaido, trotz knappen Nickens und dünnen Lächelns sichtlich genervt von meinen Einwürfen, sprang mich regelrecht an, verbal.

Sämtliche sicherheitsrelevanten Funktionen waren tausendmal gecheckt worden, blaffte er, da gab es kein Vertun.

»Es braucht menschlichen Input«, versicherte er mir.

Ich kaute das eine Sekunde lang durch, bevor ich, einmal dabei, erneut widersprach.

»Theoretisch«, behauptete ich, »könnte eine im falschen Moment über das richtige Keyboard laufende Katze eine Katastrophe auslösen.«

Ajeh, jetzt fielen sie natürlich beide über mich her.

Die Systeme, musste ich mich belehren lassen, kontrollierten einander. Der Abbruch eines Ausweichmanövers etwa bedurfte der doppelten Zustimmung von Brücke und Schaltraum. Mein Beispiel mit der Katze zeige ein erstaunliches Maß an technischer Naivität, hieß es.

Schließlich gab ich klein bei.

»Warum ich eigentlich hergekommen bin«, bekannte ich, »ist Folgendes: Ich müsste mal eben die Listen von Personal und Passagieren nach Nationalität und ein paar anderen Kleinigkeiten abrastern.«

Gesucht: Albaner, der unter der Sparte Beruf »Contract Killer« eingetragen hat.

Jansen nickte, rückte sich die Brille zurecht, klickte sich ins entsprechende Menü.

»Da muss ich allerdings erst Ihren Security-Grad wissen«, sagte er beiläufig.

»Eins«, log ich routiniert. Ich meine, ich bin Detektiv. Ich sammle Informationen. Ohne eine gewisse Routine im Lügen gäbs da für mich nicht mehr zu sammeln als, sagen wir mal, Honig für eine Biene ohne eine gewisse Routine im Fliegen.

Jansen nickte, ließ sich meinen Namen geben, scrollte eine Liste herunter, klickte, und mein Foto erschien, rechts oben auf dem Datenblatt meiner Personalakte.

»Stimmt nicht«, sagte er. »Sie haben Stufe zwei. Damit haben Sie ohne Sondergenehmigung keinen Zugang zu persönlichen Daten. Weder vom Personal noch von den Passagieren.«

Dann bemerkten wir beide unseren Irrtum: Die Akte war gar nicht meine. Jansens Cursor war eine Position zu weit gerutscht. Das Foto zeigte Wassilij Kryvidnadse. Den Chefsteward. Dessen Name mir nicht hatte einfallen wollen. Den ohne Kopf.

Mürrisch hastete ich die engen Personalgänge entlang, mürrisch und gehetzt zugleich. Und besorgt. Ernsthaft besorgt. Es gibt kaum eine ernsthaftere Besorgnis als die um den eigenen Hals. Man stelle sich mal vor: Jemand drückt einem halb analphabetischen Killer ein unscharfes Foto und einen hingekrakelten Namen in die Hand – einen hingekrakelten Namen, der, wie es der Teufel will, mit Kry- anfängt, und, tja. Sollst mal sehen. Der Verdacht, nur durch einen blöden Zufall noch – noch! – mehr oder weniger munter herumzulaufen, holte seltsame Töne aus meinem Verdauungstrakt. Und nichts in Erfahrung gebracht, um meine Mutmaßungen zu unterstützen! Denn es war natürlich bei Security-Stufe zwei geblieben, auch nach Aufrufen der richtigen Akte, und Jansen hatte, vor allem, wie ich deutlich spürte, im Beisein Honnaidos, nicht mit sich reden lassen.

Ich machte mir eine geistige Notiz, bei nächster sich bietender Gelegenheit mal Ratso nach Albanern an Bord zu befragen. Unauffällig. Und unter einem Vorwand. Nicht, dass der mich an die Bande verscherbelte, wenn es sie gab.

Und noch etwas anderes nagte an mir: »Es braucht menschlichen Input.« Wer, fragte ich mich, Eiskübel unterm Arm, hat uns die Kabinentemperatur so hochgejubelt? Und warum? Wenn alles, was wir im Grunde haben wollten, irgendetwas in der Nähe von Kühlhaustemperatur …

Kühlhaus. Genau. Wenn sie da auch wahrscheinlich keine Eiswürfel lagerten, so dann doch vieles, vieles andere in kalter, eiskalter Form.

Frostiger Nebel schlug mir entgegen und hektische Betriebsamkeit. Verdammt, es war nicht mehr lange bis zum Mittagessen. Ich schnappte mir einen der gefütterten Kittel vom Haken und tat einfach so, als gehörte ich dazu.

Mit dem Läuten der Mittagsglocke leerten sich die Deckstühle, und ich riss Bullauge und Tür bis hintenhin auf, auch wenn es neben der Luft die Beschallung hineinließ. Die schwarzen Säcke waren prall mit konservierter Kälte, die Kabinentemperatur sank, endlich, in erträgliche Regionen, und ich atmete das erste Mal heute ein bisschen durch, da wurde *Loco in Acapulco* unterbrochen für eine in sechs Sprachen wiederholte und damit auch um den letzten Hoffnungsschimmer eines gnadenreichen Missverständnisses gebrachte Durchsage: Der geplante Landgang in Tromsø müsse leider, leider ausfallen. Wegen Ausbruchs von Maul- und Klauenseuche waren der gesamte Hafen und die dazugehörende Küstenregion zum Quarantänegebiet erklärt worden. Die *Equinox* würde sich nach einem Wendemanöver wieder auf den vorgesehenen Kurs nach Norden begeben.

Alkohol, dachte ich.

Drei

70 % Vol. Ja! Und keines weniger. Das war es. Die Aussicht, eine weitere unbestimmte, unübersehbare Zeit lang in Begleitung eines gärenden Leichnams reisen zu müssen, verlangte nach einem starken Balsam für meine Nerven. Wodka also. Die beste Marke. Die gleiche übrigens, die den russischen Präsidenten Boris Jelzin seinerzeit zu solch einer Vielzahl unvergesslicher Auftritte auf nationalem wie internationalem Parkett beflügelt hatte. Ich nahm zwei Pullen. Schachtel Montechristos auch. Die Cohibas waren fast alle, und irgendwie kam ich so langsam auf den, wie soll ich sagen, gehobenen Geschmack. Doch keine Fischeier heute, so viel war sicher. Man muss sich von dem Zeug mal so viel reingestopft haben, dass es einem wieder hochkommt, dann kann mans für 'ne Weile echt nicht mehr sehen, Beluga hin oder her. Stange Zigaretten, zwei Kästen Beck's, neues goldenes Feuerzeug. Das andere hatte ich irgendwo verbaselt. Kiste Barolo noch, ist immer gut zum Nachspülen, wenn einem der Hals vom Kiffen ein bisschen kratzig geworden ist. Sonst noch was? Mir fiel nichts mehr ein.

Ich schob den Wagen an die Kasse, packte alles nacheinander aufs Band, Elena scannte die Sachen durch, ich packte alles wieder zurück in den Drahtkorb, Elena sah auf und sagte: »Ein Euro, achtzig Cent, bitte.«

Ich zog Jochens neue Ginza-Kreditkarte aus der Tasche, und Elena reagierte mit der antrainierten Begeisterung:

»Oh, Sie zahlen mit Ginza! Dann gehen da natürlich noch einmal fünfundzwanzig Prozent runter.«

Fast alles war frei an Bord. *Fast* alles. Die Mahlzeiten und die Getränke bei Tisch sowieso. Das gesamte Sport- und Unterhaltungsprogramm auch. Salat- und Obstbuffets, Kaffee- und Softdrinkmaschinen lauerten an allen Ecken und Enden.

Doch für die Bars und Discos der *Equinox* gab es eine Chip-Währung, die übrigens gleich auch mit für das Spielcasino galt. Da Jochen und ich ausdrücklich gehalten waren, den Kontakt mit den Gästen zu suchen, uns aber, was unbegrenzten Frei-Alkohol anging, anscheinend nicht zu trauen war, verfügten wir über ein wöchentliches Chip-Deputat, so etwas wie Taschengeld. Das in unserem Fall die Nacht der Abreise nicht überlebt hatte und deshalb Tag für Tag von Scuzzi aus der Kasse des »Chagalle« neu aufgefüllt werden musste.

Und dann war da noch der Shopping-Bereich. Boutiquen, Juweliere, Sportausstatter bis hin zum irreführend »Duty-free« getauften Supermarkt. Diese vor Luxusgütern schier berstende Einkaufsmeile mit den außerhalb des Schiffes wertlosen – und ständig durch die Hände einer Vielzahl von Angestellten wandernden – Plastik-Scheibchen führen zu wollen wäre ökonomischem Selbstmord gleichgekommen, und Ratso alleine hätte das Schiff binnen Stunden in einen schwimmenden Schwarzmarkt verwandelt. Deshalb herrschte hier das Diktat der Kreditkarte. Und wer den Antrag der neu auf den Markt drängenden japanischen »Ginza Titanium«-Kreditkartengesellschaft ausgefüllt hatte, bekam das Kärtchen beim Einschiffen feierlich überreicht und genoss während der Reise einen fünfundzwanzigprozentigen Discount auf sämtliche mit Ginza bezahlten Waren.

Ich hatte den Antrag gleich in den Müll gefeuert. Mit meiner Schufa-Auskunft habe ich ungefähr die gleichen Chancen auf Aushändigung einer Kreditkarte wie auf die eines Waffenscheins mit meinem Vorstrafenregister. Deshalb zahlte ich immer mit Jochens.

Elena schlug die Augen nieder, sodass ihre langen, dichten Wimpern Schatten auf ihre hauchzart von Sommersprossen überstäubten Wangen warfen. Sie zog die Karte durch den Schlitz, reichte sie mir mit sanftem Lächeln zurück, und wir beide warteten, dass die Kasse einen Zettel ausspuckte. Wie meistens um die Zeit der Hauptmahlzeiten waren wir praktisch allein, was es mir für gewöhnlich auch leichter machte, die Preisschilder der Artikel im Einkaufswagen mit den 20-Cent-Scannerfeldern zu überkleben, von denen Elena mir eine ganze Rolle besorgt hatte.

Sie war ein großes Mädchen, weich, mit sanftem Wesen, rund fünfundzwanzig und immer noch hübsch wie ein Hündchen, von schüchterner Anmut, eine der letzten wirklich durch und durch netten Frauen. Nur leider, wie so oft, mit einem fatalen Hang zu der absolut falschen Sorte Mann.

»Du denkst doch an unser Date, heute Abend?«, fragte sie und hob eine ihrer zarten Brauen für einen Seitenblick voll scheuer Koketterie.

Ich musste mich innerlich blitzartig bei der Gurgel packen, um nicht mit *Hä?!?* zu antworten. Stattdessen lächelte ich vielsagend. Oder nichtssagend. Wie auch immer. Spielte auf Zeit. Grub den Garten meines Erinnerungsvermögens um, auf der Suche nach der verlorenen Kontaktlinse.

»Du weißt doch«, fuhr sie fort, und die Kasse druckte endlich den Bon aus, und nein, ich wusste nicht, definitiv nicht, »wir wollten zusammen zum Karaoke. Im Chagalle.«

Und da, endlich, fiel er, der Groschen, bei mir. Sie neckte mich nur. Machte Spaß.

»Elena«, sagte ich und sah ihr ernst in die schwarzen, glänzenden Unschuldigen. »Peitschenhiebe«, sagte ich, »Stromstöße, Bajonettstiche, eine Meute wilder Hunde oder eine Rotte wilder Schweine könnten mich nicht in eine Disco jagen, in der mein Freund Pierfrancesco Scuzzi die Macht über den Plattenteller hat. Es ist schlimm genug, dass ...« Ich brach kurz ab, und da war es. Wie immer. Wie überall. »Hörst du das?«, fragte ich laut, eigentlich zu laut, und zeigte vage in eine Richtung, und mein Zeigefinger zitterte dabei. *»Hörst du das?«*, dröhnte ich. Und leise, unmerklich, unaufdringlich und doch völlig unausweichlich erklang *Loco in Acapulco*, mal wieder. »Das ist das hundertste Mal heute«, flüsterte ich und konnte es mir nur mit Mühe verkneifen, den Wodka gleich hier und jetzt in mich reinzugurgeln.

Elena schlug die Augen nieder, schob die Unterlippe vor.

»Scuzzi hat gesagt, er hätte dich nominiert«, schmollte sie.

»Er hat *was?*«, fragte ich, und die Flaschen in den Regalen ringsum klirrten leicht dazu.

»Dich und Jochen«, sagte sie und sah wieder hoch zu mir. »Es ist Elvis-Nacht«, fügte sie lächelnd hinzu, bevor sie seufzte: »Du würdest einen himmlischen Elvis abgeben.«

Scuzzi! Ich stemmte mich gegen den Einkaufswagen, und meine Sohlen quietschten wie Rennreifen. Dann stoppte ich noch mal.

»Du findest also, ich könnte prima ein grotesk fettes Muttersöhnchen in einem strassbesetzten, fransenbehangenen und in sämtlichen Nähten krachenden Lederanzug darstellen?«

Wieder schlug sie die Augen nieder, lächelte verlegen.

»Nein, ich meinte natürlich den frühen Elvis. Als er noch knackig war.«

Gott, dachte ich und schob die Karre mit Vollgas durch die Gänge, wie kann man nur so naiv sein, sich einem in der Wolle gefärbten Scheusal wie mir so … so offen auszuliefern. Ich sollte sie anbaggern, abschleppen, flachlegen, sie eine Nacht lang so richtig durchnudeln und dann fallen lassen. Dass sies mal lernt. Gleichzeitig wusste ich, dass ich nur ein bisschen stillhalten musste, und irgendein anderer Saukerl würde genau das machen, und ich hätte sie anschließend zumindest nicht auf dem Gewissen.

Ich packte den hölzernen Griff mit eiserner Faust, völlig konzentriert, ja, fokussiert auf mein Vorhaben. Leise schlich ich mich an.

»Waf tuft du da?«, fragte Jochen, in meinem Rücken.

Sachte, um kein Geräusch zu machen, klappte ich mein Bett hoch. Ich brauchte Raum.

»Und waf haft du vor mit diefer …«

Ich hob sie hoch über meinen Kopf, ließ mich von ihrem Gewicht in eine leichte Rücklage ziehen, spannte alle Muskeln und Sehnen für optimalen Schwung, maximale Wucht.

»… Bratpfanne?«, fragte Jochen und hielt sie fest, hinter meinem Rücken.

»Er hat uns nominiert«, flüsterte ich, um ihn nicht zu wecken, zitternd vor Anspannung, und deutete mit der freien Hand eindringlich auf den schlafenden Scuzzi. »Und dafür«, flüsterte ich, »verpass ich ihm jetzt eine, die er sein Leben lang nicht vergisst.«

»Mach keinen Quapf«, meinte Jochen und nahm mir die Pfanne unsanft ab. »Wo haft du die überhaupt her?«

»Ich … ich habe keine Ahnung«, gestand ich, wahrheitsgemäß und selber erstaunt.

Hot dog, jumping frog, Al-bu-querque, schallte es von draußen herein, und ein weiteres Zittern durchfuhr mich, einmal von oben bis unten. »Er hat uns nominiert«, wiederholte ich. Und meine Hände wollten sich wie von alleine um den Hals des Schlafenden legen und zudrücken. Drücken, drücken, drücken. »Für das Elvis-Karaoke, heute Abend.«

Scuzzi konnte das. Er hatte eine Liste. Ein Teil des uniformierten Personals konnte zu Entertainment-Zwecken rekrutiert werden, als Tanzpartner für allein reisende Damen zum Beispiel (Gott, ich hatte ihn gewarnt) oder bei sportlichen Wettbewerben (und gewarnt) oder eben zur Auflockerung eines Karaoke-Abends (und noch mal, mit großem Ernst). Und da hatte man dann zu erscheinen. Stand im Vertrag. Was nicht darin stand, waren die Konsequenzen für das Nicht-Erscheinen, doch ich würde es erfahren, so viel war jetzt schon sicher. Wahrscheinlich kappten sie einem die Heuer, doch es war mir egal. Das Geld würde ich mir von Scuzzi zurückholen und fertig. Etwas beruhigt drehte ich mich von ihm weg. Jochen hatte den Siebzigprozentigen aufgemacht und nutzte ihn zur Desinfektion.

»Wupfie«, sagte er, deutete und tupfte Wodka auf Bissspuren an seiner mit Watte verstopften Nase, »und Pupfie«, sagte er und verfuhr genauso mit seinem blutigen linken Ohr. »Rawierklinge«, erklärte er und streckte die heftig verpflasterten Finger seiner Rechten vor. »Aber ich hab den Fmuck gefunden. Gleich neben der Klinge.«

Na, wunderbar. Fraglich blieb, womit er den Rest der Reise herumlaufen wollte. Die Beine seiner zweiten und letzten Hose hingen ihm bis zu den Knien in Fetzen.

»Am besten machst du Shorts draus«, riet ich ihm, während er herausstieg und sie noch mal nachdenklich ins Licht hielt. »Und hoffst, dass es keiner merkt.« Achselzuckend warf er sie in den Mülleimer. Ging an seinen Spind. Holte eine makellose, flatschneue dunkelblaue Uniformhose hervor und zog sie über. Mit Bügelfalten und allem.

»Ja aber …«, begann ich, und er sah mich kalt an.

»Bevor du ffagft«, sagte er und zeigte auf die aus dem Eimer heraushängenden Fransen, »daf da war eine von deinen.«

»Wir müssen ein Auge auf die honigblonde Kellnerin haben«, sagte ich. Wir drückten uns links und rechts um einen der Wasserspender herum, *New York, New York* in den Ohren. Es war an der Zeit, ein paar Dinge hinter uns zu bringen, um Spielraum für die Verfolgung eigener Interessen zu gewinnen. Jochen nickte sein vollstes Einverständnis.

»Sehen, mit wem sie noch so flirtet.«

Jochen nickte, als sähe er sich schon in dieser Rolle.

»Dann zählen wir einen davon aus und beschuldigen ihn, aus Eifersucht Fjodrs Kabine verwüstet zu haben.«

Jochen sah mich skeptisch an.

»Mogeln irgendein Beweisstück unter den ganzen Dreck.«

Jochen sah noch eine Spur skeptischer drein.

»Pass auf«, erklärte ich ihm. »Der Käptn will Ergebnisse, und der Käptn kriegt Ergebnisse. So oder so. Und je eher, desto besser. Sag mal«, dachte ich laut und zog Jochen mit mir, Richtung Piano-Bar, »hab ich den nicht auch mal mit der Honigblonden tanzen sehen?«

»Genauso wie Wassilij, wie Funker Jansen, Dr. Köthensieker, Antonov, ach, nimm, wen du willst«, sagte Jochen. »Der ganze Kahn ist doch scharf auf die Perle.«

Die sich gerade tief nach vorne beugte, um dem etwas verschwollen dreinblickenden Reverend McNish einen späten Morgenkaffee zu kredenzen. Schwer zu sagen, ob es die tiefe Beuge war oder der frisch Gebrühte, auf alle Fälle beschlug es dem Reverend recht heftig die Brille.

Ein jüngerer Pianist als der Fürst saß am Flügel und spielte ein unaufdringliches Elton-John-Medley. Da ist etwas durch und durch Unaufdringliches an Eltons Kompositionen. Und gleichzeitig auch etwas durch und durch Unaufregendes. In jeglicher Hinsicht.

»Trotzdem«, sagte ich. »Eifersucht ist ein klasse Motiv für so eine Aktion. Und der Fürst hat einen ziemlichen erotischen Magnetismus.«

Der Reverend, Brille geputzt, hob die Tasse, probierte, grimassierte, gestikulierte, reklamierte. Die Honigblonde nahm die Tasse kurz mit, hielt sie zweimal unter den Osborne, stellte sie mit einer Verbeugung wieder vor den Reverend, und das Brillentuch musste erneut herangezogen werden.

»Blödsinn«, fand Jochen. »Alles, was der hat, ist ein abnorm entwickelter Rammeltrieb. Erotischer Magnetismus!« Jochen schnaubte.

»Aäh«, warf ich ein, doch Jochen hörte nicht hin. »Dieses ganze ekstatische Tastengott-Gehabe dient doch nur dazu, ihm was auf die Tücher zu locken. Lächerlich eigentlich. Ich nehm dem noch nicht mal –«

»Ääh«, unterbrach ich, doch Jochen war jetzt in Fahrt. »– ich nehm dem noch nicht mal den Fürsten ab. Alles Masche, wenn du mich fragst. Kriegt man in Nowosibirsk oder wo der herkommt wahrscheinlich im Tausch für zwei Flaschen Fusel und 'nen Sack Kartoffeln, so 'nen Adelstitel.

Vielleicht sollte ich echt mal ein paar Worte mit der Blonden wechseln. Fjodorov gehts doch einzig und allein ums Rammeln, Rammeln, Rammeln. Nimm dem die Viagras weg, und es bleibt nur ein versoffener, schnauzbärtiger alter Sack mit viel zu langen Haa-«

»H-mhm«, mischte sich Fürst Fjodr Fjodorov Tsarinski, der schon ein Weilchen direkt hinter Jochen gestanden hatte, in unser Gespräch ein. Beendete es damit, kann man sagen. Jochen zumindest sah so aus, als ob er den Rest des Tages brauchen würde, seine Maulsperre zu überwinden.

»Haben die Herren die Beweisaufnahme in meiner Kabine abgeschlossen?«, fragte der Fürst ungerührt, im Anschluss an ein kleines, bedrohliches Schweigen. Er sprach mit den kratzigen R des Ostniks und der tiefen, belegten Stimme, die einem ausdauernder Konsum reinweißen Alkohols und tiefschwarzen Tabaks schenkt, und winkte der Honigblonden mit zwei Fingern, was die sachte erröten und an seine Seite schweben ließ.

»Wie immer?«, hauchte sie, *sichtbar* erregt, und er nickte gnädig, sein schmales Lächeln voll patriarchischen Großmutes. Jochen drehte sich weg und würgte an einem mindestens faustgroßen Klumpen Sexualneides herum. Wie so viele frisch Verlassene kann er nur schlecht jemandem was gönnen, unser Jochen.

»Denn so nett Ankjes Kabine auch sein mag«, fuhr der Fürst fort und sah der Honigblonden verträumt hinterher, »so ist sie doch auf Dauer etwas zu eng für …«, er suchte nach einem Wort, fuhr sich nachdenklich durch die dichte graue Mähne, »… Leidenschaft«, entschied er sich schließlich, und Jochen hustete kurz in seinen Kaffee.

Fjodr sah sich um, zupfte mich leicht am Ärmel. »Halbes Stündchen Zeit, heute Abend?«, fragte er vertraulich, und ich sah nun meinerseits der Blonden hinterher beziehungsweise entgegen, denn sie hatte es mädchenhaft eilig, ihrem Stecher den mit einem Spritzer Orangensaft nur unmerklich eingetrübten vierfachen Wodka zu bringen.

Halbes Stündchen?, dachte ich, noch nicht ganz sicher, worüber wir hier redeten, aber wie immer bereit, als Erstes meinen niederen Instinkten zu lauschen. Bisschen wenig, dachte ich weiter, für 'nen Dreier.

»Vielleicht nach dem Karaoke?«, schlug er vor und – verschwand von meinem Bildschirm. »Ich habe da etwas auf meinem PC entdeckt, das würde ich euch gerne zeigen«, murmelte er noch, doch kamen seine Worte nicht mehr richtig an, verhallten hohl wie alles um mich herum.

»Ich gehe nicht zum Karaoke«, wollte ich entgegnen, doch ... Töne verblassten, Farben, Formen. Stille setzte ein, gnadenvolle, majestätische Stille. Die Bar schwand dahin, das Schiff, die Zeit. Bis nichts mehr blieb als sie, sie und ich.

Sie trug das Haar in makellos schimmernder Glätte nach hinten gebunden, wo es in einen dicken blauschwarzen Zopf mündete, so fest geflochten, dass er eine Handbreit brauchte, um der Schwerkraft nachzugeben und sich in sanftem Schwung hinabzuneigen, bis seine Spitze in pendelndem Schwung sachte von der einen ihrer beiden schmalen, festen, in einen wie aufgemalt sitzenden, seitlich geschlitzten schwarzen Lederrock gehüllten Arschbacken zur anderen strich.

Sie trug hochhackige schwarze Pumps, die sie mit ruhigem, grazilem Schritt präzise einen genau vor den anderen stellte und aus denen an der Rückseite je eine Strumpfnaht, fein wie ein Bleistiftstrich, an Waden emporwuchs, die sich der Darstellung, sei es durch Worte oder sonst eine Ausdrucksform menschlicher Profanität, schlichtweg verweigerten.

Sie trug ein mit einer Million silberner Pailletten besticktes, funkelndes Oberteil, und hätte der arktische Silberfuchs geahnt, um was für Schultern er sich eines Tages würde schmiegen dürfen, er wäre lächelnd gestorben, ich bin mir sicher. Oder zumindest grinsend.

Doch all das wäre nicht der Rede wert gewesen, mehr oder weniger bedeutungslos und beinahe alltäglich, ohne diese große, strenge, eigentlich für ihr schmales Gesicht um einiges zu wuchtige, pechschwarz gerahmte Brille.

»Wer … ist … das?« Meine Stimme klang fremd, wie sie so in der Unendlichkeit des Raumes und des Augenblickes verhallte.

»Carla«, kam die Antwort, ohne Zögern. »Carla Bayonne.« Von Fjodr. Der wusste das. Natürlich. Etwas wie Elektrizität britzelte in mir, ich sah kurz zur Seite, und wenn Jochen und ich in diesem Augenblick gegensätzlich geladen gewesen wären, vom Fürsten zwischen uns wäre nichts geblieben als ein Paar rauchende Schuhsohlen. »War früher beim Zirkus. Ist heute der Croupier vom Casino«, fügte Fjodr nüchtern hinzu, und alles war wieder da, ringsum. Bis hin zu *Candle in the wind*, am Piano.

»Hä?«, machte ich, wie vor den Kopf geschlagen.

»*Der* Croupier?«, fragte Jochen, und Fjodr nahm einen genüsslichen Schluck von seinem Getränk und dann noch einen genüsslichen Zug an seiner Papirossa, bevor er den Kopf schüttelte. »Nicht, was ihr denkt. Es gibt nur keine weibliche Berufsbezeichnung für ›Croupier‹, das ist alles.«

Doch da hatten wir ihn schon stehen lassen, ich, mit Jochen im Schlepptau. Carla bog um eine Ecke, und ich rannte, Jochen mit mir zerrend, in die andere Richtung, den nächsten Gang hoch, um die Ecke und wieder zurück. Da kam sie, straff, streng, grazil. Ohne nachzudenken, schubste ich Jochen auf sie zu.

»Sprich sie an!«, zischte ich, in seinem Rücken.

»Ah, wa-wa?«, entgegnete der Trottel, und ich hieb ihm mein Knie ins verlängerte Kreuz.

»Sag was zu ihr, irgendetwas!«

Jochen stolperte einen Schritt vor, direkt in Carlas Weg, was sie zum Anhalten zwang, mit einer Miene arroganter Irritation.

Ich knuffte Jochen in die Nieren.

»Ääh, wargldasnwudelbnene«, stammelte er und brachte mich fast zum Ausrasten damit.

»Sehr schön«, fand Carla nach einem Moment, mit einer Stimme, kühl wie ein Gletscherbach über schwarzen, glatten Kieseln. »Ein bisschen Übung noch, und wir lassen dich an Bord alle wichtigen Durchsagen machen. Besucht ihr Jungs denselben Logopäden?« Und sie richtete den Blick ihrer vom schwarzen Rand der Brille eingefassten leicht schräg gestellten, durchdringenden Augen auf mich. Augen vom blendendsten denkbaren Blau.

Alles, was ich wollte, war niederknien und flehen, doch musste ich jetzt etwas sagen, wollte ich nicht genauso belämmert dastehen wie mein Spannmann, und über diesen Widerspruch geriet ich, ich weiß nicht wieso, ein bisschen in Rage.

»Hör zu, Herzchen«, entfuhr es mir, hitzig, und das war es. Weiter kam ich nicht. Im selben Augenblick spürte ich schon Carlas scharf geschliffenen Daumennagel in meinem linken Nasenloch.

»Diesmal ist es nur die Nase«, schnurrte sie. »Noch einmal ›Herzchen‹, und du riskierst eines deiner hübschen Augen.« Mit einem scharfen Ruck riss sie den Daumennagel nach vorn, wischte ihn zweimal an meiner Jacke ab, rückte ihre Stola zurecht und stakste, Huf vor hochhackigen Huf, davon, die Spitze ihres Zopfes zuckend wie der Schwanz einer echauffierten Katze.

Ich dachte an Tequila in der Wüstenhitze der Baja California. Und an Sex. An Kokain in der Schwüle des Anden-Dschungels und an Sex. An ein Matratzenlager auf den zitternden Flanken eines berstenden Vulkans, an Tauchgänge unter das ewige Eis des Nordpols und selbst da noch an Sex, Sex, Sex.

»Bis heute Abend dann, Jungs«, rief sie über ihre Schulter, in selbstgefälliger Belustigung.

Ich tastete nach meiner Nase, und mein Handrücken war voller Blut.

Sex, dachte ich.

»Beim Karaoke«, fügte sie hinzu, dann war sie um die Ecke verschwunden, dem in Messing geprägten Pfeil Richtung Casino folgend.

»Ich frage mich«, fand Jochen seine Sprache wieder, »wie das sein mag, wenn sie die Schuhe abstreift, die Stola von den Schultern gleiten lässt, den Zopf löst, ihr Haar freischüttelt, sich zurücklehnt, diese prallen Lippen teilt und rau und leise ›Machs mir, Jochen!‹ haucht.«

Wir blickten uns an, und die *Equinox* mit all ihren Bruttoregistertonnen, ihrer Unzahl von Kabinen und Quadratmetern Nutzfläche war mit einem Schlag zu klein geworden für beide von uns.

»›Machs mir … *Kristof*‹«, korrigierte ich ihn eisig.

In der Piano-Bar war man munter dabei, von Osborne und Wodka auf nahrhaftere Getränke wie Guinness umzusteigen.

»Okay«, raunte ich Jochen zu. »Alles wie besprochen. Du zischst los. Klaust irgendetwas aus seiner Kabine, irgendwas Persönliches, schiebst es unauffällig in den Haufen Dreck, und da ›finden‹ wir es dann und überlassen es Antonov, wie er damit verfährt.«

Jochen blickte missmutig drein. Moralische Bedenken, mal wieder. Furchtbar. Wie kann man sich nur mit so was belasten?

»Was soll schon passieren?«, drängte ich. »Der hat doch einen Status wie ein Diplomat. Und uns verschafft das ein bisschen Luft für unsere eigenen Nachforschungen.«

»Vergiss den Reis nicht«, mahnte Jochen.

Aah, verdammt! Hatte ich schon. Vergessen, meine ich.

Ich versprach, mich drum zu kümmern. Wir trennten uns, und ich hastete zurück zu unserer Kabine.

Die Temperatur war deutlich angenehmer, der Mief allerdings nicht. Immer noch ein bisschen wie ein Finger im Hals. Wir würden uns etwas einfallen lassen müssen. Doch später, später. Erst mal …

Ich zupfte die beiden Stöpsel aus seinen Ohren, nahm ihm die Schlafmaske ab. Scuzzi grunzte. Setzte sich auf. Tastete nach seinem Nachttischchen, zog die Schublade heraus, entnahm ihr die kleine, schon präparierte Glaspfeife und ein Feuerzeug, führte die Pfeife zum Mund und das Feuerzeug an die Pfeife, ritschte es an, ließ die Flamme tanzen, sog den entstehenden Rauch zischend zwischen den Zähnen durch, hielt ihn kurz in der Lunge, entließ ihn seufzend, legte die Pfeife beiseite und sagte: »Aah.«

Dann erst schlug er die Augen auf. Starrte mit hängendem Kopf, hängenden Schultern und hängenden Lidern einen Augenblick vor sich hin. Bevor es ihn packte und er einen Satz in die Höhe machte und sich unter meiner Koje knirschend den Schädel anschlug.

Gott, das tat so *gut*.

»Oh, Scheiße«, keuchte er und hielt sich den Kopf, den Blick auf den Plastiksack gerichtet. »Der ist ja immer noch da.«

»Ja«, bestätigte ich knapp und sprach dann aus, was mir wirklich durch den Kopf ging. »Carla«, sagte ich.

»Und was ist das hier?« Antonov hatte genug von den Beteuerungen und hielt dem Beschuldigten das Beweisstück unter die Nase. Der erbleichte und betrachtete mit einiger Bestürzung, wie es unten heraustroff, zäh und bräunlich und … na ja.

»Das«, erklärte Reverend McNish, mit Entgeisterung in der Stimme, »ist eine antiquarische Bibel von unschätzbarem Wert.«

Und ich schlug mir die Hand vor die Stirn und sah Jochen kopfschüttelnd an, der die Achseln zuckte mit einer »Du hast doch gesagt«-Geste.

»Dass das eine Bibel ist, sehe ich selber«, schnappte Antonov. »Die Frage ist: Wem gehört sie?«

»Mir«, meinte der Reverend erschüttert.

»Und wie kommt sie unter diesen Riesenhaufen Dreck?«

»Ich habe nicht die geringste Ahnung.«

Antonov schnaubte wie jemand, der solche Antworten tagtäglich zu hören kriegt. Er schnaubte wie ein Fernsehkommissar.

»Der Käptn«, grunzte er mit einigem Gewicht, »wünscht bis morgen Mittag eine schriftliche Erklärung von Ihnen.«

Und damit verließen wir die Kabine, und eine Putzkolonne hielt Einzug.

Während McNish geschockt davonwankte, die triefende Bibel mit spitzen Fingern auf Armeslänge von sich haltend, nahm unser Vorgesetzter uns beiseite. Am Arm, wie gewohnt.

»Das war schnelle Arbeit«, knurrte er. Kam es mir nur so vor, oder knurrte er es mit einer gewissen unterschwelligen Vieldeutigkeit? Schwer zu sagen. »Und der Schmuck ist auch wieder da, nach allem, was ich höre?«

Jochen nickte. Und ich wusste, was jetzt kam. Oder glaubte es zu wissen.

»Und was den Reis angeht –«, begann ich hastig, doch Antonov winkte ab.

»Nicht mehr euer Problem«, meinte er gelassen. »Ich habe mit dem Kapitän was anderes vereinbart. So 'n Sack ist ja recht groß.«

Er deutete den Umfang mit den Armen an und übertrieb, wie Männer es so tun. »Der muss ja irgendwo sein. Ich meine, etwas im Wert von fünftausend Dollar schmeißt man ja nicht über Bord, oder?« Er sah von Jochen zu mir, abwartend, ob wir die Vorstellung auch zum Lachen fanden.

»Wär schön dumm«, sagte ich, damit er endlich weitermachte.

»Also werden meine Jungs im Rahmen einer Übung einfach den kompletten Kahn danach absuchen.«

Irgendwie war es auffällig, dass Jochen und ich nie mit in den Kreis seiner »Jungs« einbezogen wurden, doch das war es nicht, was mir die Socken feucht werden ließ, in diesem Moment.

»Wir fangen an mit den Personalkabinen«, sagte Antonov.

God didn't make little green apples, and it don't rain in Indianapolis, umschmeichelte es die Dutzend und Aberdutzend von reglos ihr Mittagessen verdauenden Deckstuhlbeschwerern, die furzend und schnarchend die sonnige Windstille vor ausgerechnet unserer Kabine goutierten.

Warum kann es nicht regnen?, dachte ich fahrig. Und wozu überhaupt Passagiere? Hatten wir nicht Ärger genug?

Jochen hatte ich losgejagt, unauffällig herauszufinden, wie und wo mit der Suchaktion begonnen werden würde.

Chicago, Chicago 's a wonderful town, wurde mir versichert. Danach würde das gequälte *Loco in Acapulco* kommen, gefolgt vom impertinent fröhlichen *Al-bu-quer-que,* dann Frankieboy mit seiner Ode an *The city that never sleeps,* dann als Kontrast das eher schläfrige *Ki-hingston Town* und dann … *Viva Las Vegas,* genau! Ich kannte das verdammte Tape mittlerweile auswendig!, fiel mir mit heißer Empörung auf. Scuzzi! Wo war die Pfanne abgeblieben?

Ich hatte Mühe, durchzukommen durch all die Stühle, all die Tischchen, all die Longdrinks. Hätten wir doch bloß eine Inboard-Kabine! Es war völlig undenkbar, den Leichnam während des Tages irgendwo anders hinbringen zu wollen, schon gar nicht, solange die Sonne schien, und die schien unaufhörlich auf die hähnchenbraunen Faltenbälge ringsrum. Hasserfüllt wünschte ich ihnen allen die Salmonellen ans Gedärm.

Scuzzi kam gerade aus dem Bad, das schwarze Haar nach hinten gegelt, die immer ganz leicht urlaubsgetönte Haut auf Seidenglanz gesalbt, summte die Melodie von draußen mit und trug um die Lippen dieses dünne, selbstzufriedene Grinsen, mit dem mich zu Hause schon immer die Katze wissen lässt, was sie im Grunde von mir hält.

Zack, hatte ich ihn am Kragen.

»Wann – wirst – du – dieses – Tape – wechseln?«, keuchte ich und schüttelte ihn durch dabei.

»Bin ja schon unterwegs«, beschwerte er sich.

»Gut.« Ich ließ ihn los. »Dann mach hin. Ich komm mit.«

Er sah mich konsterniert an. Die Bordbeschallung wurde vom Studio des »Chagalle« aus bestückt, und Scuzzi kannte selbstverständlich meine Haltung zu seinem Arbeitsbereich. Zur Genüge kannte er sie.

»Ich muss dein Angebot an Elvis-Soundtracks durchsehen. Und eine Vorauswahl treffen. Und gnade dir Gott, wenn du heute Abend etwas durcheinanderbringst!«

»Sag mal, hast du nichts Wichtigeres zu tun?«

»Nein«, sagte ich und meinte es ernst.

Ein kleiner Augenblick verging, in dem Scuzzi die Bedeutung meiner Worte klar wurde und er sich, nebenbei, die Schuhe anzog.

»Das heißt mit anderen Worten: Du nimmst teil?«, fragte er dann und klang ungläubig. Kein Wunder, hatte ich doch vor nicht ganz dreißig Minuten noch laut und deutlich geschworen, keine Macht der Welt, keine wilden Pferde, wilden Hunde, wilden Schweine würden mich dazu bringen.

Wortlos zeigte ich ihm das druckfrische Flugblatt mit der Ankündigung des Karaoke-Wettbewerbs und dem ausgelobten Preis für – und da tippte ich vehement mit dem Finger drauf – für den *Sieger*.

Scuzzi las und pfiff durch die Zähne.

»Hey, hey, hey«, machte er und sah grinsend zu mir hoch. »Jetzt versteh ich.«

»Können wir dann mal los?«, fragte ich.

»Darling, won't you please … *surrender*«, sang ich, tief, ölig, mit sanftem Vibrato, »to my arms so warm and tender? Let's make this night a night of …« Kleine Pause, schmachtender Blick, Augenaufschlag wie ein Klosettdeckel. »… *passion*«, keuchte ich, überwältigend, »let's make this night a night of … *love*.«

Scuzzi sah mich an, als ob er bereit sei, sich augenblicklich und ohne Widerstand von mir ins Bett schleppen und bis zum Eintreten völliger Erschöpfung ficken zu lassen. Ermutigend, wenn man bedenkt, dass Scuzzi ebenso hetero wie ansonsten vollkommen glücklich ist mit seinen Drogen. Sex? Ach du je.

»Vielleicht noch mal mit ein bisschen mehr Hall?«, schlug ich vor. Ich war nicht bereit, heute Abend irgendetwas dem Zufall zu überlassen. Der Preis war mein, mein, mein, und wenn ich dafür würde töten müssen.

Das nasale *Indiana wants me* wurde kurz unterbrochen vom *Bing, Bang, Bong,* das den Aufruf zum Fünfuhrtee einleitete. »Great Songs, Great Countries«, eine weitere ans Genialische heranreichende Pierfrancesco-Scuzzi-Compilation.

Gott, was hatte ich den Glockenschlag herbeigesehnt! Augenblicklich hievten sie sich draußen vor der Kabine ächzend aus den Deckstühlen und hechelten schlurfenden Schrittes der nächsten Mahlzeit entgegen.

Ich schnappte mir den Einkaufswagen und schob ab Richtung Kühlhaus. Das frostige Gut, in das ich die Leiche gepackt hatte, befand sich in Auflösung, und wenn ich nicht rasch Ersatz auftrieb, würde es dem Verblichenen über kurz oder lang nicht besser ergehen.

Jochen war unterwegs, irgendeinem Kreditkarten-Ärger irgendeines Passagiers nachzugehen. Vor morgen früh, hatte er zuvor herausgefunden, würde sich Antonovs Übung nicht bis zu unserer Kabine vorgearbeitet haben. Was uns eine Nacht Zeit ließ, entweder die Leiche umzubetten – nur wohin? – oder aber den Reis aufzutreiben – nur woher? – und den dann zu »finden«, oder, noch besser, ihn von irgendeinem Unbeteiligten finden zu lassen. Eine Nacht minus, nicht zu vergessen, die Karaoke-Veranstaltung.

Langsam wird mir das alles zu viel, dachte ich und wuchtete eine weitere Großverbraucherpackung portionierbares

Kühlgut in den Einkaufswagen. Dann hatte ich, wie das schon mal passiert, eine Idee. Eine tolle Idee.

Tief in Gedanken wendete ich die Karre, und Masimoto-San starrte mir, Arme vor der Brust verschränkt, mit finsterster Miene entgegen. Mit finsterster Miene und einem langen Fleischermesser in der rechten Faust, sollte ich vielleicht erwähnen. Lang genug, um jemanden damit …

»What«, schnappte er, »are you doing here?«

Der Reis, dieser Scheiß-Reis! Was diese Leute für einen Aufstand um diesen blöden Reis machten!

Erst mal, ja, fangen wir ruhig damit an: Erst mal habe ich so meine eigene Theorie zu diesem ganzen Feinschmecker-Getue. Neun von zehn dieser selbsternannten Gourmets und Weinkenner können doch, ohne das Etikett studiert zu haben, einen zwölf Jahre alten Margaux nicht von 'ner Pulle Lidl-Lambrusco unterscheiden. Bei Reis, sagte ich mir und wuchtete den Sack aus dem Einkaufswagen, wird das wohl kaum anders sein. Selbst wenn es sich um eine Bande dekadenter asiatischer Millionäre handelte, die sich mit dunklen Sonnenbrillen und weißen Handschuhen vor dem Anblick und dem Hautkontakt mit der minderwertigen westlichen Welt schützen mussten und die einem Gemeinwesen entstammten, das sogar seinen sogenannten Wein und anderen Fusel aus diesen blöden Grassamen herstellte. Selbst wenn sie tagaus, tagein, jahraus, jahrein nichts anderes mampften und eine feine Zunge für dieses Zeugs entwickelt hatten. Selbst dann war diese ganze Basmati-Golden-Triangle-Hysterie für mich nichts als affektiertes Gehabe.

Unmöglich zu sagen, ob Masimoto mir geglaubt hatte, mein Aufenthalt in der Kühlkammer sei Teil meiner Suche nach seinem kostbaren Reis gewesen. Komplett undurchschaubar, der herrische Koch. Und es hatte mich wirklich

Nerven gekostet, anschließend auch noch in das andere Lebensmittellager vorzudringen. Doch es war unabdingbar gewesen, wollte ich meine tolle Idee in die Tat umsetzen.

Langes und hartes, hartes Grübeln war nötig gewesen, doch dann meinte ich mich zu erinnern, wie der verdammte Sack ausgesehen hatte, den wir nichts ahnend von vier Matrosen hatten ins Meer schmeißen lassen. »Golden Triangle« war, mit asiatischer Akkuratesse, tatsächlich in Goldschrift auf das Gewebe gedruckt gewesen. Zum besseren Verständnis noch mit einem goldenen Dreieck zwischen den beiden Wörtern. Und »Basmati« stand drauf, auf dem Sack, den ich in diesem klammen Augenblick nach der Begegnung mit Masimoto aus der Vorratskammer geklaut hatte. Der Rest war Klebeband, Buchstaben-Schablonen, Pinsel, ein Töpfchen Goldbronze. Alles in einem unbeobachteten Moment aus der Werkstatt des Schiffszimmermanns organisiert.

Ich geb euch »Golden Triangle«, dachte ich. Lang und schmutzig. Doch erst mal brauchte ich einen Föhn. Ich stand auf, warf einen Blick um mich.

Wassilij Kryvidnadse hatte, seinem Rang entsprechend, eine Kabine für sich alleine gehabt. Ja, hatte gehabt. Mittlerweile teilte er sich eine mit Scuzzi, Jockel und mir. Für mein Vorhaben der Reisfälschung brauchte ich ein ruhiges Plätzchen, und was ist ruhiger als die Kabine eines Toten?

Ruhig. Und gleichzeitig dröhnend vor lastender Präsenz. Ich sah mich bewusst nicht weiter um, fasste nichts an. Für eine gründliche Durchforstung hatte ich nicht die Zeit, also verschob ich den ganzen Vorgang auf später. Später, ja. Das erste Mal seit Stunden wurde mir bewusst, wie müde ich war, wie zäh und nur noch auf den nächsten Schritt ausgerichtet mein Denken. Bad. Föhn. Eingestöpselt. Ein fremdartig beschriftetes antiquiertes Stück mit Metallgehäuse. Ich drückte den Knopf, und das Ding jaulte auf wie eine Luftschutzsirene. Genervt zerrte ich den Sack ins Bad. Und schloss die Tür. Nichts ist ruhiger als die Kabine eines Toten. Da möchte man doch nicht, dass irgendjemand im Vorbeilaufen seinen Föhn heulen hört.

Noch während ich den Schriftzug trockenpustete, dachte ich über einen geeigneten Fundort nach. Das Beste wäre, wenn die Japaner selbst über den so schmerzhaft vermissten Edel-Reis stolperten. Doch dazu müsste ich den Sack in den videoüberwachten Passagierbereich schmuggeln. Gottverdammmich.

Geht denn nichts einfach?

Der Föhn jaulte monoton, und ich ließ mich auf dem Pott nieder und lehnte meine Stirn gegen die kühlen Kacheln. Ich war kaputt wie ein Hund. Nicht unbedingt der wünschenswerte Zustand zu Beginn einer sicherlich, ääh, herausfordernden Nacht.

Sobald die Farbe trocken ist, lade ich den Reis ab, dachte ich, und dann muss ich mal einen tiefen Blick in unser Kühlfach werfen.

Liebste Ingrid,
noch sind zehn Tage Zeit, deine Entscheidung zu überdenken. Hier verrinnen inzwischen die Stunden, in denen man noch mailen oder mit dem Handy telefonieren kann. Wenn du also antworten möchtest, tue es rasch. Warum beantwortest du meine Mails nicht? Nach all der schönen Zeit, die wir zusammen hatten? Niemals werde ich die zwei innigen Wochen auf Knesel vergessen, all die Vogeleier, all die Sterne, die wir gezählt haben, auch wenn ich nach wie vor der Ansicht bin, dass du etwas zu vertraulich im Umgang mit dieser russischen Schiffsbesatzung gewesen bist, und mich bis heute frage, warum sie immer so gelacht haben, wenn ich ihnen begegnet bi

Ich machte einen vorsichtigen Schritt zurück, dann noch einen. Dann zwei rasche Schritte vor und ein Klaps auf die Schulter, und Jochen sah überrascht zu mir hoch.

»Hey«, sagte ich, ohne den Bildschirm eines Blickes zu würdigen, »fleißig?«

Jochen deutete mit dem Kinn zu dem großen, in sieben Sprachen verfassten Pappschild, das an einer Wand des Internet-Cafés prangte und ein voraussichtliches Ende der Netzabdeckung in stündlich korrigierten Zahlen ankündigte. Die aktuelle war 27. Danach würden wir so weit in die nördliche Leere vorgedrungen sein, dass jeglicher Kontakt nach außen nur noch über Jansen, den Funker, möglich war.

»Will nur eben meine Mails an zu Hause abschicken«, meinte er, »bevor sich hier die großen Warteschlangen bilden.«

»Lass mich raten«, sagte ich. »Ingrid?«

Jochen nickte mit großem Ernst.

»Ich hoffe immer noch, sie zurückzugewinnen«, murmelte er und seufzte zum Gotterbarmen. »In vielerlei Hinsicht ist sie die Frau meines Lebens.«

Wie alle, wie jede, mit der er je zusammen war. Für Jochen Fuchs braucht nur eine Thekenschlampe die Zähne zu fletschen, und sie ist die Frau seines Lebens. Jesus, wenn ich mir das Gejammer nicht noch über Wochen und Monate anhören wollte, musste ich ernsthaft etwas unternehmen.

»Wir hatten sogar schon das Klingelschild für unsere gemeinsame Wohnung prägen lassen. Nach der Hochzeit«, fügte er hinzu und fischte die verfluchte Scheußlichkeit in Messing tatsächlich aus seiner Tasche. »Ingrid und Jochen Fuchs«, las er vor, und ich wand mich innerlich. »Unseren Sohn wollten wir dann Isidor nennen.«

Isidor? Isidor *Fuchs?* Das arme Kind.

»Jockel«, sagte ich eindringlich. »Sie hat dich vom ersten bis zum letzten Tag mit jedem Schwanz in Reichweite betrogen, und dann hat sie dich schließlich wegen eines Steuerberaters sitzen gelassen. Wegen eines Steuerberaters! Dich, einen Angehörigen des vielleicht angesehensten Berufes der Welt! Wann hat es zuletzt einen Thriller gegeben, in dem ein *Steuerberater* die Hauptrolle gespielt hat? Jochen, wir beide, du und ich, wir sind die Helden eines ganzen Genres! Unser Leben ist episch, ja, dramatisch! Denk an die in Stein gemeißelten Dialoge mit Hausmeistern, Kioskbetreibern, Frührentnern, Klofrauen und Etagenkellnern! Denk an all die Filterlosen, die Ströme lauwarmen Kaffees! Denk an die Nächte, die wir in arschkalten Autos herumhängen, die heimlichen Fotos von übergewichtigen, unansehnlichen nackten Leibern, die wir knipsen, sortieren und dann hysterischen Ehepartnern präsentieren, denk an den … den *Glamour* des Ganzen! Und sie verlässt dich wegen eines …«

»Du warst am Wodka«, unterbrach mich Jochen mit kritischer Miene. Er senkte die Stimme. »Und am Kühlfach auch.«

»Nun«, antwortete ich, etwas aus dem Tritt und um mindestens ein halbes Dutzend weitere Ausrufezeichen gebracht, da kam Antonov in den Raum gestürmt.

»Jungs«, meinte er aufgeräumt und hieb uns beiden je eins aufs Kreuz, »gute Nachricht: Der verfluchte Reis ist wieder da!«

Jochen sah von Antonov zu mir und wieder zurück. Nur mit Mühe konnte ich der Versuchung widerstehen, ihm den ungläubig herabhängenden Unterkiefer anzuheben.

»Der Keeper der Nippon-Bar hat ihn gerade entdeckt. Wollt ihr mitkommen? Vielleicht sagt euch euer geschultes Auge ja, wer ihn die ganze Zeit über versteckt gehabt hat.«

»Geh du schon vor, Jockel«, sagte ich und zerrte ihn unauffällig aus dem Sitz. »Ich muss auch noch eben eine Mail loswerden. Keine Sorge, ich schick das hier für dich ab und komm dann nach.«

Antonov packte ihn sich und schob mit ihm ab, den Arm auf seiner Schulter. Ich sah es nicht, aber ich spürte deutlich, dass Jochen mehr als nur einen sorgenvollen Blick zurückwarf. Dann war er weg, und ich löschte bis auf die Kopfzeile den ganzen Mist, den er da verzapft hatte.

Liebste Ingrid,
falls du dich je gefragt haben solltest, warum dich alle Welt »Elefantenarsch« nennt, rate ich dir, dich einmal mit dem Rücken zum Spiegel aufzustellen und über die Schulter zu blicken.
Die Zeit mit dir war die wahrscheinlich mieseste meines Lebens – ich sag nur »Knesel« –, und ich würde ihn mir eher abbinden, bis er schwarz wird und abfällt, als ihn auch nur noch ein einziges Mal in dich zu stecken, du Flittchen.
Gerade habe ich einen Brief mit der vollen Wahrheit – ich sag nur »russische Matrosen in Mannschaftsstärke« – an deinen Steuer-Heini geschickt, so ist er zumindest gewarnt, bevor er dich in zehn Tagen heiratet. Wenn er es dann noch tut.
Von mir aus verrotte, du Nutte.
Jochen

Ich ging noch mal drüber, fand keine Fehler, absolut nichts zu verbessern, und schickte es ab.

Meiner persönlichen Ansicht nach sind wahre Freunde die, die einen auch mal vor eigenen Dummheiten beschützen. So gesehen, war Jochen mit mir als Freund und Kollege mehr als nur gut bedient. *Isidor*, mein Arsch!

Zufrieden machte ich den Platz frei für einen der Wartenden. Der vorausgesehene Andrang begann sich zu formieren. Jemand vom Personal kam und tauschte die 27 an der Wand gegen eine 26 aus.

»Rund um die Uhr«, versicherte mir der Schlichte Gundolf. »Könnt ja sonst einer einbrechen und den Schnaps klauen.«

Wir, das heißt Gundolf, Jochen, Antonov und ich, hockten im abgedunkelten Zentralbüro der Video-Überwachung und beobachteten einen der vielleicht zwanzig kleinen, grauen Monitore, auf dem das Interieur der Nippon-Bar schwach beleuchtet und, bis auf das ruckelnde Flimmern des schnellen Suchlaufs, reglos in der Gegend herumstand. Dann flog die Tür der Bar auf, und wir alle sogen spontan Luft ein. Dies war der Moment, auf den wir gewartet hatten. Ich vielleicht noch eine Spur banger als die anderen. Weil, man weiß ja nie.

Eine bekopftuchte und bekittelschürzte Putzfrau kam in die menschenleere Bar gestürmt, riss ihren mit Eimern, Schrubbern, diversen Lappen und einem großen Müllsack beladenen Trolley hinter sich her, dann stoppte Gundolf das Band, spulte ein Stück zurück und startete von vorn. Mit normaler Geschwindigkeit.

»Mach mal ein bisschen heller«, forderte Antonov und beugte sich konzentriert nach vorne.

Die Tür ging auf, die Putzfrau kam rein, hielt ihr Gesicht aber auch nach Hochdrehen der Helligkeit weiterhin im Schatten des Kopftuchs und aus dem Fokus der Überwachungskamera. Sie zog ihren beladenen Trolley bis zum ersten der runden Tischchen, bückte sich über die große, pralle Mülltüte, hob sie schwungvoll hoch, schüttelte einen Sack Reis heraus, legte ihn, mit dem Aufdruck nach oben, auf dem Tisch ab und verzog sich, mitsamt Trolley, durch die gleiche Tür, durch die sie gekommen war.

»Unmöglich, ein Gesicht zu erkennen«, stellte ich rasch fest. Im Brustton der Überzeugung, leichte Enttäuschung mitschwingend.

»Bisschen maskulin in den Bewegungen«, fand Antonov.

»Möglicherweise ein verkleideter Mann«, bot Gundolf an.

»Mit einem Schlüssel zur Nippon-Bar«, meinte Jochen bemerken zu müssen. »Oder einem Generalschlüssel«, führte er, überflüssigerweise, weiter aus.

Gundolf spulte noch mal zurück, und sie konzentrierten sich wieder auf den Bildschirm. Ich sah mir derweil das Programm auf den anderen Monitoren an. Mir war nicht bewusst gewesen, wie lückenlos die Video-Überwachung des Schiffes war. Alle dreißig Sekunden oder so wurde auf jedem einzelnen Monitor automatisch von einer Kamera zur nächsten geschaltet und von da aus zur übernächsten und so weiter. Alles in allem mussten das Hunderte von Linsen sein, in allen Ecken und Winkeln des öffentlichen Bereichs versteckt. Denn darauf – so sah es zumindest aus – beschränkte sich das Interesse der Überwachung. Auf das Wohl der Passagiere, um es kurz zu formulieren. Wo immer sich unsere Fahrgäste außerhalb ihrer Kabinen bewegten, sie wurden gefilmt.

»Seht nur, wie er sich den Sack schnappt«, meinte Antonov. »Das ist ein Kerl, hundertprozentig.«

»Soll ich noch mal zurückspulen?«, fragte Gundolf.

»Nein«, knurrte Antonov, »lass uns lieber mal die anderen Tapes durchsehen. Die Minuten vorher. Mal schauen, woher der Typ gekommen ist.«

Sie kramten und sie spulten ein bisschen, während ich meinen Blick nicht von den restlichen Monitoren lassen konnte. Das Deck vor unserer Kabine erschien, komplett mit Tür. Solange diese Kamera eingeschaltet war, konnten wir weder rein noch raus, ohne in den Bannstrahl zu geraten. Klick, das Deck aus einer anderen Perspektive. Klick, der Gang mit der Innenkabine von Bordpianist Fjodorov, komplett mit der Honigblonden, die gerade an seine Tür klopfte und mit warmem Griff begrüßt wurde.

›Rund um die Uhr‹, dachte ich mit etwas wie Beklommenheit, dann fiel mein Blick auf das zusammengeklappte Feldbett in der Ecke, und Gundolfs Aussage relativierte sich etwas. Das elektronische Interesse mochte pausenlos funktionieren, das menschliche ist da doch etwas weniger forderbar.

Klick, die Nippon-Bar, mal wieder. Jetzt-Zeit. Ich rückte nahe heran. Chefkoch Masimoto und zwei weitere Japaner in ihren üblichen dunklen Anzügen und ebenfalls üblichen weißen Handschuhen standen über den Sack gebeugt, den Masimoto gerade mit äußerster Vorsicht aufschnitt, und zwar – ich rückte noch näher ran – seltsamerweise von oben bis unten. Bisschen langer Schnitt, wie ich fand, um eine Qualitätsprobe zu entnehmen. Masimoto legte das Messer beiseite, griff mit beiden Händen in die Körner und wühlte demonstrativ darin herum, aufmerksam beobachtet von den beiden anderen, die mit dem Rücken zur Kamera dastanden. So viel war sicher: Nach was er auch suchte, Reis war es nicht. Er wühlte und wühlte und wühlte, mit wachsender Ungeduld, bis er es urplötzlich aufgab, sich aufrichtete, finster auf den Sack hinabblickte und dann anfing, den angeblich ach so kostbaren Reis Handvoll um Handvoll um Handvoll quer durch die Bar zu schleudern, sein Gesicht wutverzerrt.

Und klick.

»Well, those were the days when a dollar was still worth a dollar«, brachte Richard E. Scott, der texanische Millionär, eine seiner langatmigen Reminiszenzen zu Ende, in denen er es wie stets fertiggebracht hatte, seine Landeswährung mindestens einmal in so gut wie jedem gesprochenen Satz zu erwähnen. Wir saßen beim Dinner, wie es in der Bordsprache hieß, und seine faden Monologe halfen mir auch nicht unbedingt über die vom Koka herbeigeführte Appetitlosigkeit hinweg.

»Was ich nicht verstehe«, ignorierte Jochen seinen – wenn es nach dem Willen der Tochter gehen sollte – angehenden Schwiegervater wie üblich, »ist, wieso du Elena keine Chance gibst.« Nur mit etwas, das nahe an körperliche Gewalt heranreichte, konnte er Heather daran hindern, ihm den Teller ein drittes Mal vollzuschaufeln. Lustlos stocherte ich in meinem Essen herum und sah, nicht ohne Grausen, das Berliner Gummiwaren-Fabrikanten-Ehepaar auf unseren Tisch zugewankt kommen, mit verkniffenen Mienen ineinander verkrallt.

»Sie ist total in dich verschossen«, fuhr Jochen fort, »und sie ist obendrein ein wirklich nettes Mädchen.«

»Funny thing happened in the duty-free today«, begann der Texaner eine weitere seiner Erzählungen, die sich für gewöhnlich der Ankündigung zum Trotz als alles andere als funny erwiesen.

»Jochen«, entgegnete ich und schob meinen Teller endgültig von mir, schmeckte eh nichts, »wann kapierst du es endlich? Ich will kein *nettes* Mädchen. Ich hatte nette Mädchen. Nette Mädchen enden traurig, mit mir.«

»Thing is, I had to pay but a couple of bucks«, fuhr der Texaner fort und ließ die Eiswürfel in seinem Whisky ein paarmal kreisen.

»Was ich will, sind scharfe, schnelle Frauen. Nette Mädchen möchten, dass man zur Ruhe kommt. Auf sich achtgibt. Sich betutteln lässt und einen regelmäßigen Lebenswandel annimmt. Da krieg ich schon beim Gedanken daran die Krätze.«

»Bought a bunch of Cuban cigars for less than fifty dollars«, erzählte der Texaner und wedelte mit seiner Zigarre zur Demonstration, da ließen sich die Berliner mir gegenüber schwer in ihre Stühle fallen.

»Du bist so ein Versager«, zischte die Berlinerin, ihr schrilles Organ nur mühsam gedämpft. »So ein gottverdammter Schlappschwanz.«

»Dead cheap when you compare it to what you have to pay for those at home.«

»Warum versuchst *du* es nicht mal mit Elena?«, fragte ich Jochen, dem die Texanertochter gerade ein Stück Schokoladenkuchen in Form und Größe eines Schuhkartons vor die Nase gewuchtet hatte.

»Und du bist nichts als eine frigide Pissfletsche«, spuckte der Berliner, schnappte sich den Tischwein und goss sein Glas voll bis zum Rand.

Jochen sah mich dackeläugig an. »Ich bin noch nicht wieder so weit für eine Beziehung«, log er. »Ich muss die Sache mit Ingrid erst noch endgültig klären, verstehst du?« Und ich konnte »Carla« in seinen Augen lesen.

»So I hand over my credit-card and next thing, the cashier prints me a bill for more than fifteen million dollars.«

Immer schön beim Thema bleiben, dachte ich, abwesend. Dollars. Dem Mann mit dem hängebackigen Bulldoggengesicht gehörte, nach eigenem Bekunden, die größte Ford-Vertretung in Houston, und ich hatte das Gefühl, dass er gerade dabei war, ungeheuer subtil auf die vielen, vielen Extras hinzuweisen, die man kostenlos dazubekam, wenn man ihm das wenig gefragte Auslaufmodell »Heather« abkaufte. Lebenslange Gewohnheiten sind wohl nur schwer abzulegen.

»Yes«, mischte sich Jochen mit seinem lispelfreien Englisch ein, »we had sse same problemm ssis afternoon wiss anosser dient. Sse machine has gone, äh, kaputt. But it is repaired now. I hope«, schickte er hinterher.

»Bit expensive for a bunch of cigars, I told the young lady«, erinnerte sich der Texaner. »Even if they're from Cuba.« Und er lachte eine ganze Weile in sich hinein.

Meine weiße Dinner-Uniform saß makellos, und als Fürst Fjodorov-Tsarinski mich dem Publikum ankündigte, hielt ich beim Betreten der Bühne die Mütze mit der Rechten auf Bauchhöhe unter den Arm geklemmt, so wie ich es in einem der zahllosen in Kadetten-Anstalten spielenden Hollywoodstreifen gesehen hatte. Ich trat aufrecht ans Mikro, nahm mit bescheidenem Nicken den Applaus entgegen, wirbelte dann DJ Scuzzi die Uniformmütze zu wie ein Frisbee, riss den Mikroständer in eine gefährliche Schräglage und bellte *Ever since my baby left me* ins Mikrofon, dass es ihnen unten im Saal wie ein Stromstoß in die Knochen fuhr.

Beim Karaoke geht es selbstredend darum, möglichst bescheuert aufzutreten und sich generell zum Affen zu machen, doch dies hier war ein Wettbewerb, und da wird aller Erfahrung nach noch immer sehr ernsthaft die Sangeskunst bewertet.

Und ich war entschlossen zu gewinnen, komme, was da wolle. Und mit »Heartbreak Hotel« dachte ich das Eis zu brechen. Und vielleicht das eine oder andere Herz zumindest, na ja, anzuknacken.

Als ich fertig war, brandete Applaus, und Elena stand auf ihrem Stuhl und klatschte und winkte in anrührender Begeisterung. Ich zwinkerte ihr zu und verließ gemessenen Schrittes die Bühne. Runde eins hatte ich genommen, da war ich mir sicher. Und ich blickte *nicht* in Carlas Richtung, obwohl sie direkt neben Elena saß.

Ein paar Sänger aus den Reihen der Passagiere dilettierten, manche mit gewagten Frisuren oder Hemden, dann kam Jochen, ebenfalls ganz in Weiß, Mütze auf dem Kopf, die er allerdings vor dem Mikro abnahm – was ein bisschen so wirkte, als ob er erst mal ein Gebet sprechen wollte –, und mit der er dann nicht so recht wusste, wohin.

Ah, ich fühlte mich gut.

Jochen hatte sich als ersten Song – der Wettbewerb ging nach dem K.-o.-Verfahren über maximal drei Runden – *Fever* ausgesucht, doch gerade den brauchte *ich* als meinen zweiten, deshalb hatte ich Scuzzi instruiert, stattdessen *Teddy Bear* aufzulegen, was Jochen nicht erwartete, nicht geübt hatte und mit einer Miene äußerster Verwirrung mehr schlecht als recht vom Teleprompter ablas.

Ah, ich fühlte mich immer besser.

Unfair? Ich? Vielleicht sollte ich hier mal erwähnen, was auf dem Spiel stand: Der Sieger des heutigen Abends gewann ein gemeinsames Kerzenlicht-Dinner im »Printemps«, dem kleinen, feinen Restaurant auf dem Nobility-Deck, und zwar in Gesellschaft von Carla Bayonne, dem Croupier, und dazu noch Spielchips im Wert von zweitausend Euro und eine private Unterweisung im Blackjack, ebenfalls von Carlas zarter Hand. So.

Und Jochen brauchte sich echt nicht zu beschweren. Er war gut dran. Vergleichsweise. Mein ursprünglicher Plan war gewesen, ihn mit Abführpillen zu vergiften.

»Jochen ist nicht halb so gut wie du«, flüsterte Elena in mein Ohr und drückte aufgeregt mein Knie.

»Ich weiß«, antwortete ich gnädig.

Trotzdem schaffte er es in die zweite Runde. Doch ich war unbesorgt. Der Alkohol floss reichlich, immer mehr

Gäste wagten sich auf die Bühne, es würde ein zähes Ringen werden. Ich ging zwischendurch mal raus, um mich frisch zu machen, und kam gerade rechtzeitig zurück, um den Berliner Fabrikanten mitsamt Mikroständer von der Bühne fallen zu sehen, was seine Gattin mit kreischendem Gelächter quittierte. Eilig wurde alles wieder aufgebaut, ein unauffälliger, schmächtiger Gast brachte eine gar nicht mal so üble Fassung von *Blue Moon*, dann war ich wieder dran.

Kaum auf der Bühne, zog ich die Jacke aus, warf sie mir über die Schulter. Anders als beim ersten Song war ich diesmal nicht auf einen Schockeffekt aus, sondern … Gänsehaut. Also trat ich nahe, ganz nahe ans Mikrofon, blickte mit schmalem Lächeln ins Publikum, löste Hemdkragen und Krawatte, schürzte die Lippen und raunte: »Fever.« Im selben Augenblick startete Scuzzi den von einem Fingerschnippen begleiteten Basslauf, und ich wusste, ich hatte sie. Träge ließ ich während des Vortrages meinen Blick durch den Saal schweifen, den ganzen Saal, doch nicht ein einziges Mal zu Carla. Na, und zu Jochen, der an erhöhter Temperatur zu leiden schien, auch nicht. Der anschließende Applaus sagte alles. Einzug in die dritte Runde für Kryszinski, mit wehenden Fahnen.

Der schmächtige Passagier lieferte eine brave Version von *Blueberry Hill* ab, dann kam Jochen wieder dran. Er hatte sich für *It's now or never* entschieden, einen Song, der einige erotische Qualität vorzuweisen hat und obendrein auch den blassesten Sänger gut aussehen lassen kann und der mir deshalb viel zu gefährlich erschienen war. Scuzzi ersetzte ihn auf mein Anraten durch *Muss i denn, muss i denn zum Städtele hinaus,* eine Entscheidung, die wir Jochen, ich muss es zugeben, sträflicherweise vorenthalten hatten. Entsprechend seine Verblüffung, die er während der kompletten Darbietung nicht recht abzulegen vermochte, genauso wenig wie die erhebliche Röte seines Antlitzes. Damit endete dann Jochens Zeit im Rampenlicht zu dünnem Applaus.

Ein weiterer, ehemals vielversprechender Konkurrent aus den Reihen der Gäste war inzwischen zu betrunken, dem Text zu folgen, und danach war es an mir, die Handvoll Verbliebener in die dritte und entscheidende Runde zu führen. Die obersten Hemdknöpfe hatte ich offen, die Krawatte hing lässig, meine Jacke hatte ich am Tisch zurückgelassen. Ich schlenderte zum Mikro, krempelte mir, in Gedanken versunken, die Ärmel auf dabei. Eine Filterlose baumelte von meinem Mundwinkel. Mit gespielter Routine stellte ich das Mikrofon ein Stückchen tiefer ein als bisher, ließ die Kippe zu Boden fallen, trat sie aus, fasste das Mikro mit sachter Hand, nickte Scuzzi zu, senkte das Haupt und begann.

»Darling, won't you please …« Träge hob ich die schweren Lider, und *diesmal* sah ich Carla direkt an und –

Die Platte sprang! Die verdammte Melodie hing fest, sprang immer wieder zurück, und auf dem Teleprompter lief *surrender, surrender, surrender, surrender* in verzerrter Schrift. Selbstverständlich *sang* ich das nicht. Schweigend richtete ich mich auf und blickte Scuzzi an, der hilflos die Arme hob und dann die Musik killte.

Da sprang Fürst Fjodorov ein. Für den Fall, dass jemand sich für ein Elvis-Stück entscheiden sollte, das Scuzzi nicht auf Tonträger vorrätig hatte, standen ein Flügel und ein Fjodr bereit, um die entsprechende Melodie zu spielen. Er trat also vor, entschuldigte sich wortreich für die technischen Schwierigkeiten und bot an, mich durch den Song zu begleiten. Mir war nicht wohl dabei, doch eine wirkliche Alternative hatte ich auch nicht parat, also stimmte ich zähneknirschend zu.

Es wurde ein Fiasko.

»Darling, won't you please …« Ich hatte hier eine kleine Pause für Effekt eingeplant, doch Fjodr klimperte munter weiter. Überhaupt war mir sein Tempo zu hoch. Und der Vortrag als solcher zu … lebhaft. *Surrender* ist ein schwüler, ein höchst verführerischer Song, ich hatte ihn mir nicht umsonst für den Schluss aufgehoben, er sollte mir Carla – in einem von fadendünnen Spaghettiträgern gehaltenen kleinen Schwarzen heute Abend – Carla also in *my arms so warm and tender* und anschließend auf die Laken treiben, und Fjodr ging hin und machte eine Art mopsfidele Polka daraus. Und dann – ich weiß bis heute nicht, wie –, aber dann tat er noch was. Und das gleich mehrmals. Er änderte die Tonart, oder was auch immer. Aber er machte es so, dass es sich anhörte, als sei *ich* daneben, nicht er. Und wenn ich mich anpasste, wechselte er wieder zurück, und ich stand erneut nackend in den Erbsen, wie man bei uns sagt. Im Publikum brach Gelächter aus, schrill angeführt von der verdammten Berlinerin, und mir der Schweiß. Ganz zum Schluss hatte Fjodr mich so verrückt gemacht, dass mir kurz hintereinander zwei Jodler rausrutschten, wie ich sie seit dem Stimmbruch nicht mehr hingekriegt hatte, und … es war aus. Im Abgang machte ich den doppelten Fehler, erst zu Carla zu schielen, die sich gerade die Lachtränen aus der Wimperntusche tupfte, und dann zu Jochen, der auffallend wild applaudierte und mehrmals *da capo* brüllte.

Elena versuchte, mich zu trösten, doch ich war gar nicht traurig. Es war etwas anderes. Etwas ganz anderes.

Der schmächtige Passagier gewann schließlich, mit einer tapferen, wenn auch etwas anämischen Interpretation von *Love me tender,* und ich beklatschte ihn nicht weniger enthusiastisch als der Rest des Publikums. Ich war die Ruhe selbst. Bis …

Donnergrollen begleitete jeden meiner Schritte. Blitze umzuckten mich, Böen peitschten. Und das hatte nichts mit dem Wetter zu tun.

»Was sollte ich denn machen?« Scuzzi hastete hinter mir her, getrieben, denke ich, von dem aussichtslosen Wunsch, mich noch aufhalten zu können. »Ja, er hat gegen den DVD-Player getreten, aber was sollte ich tun? Ihn, den Conferencier und Pianisten, vor dem ganzen Saal als Betrüger bloßstellen? Und, Kristof, das war doch alles nur Jux, und du selbst warst ja zum Beispiel Jochen gegenüber nicht unbedingt ...«

Scuzzi stoppte vehement, weil auch ich vehement gestoppt hatte. Ich hob den Kissenbezug – wir trugen beide Kissenbezüge über den Köpfen, mit ausgeschnittenen Löchern für die Augen, und ich möchte jetzt nicht gefragt werden, wessen tolle Idee das gewesen ist –, ich hob also den Kissenbezug vom Gesicht, um Scuzzi besser anstarren und mir auch mal eben die Wodkaflasche an den Hals setzen zu können, und zischte: »Du hast es gesehen, oder?« Ich ließ mir ein ordentliches Quantum reinlaufen und hielt dann das Glasröhrchen in die Zigarettenschachtel voll Glitzerpulver, das ich als Proviant mitgenommen hatte. »Du hast es gesehen, wie dieser schmierige Hund seinen Arm um sie gelegt hat? Hast du?« Ich schnorchelte eine halbe Minute lang geräuschvoll und tobte dann weiter den Gang hinunter, ohne Scuzzis Antwort abzuwarten.

Alle hatten es gesehen. Fjodr und Carla hatten den Saal zusammen verlassen, in trautem Tête-à-Tête, und Carla hatte den Kopf in den Nacken geworfen und gelacht, als Fjodr wie selbstverständlich seinen Arm um ihre schmale Taille legte, und beide hatten noch mal in meine Richtung geblickt, bevor sie gemeinsam durch die Tür nach draußen schlüpften. Spöttisch hatten sie geblickt, in meine Richtung. Fjodr und Carla.

Schwankte ich? Nein, es war das Schiff. Die See war rauer geworden in den letzten paar Stunden. Kabbelig. Ich setzte die Flasche noch mal an, in wankendem Laufschritt.

Und jetzt würden sie mir dafür büßen. Fjodr und Carla.

Eine titanische Energie, ein dämonischer Zorn trieben mich voran. Dampf stob aus meinen Nüstern, der Flaschenhals knirschte unter meinem Griff, wer sich mir in den Weg stellen sollte, war so gut wie tot.

Eigentlich erstaunlich, wie ich trotz allem diesen verdammt klaren Kopf behielt.

Büßen würden sie mir. Fjodr. Und Carla.

Da – die graue Klappe mit dem großen roten »F«. Ich drückte Scuzzi die Pulle in die Hand, riss die Klappe auf und atmete einmal tief durch.

»Wenn ich ›los‹ sage«, kommandierte ich, flüsternd jetzt, um niemanden vorzuwarnen, »drehst du das Ventil hier bis zum Anschlag auf. Kapiert?« Scuzzi nickte, versuchte, glaube ich, noch den einen oder anderen geraunten Einwand vorzubringen, doch ich wischte alles beiseite, hörte eh nichts mehr mit all dem heulenden Wind in meinen Ohren, schnappte mir die solide Spritze mit dem großen Hebel und brachte mit einem gewalttätigen Ruck die Schlauchtrommel in schwirrende Rotation.

Da – Fjodrs Kabinentür. Ein Blick über die Schulter: Scuzzi stand am Ventil. Perfekt. Nun bloß nicht zögern.

»Los!«, rief ich und kickte die Tür auf. Der Schlauch schwoll an, versteifte sich obszön in meiner Hand, und als ich den Hebel herumriss, warf mich der plötzliche Rückstoß bis an die Tür der gegenüberliegenden Wand. Aber ich bekam das zuckende C-Rohr in den Griff, und mit fauchendem, fast armdickem Wasserstrahl blies ich Fürst Fjodr Fjodorov-Tsarinski sauber von der Matratze.

Nun ja.

Das meiste von ihm, sollte ich vielleicht sagen.

Ich hatte auf den Balg gezielt, völlig selbstverständlich wegen der großen Angriffsfläche, und den Balg hatte ich erwischt, und der Balg war es dann auch, der beim explosionsartigen Aufprall des Hochdruck-Wasserstrahls augenblicklich aus dem Bett gewirbelt wurde.

Was drinblieb, im Bett, war der Rest, war der Kopf des Fürsten.

Vier

»Ja«, sagte ich. »Ja. Ja, ja, ja.« Ich trug wieder den Kissenbezug. Aber die Augenlöcher nach hinten, diesmal. Ich wollte nichts sehen. Und vor allem nicht gesehen werden. Es war alles so peinlich.

Jetzt, wo das Kokain mal wieder verflogen war, blieb mir nur das Schwindelgefühl einer gefährlichen Überdosis Wodka. Das und die fliegende Hitze sich manifestierender Peinlichkeit.

»Du wolltest nicht hören«, sagte Scuzzi.

»Ja«, sagte ich. »Ja, ja.«

Die ganze Aktion mit Fjodr war, im Nachhinein und blassen Licht eines heraufziehenden neuen Tages betrachtet, so furchtbar schlau nicht gewesen. Sinnlos, wenn wir mal ehrlich sind. Ich hatte auch die Wassermassen völlig unterschätzt, die so ein Schlauch in kürzester Zeit von sich gibt. Mit dem Wanken des Kahns war eine halbwadentiefe Flutwelle aus der Kabine hinaus- und den kompletten Gang entlanggelaufen. Bevor sie sich das Treppenhaus hinabwälzte.

Der erste Instinkt war selbstverständlich Flucht gewesen. Doch mit dem Leichenfund und der verfluchten Video-Überwachung und allem wuchs ein monströser Erklärungsnotstand vor meinem geistigen Auge. Und dann packte mich eine meiner tollen Ideen. Ich wurde ergriffen von der ergreifenden Möglichkeit einer nachträglichen Legalisierung unseres Verhaltens. Ja, was mir da kam, war mir absolut brillant vorgekommen.

Ich hatte mir Fjodrs überbordenden Aschenbecher geschnappt, ihn in den schon mit zerrissenen Computerausdrucken gefüllten Papierkorb geleert, noch einen satten Schluck vom siebzigprozentigen Wodka obendrauf geschüttet und die ganze Chose angesteckt. Brillant. Absolut brillant. Die tolle Idee war, einfach zu behaupten, wir hätten im Vorbeilaufen das Feuer bemerkt und …

Leider hatte ich die Zündkraft oder vielleicht auch die Menge des Siebzigprozentigen falsch eingeschätzt. Der Eimer ging jedenfalls hoch wie ein, tja, wie ein Brandsatz. Blöderweise stand er direkt neben dem Kleiderständer, und bis wir den Schlauch wieder in Betrieb und all die brennenden Klamotten gelöscht hatten, war der verdammte Qualm längst in den nächsten Rauchmelder gekrochen und hatte einen schrillenden Feueralarm ausgelöst.

Hm.

Viel hätte nicht gefehlt, und Antonovs Mannen hätten die Passagiere ausgeschifft. Alle Passagiere, muss ich dazusagen. Alle Passagiere und alle Besatzungsmitglieder, allesamt unsanft aus ihren Kabinen geholt und zu den Rettungsbooten gescheucht. Morgens um halb vier.

Es brauchte mehr als eine Stunde, bis sich die Geschichte vom Fehlalarm herumgesprochen und alles zurück in die Federn gefunden hatte.

Zouteboom war *so was* von sauer. Sprachlos. Und Antonov erst. Doch kein Vergleich zu Doktor Köthensieker. Bei dem hatte ich verschissen. Für immer. Doch mir war einfach der Film gerissen, als er, vom Käptn nach der Todesursache befragt, angefangen hatte, mit einem Seitenblick auf mich irgendetwas von »einem scharfen Wasserstrahl« zu salbadern, und ich war ihm dermaßen ins Wort gefallen, dass dem Doktor die Glut aus der Pfeife gesprüht war.

»*Schwert!* Das war ein *Schwert*, Sie verdammter Quacksalber!«, hatte ich ihn angeschrien und war seither gut beraten, bis zum Einlaufen in den nächsten Hafen besser keine medizinische Versorgung zu benötigen und generell einen großen Bogen um die Krankenstation zu machen. Wie um die Brücke.

Die anstehende Untersuchung des kompletten Vorfalls hing wie das, tja, Schwert des Damokles über meinem pochenden Kopf. Und immer noch schimmelte die verdammte Leiche unter Jochens Koje vor sich hin, sodass an ein Schließen der Tür oder des Bullauges nicht zu denken war und … Gott, ich war müde.

Schritte näherten sich, draußen, und ich hob den Kissenbezug bis auf Augenhöhe.

Es war Jochen, Hemd offen, Krawatte lose, Jacke über der Schulter, Zigarre zwischen den Zähnen, Mütze in kecker Schräglage auf der verwuschelten Frisur. Er kam herein, von Rauch umkräuselt, mit der unnachahmlichen, durch und durch behaglichen Miene eines satten Katers. Hätte nur noch gefehlt, dass er sich breit hinhockte und genüsslich die Schnauze leckte. Oder die Eier, so gesehen.

»Gabs Alarm?«, fragte er, nonchalant, griff nach der Barolo-Flasche, an der Scuzzi schon eine Weile herumnuckelte, goss sich ein Glas ein und hielt es erst ins Licht, dann unter seinen Zinken. »Kaum was von mitgekriegt«, führte er weiter aus und schlürfte ein Schlückchen, kaute es durch, bevor er es die Kehle hinabrinnen ließ. »Nicht übel«, fand er und erwartete wahrscheinlich, dass ihn einer fragte, wo oder worin er die halbe Nacht gesteckt hatte, doch da konnte er lange warten. Nichts macht mich bockiger, nichts sturer, als wenn Jochen Fuchs den geheimnisumwitterten Lebemann gibt, eine Rolle, die ihm ungefähr so gut steht wie John Goodman die einer magersüchtigen Transe. »Leichtes Vanille-Aroma, trocken, aber nicht zu trocken. Genau das Richtige, um eine gelungene Nacht wie diese abzuschließen.«

Ich gönnte ihm die Sorte Blick, die selbst einen Versicherungsvertreter mitten im Satz stoppen kann.

»Wo warst du denn die ganze Zeit?«, fragte Scuzzi, und ich gab den Blick gleich an ihn weiter und fragte mich, wie, ohne ihn niederzuschlagen oder zu knebeln, ich Jochens anstehende selbstgefällige Angebereien schon im Ansatz stoppen könnte. Carla, fiel mir plötzlich auf, war ja wider Erwarten gar nicht in Fjodrs Kabine gewesen, und ich strich das »ohne ihn niederzuschlagen« ersatzlos.

»Sie hat mir gestanden«, begann Jochen verträumt, »noch niemals zuvor so …«

Da sprang ich auf die Füße.

Ein Gutes, war mir gerade schlagartig klar geworden, hatte das verdammte Schlamassel der letzten Stunden doch noch: Wir hatten eine brandneue Leiche.

Das, so erklärte ich meinen beiden Mitbewohnern mitten hinein in die staunenden Mienen, machte die alte überflüssig.

Denn Fjodr, so viel war sicher, würde in der Kühlung landen, wo er hingehörte, und dort mindestens so lange verweilen, bis geklärt war, wer ihn in zwei Teile zerhackt hatte.

»Leiche?«, fragte Jochen. »Was denn für 'ne zweite Leiche?«

»Zieht Wassilij schon mal unter der Koje hervor«, ignorierte ich Jochens Fragen, suchte und fand mein Taschenmesser und lief aus der Kabine, verschwand mit zwei Schritten linksrum um die Ecke. Sollte Scuzzi es ihm doch erzählen.

Morgens zwischen fünf und sechs pennte praktisch der ganze Kahn. Nur die ausdauerndsten der Nachteulen wankten hier und da noch vereinzelt über die Gänge.

Ich hatte mir die Positionen der beiden auf das Deck vor

unserer Kabine ausgerichteten Kameras genau gemerkt. So konnte ich mich der ersten von hinten nähern, ohne dabei in den Sichtbereich der zweiten zu gelangen. Sie waren beide halb hoch an senkrechte Träger geschraubt, ich musste also nur je zwei Sprossen der Reling erklimmen, um problemlos – wenn auch nicht gefahrlos, nicht in meinem Zustand – an das Übertragungskabel zu gelangen und es kurzerhand durchzusäbeln.

Ich war mit dem zweiten gerade fertig, da kamen Jochen und Scuzzi gleichzeitig, mit Händen und Füßen und Ellenbogen um den Vortritt drängelnd, aus der Kabine gestürmt, hängten sich nebeneinander bäuchlings über die Reling und spien in explosionsartigen Schwällen ihren Mageninhalt in die Weite der See.

Hm.

In gewisser Weise also vorgewarnt, ging ich hinein.

Ah.

Der obere Sack war beim Hervorzerren aufgeplatzt.

Hossa.

Ich verstand.

Von einem rein kühltechnischen Standpunkt aus betrachtet mochte es ein Geniestreich gewesen sein, die Leiche in gefrosteten Spinat zu betten. Von der Ästhetik her – eher nicht. Vor allem jetzt nicht mehr, nachdem das grüne, pürierte und mit Sahne durchsetzte Gemüse zu glitschigem Brei geschmolzen war. Ich musste schlucken, als ich den herausgekullerten Kopf zurück in die schwarze Plastikhülle stopfte, und besah mir anschließend etwas ratlos meine Hände. Wusch sie mir und zog dann die Dinner-Uniform aus, obwohl jetzt schon fraglich war, ob sich die Spuren der Nacht jemals wieder würden daraus entfernen lassen. Gottergeben taten es Jochen und Scuzzi mir gleich, und nachdem wir uns vergewissert hatten, allein an Deck zu sein, packten wir Wassilij Kryvidnadses Überreste, hoben das an allen Ecken und Enden grünen, übel riechenden Schleim absondernde Bündel auf die Reling und schubsten es erleichtert über Bord.

Genau diesen Augenblick wählte die *Equinox* für eine milde Rollbewegung um die Längsachse.

Und mit einem dumpfen, feucht schmatzenden Aufprall fiel der Leichensack auf das Deck eine Etage tiefer.

Wie gelähmt standen wir drei da und sahen uns entsetzt an.

Nur ein Fingerschnippen später, noch ehe wir auch nur den Ansatz eines neuen Entschlusses gefasst hatten, zerriss ein schrillendes, grelles, gellendes Kreischen die frühmorgendliche Ruhe.

Es war, erkannte ich sofort und mit Sicherheit, die Berlinerin. Die, die beim Karaoke gemeint hatte, so gehässig über meine beiden Jodler lachen zu müssen.

Ich kann es beim besten Willen, könnte es selbst unter Hypnose, Wahrheitsdrogen oder der Folter nicht erklären, wie und woher – wir hatten, zum Beispiel, keinerlei wie auch immer geartete Kochgelegenheit in unserer Kabine –, aber urplötzlich hielt ich sie wieder in Händen, stürmte mit affenartiger Geschwindigkeit die nächstgelegene Treppe hinunter, und nur Sekunden später hatte das Kreischen ein Ende und die Bratpfanne einen Hohlboden.

»Vermutlich Delirium«, versuchte ich Antonovs Aufmerksamkeit von Jochen, Scuzzi und mir und auf die am Boden liegende, alle viere von sich streckende weibliche Gestalt zu lenken. Es wollte nicht recht gelingen. Drei ausgewachsene, nur mit ihrer Unterwäsche bekleidete und über und über mit Spinat beschmierte Männer schienen einen sprudelnden Quell eindeutig voyeuristisch inspirierter Faszination für ihn darzustellen.

Ein paar von Antonovs Jungs schoben inzwischen den ganzen Gang entlang neugierige Köpfe zurück in ihre Kabinen. Sanft, natürlich, aber trotzdem.

»Vermutlich Delirium«, wiederholte ich, kaum dass Doktor Köthensieker aufgetaucht war. Keine allzu weit hergeholte Diagnose, war doch die über der Berlinerin aufsteigende Fahne stark genug, dass man sie, wenn man genau achtgab, in der Morgenluft wabern sehen konnte.

Zwei Pfleger kamen, wuchteten die Bewusstlose auf eine Bahre und schoben mit ihr ab. Köthensieker begutachtete uns einmal von oben bis unten, klärte dann umständlich seinen Hals, in dem er wahrscheinlich noch den »Quacksalber« sitzen hatte, spuckte gehaltvoll über die Reling und folgte, ohne auch nur ein Wort des Kommentars, auf leicht quietschenden Gummisohlen seiner Patientin.

»Ich war bei der Legion, früher«, sagte Antonov nachdenklich und winkte seinen Jungs, sich wieder zu verziehen. »Danach habe ich die Security im größten Puff Moskaus geleitet. Und jetzt fahre ich schon fast fünf Jahre zur See«, meinte er, ohne den Blick von Jochen, Scuzzi und mir lösen zu können.

Ich wollte eigentlich nur noch rasch duschen und dann ins Bett und, wenn möglich, alles vergessen. Und der schnellste Weg dorthin, hoffte ich, bestand darin, den Mann einfach ausreden zu lassen.

»Man kann also sagen, ich habe schon so manches zu Gesicht bekommen.« Antonov begann, langsam seinen Kopf hin und her zu bewegen. »Aber ihr drei«, meinte er, »ihr schlagt alles Dagewesene.«

»Das war 'ne Wette«, versuchte ich zu erklären. Gott allein wusste, wie viel Leute uns beobachtet hatten, wie wir in enormer Hast den schwarzen Plastiksack ein zweites und letztes Mal über Bord wuchteten, nur Sekunden bevor das

Rote Quadrat um die Ecke gewatschelt kam, alarmiert vom Warnruf der Gemeinen Brandenburger Schnapsdrossel. Irgendeine Geschichte würden wir uns ausdenken müssen. Und mit alkoholbeschleunigten Wetten kann man, für gewöhnlich, auch dem haarsträubendsten Blödsinn einen Hauch von Plausibilität verleihen. Oder es zumindest versuchen.

»Natürlich war uns bewusst, dass man mit Lebensmitteln keinen …« Ich verstummte. »Missbrauch« schien mir nicht die passende Vokabel zu sein. Nicht unter den Umständen, nicht unter Antonovs Blick. Doch der hörte eh nicht zu.

»Wir sind hier die Security«, knurrte er, mühsam beherrscht. »Während ihr euch auf eure ureigene Art amüsiert habt, ist unter unseren Augen ein Mann umgebracht worden, und zwar einer der *Entertainer*!« Er hatte die Stimme erhoben, bemerkte es aber und fuhr sie wieder herunter. »Einer aus dem Licht der Öffentlichkeit!«, zischte er. »Einer, nach dem gefragt werden wird! *Und* ein persönlicher Bekannter des Kapitäns!«

O Mann, dachte ich. Da ist was dran.

»Wenn Zouteboom wach wird«, murmelte Antonov und wandte sich zum Gehen, endlich, »möchte ich nicht in eurer Haut…« Er brach ab und schüttelte sich. »Hua! Was für eine Vorstellung! Nein, *das* möchte ich sowieso nicht. Niemand könnte das wollen.« Und murmelnd, immer mal wieder erschaudernd, entfernte er sich mit dem von seiner Körperfülle vorbestimmten gemessenen Schritt.

»Antonov, warte«, rief ich und eilte ihm hinterher. »Wir müssen sofort in die Zentrale! Wir müssen uns die Video-Aufzeichnungen ansehen! Vielleicht haben wir Glück, und die Kamera vor Fjodrs Tür war in genau dem Augenblick eingeschaltet, als der Täter aus seiner Kabine kam!«

»Wir«, echote Antonov trocken, mit diesem Blick, der eine langsame horizontale Kopfbewegung beinhaltete, »gehen nirgendwohin. Du«, ergänzte er dann, »gehst jetzt auf dem kürzesten Weg zurück in deine Kabine. Und nimm deine beiden … Spielkameraden gleich mit. Im Übrigen sitzt Gundolf schon an den Bändern. Falls wir irgendjemanden festnehmen sollten, werdet ihr es sicherlich erfahren.«

Und tschüs, sozusagen.

»Einmalig«, fand Jochen und trocknete sich das Haar, während Scuzzi duschte und ich mit einem Gummischaber letzte breiige Placken meiner hoffentlich vorerst letzten tollen Idee aus dem ehemals sandfarbenen Teppich zu kratzen versuchte. »Vom angesehenen Ersten Borddetektiv abgesackt auf den Status eines moralisch degenerierten, perversen Irren. Alles binnen 36 Stunden. Und zu allem Überfluss auch noch keine Möglichkeit, mich der anstehenden sozialen Ächtung durch einen raschen und weiträumigen Ortswechsel zu entziehen. Danke, Kristof. Tausend Dank auch.«

Ajeh, dachte ich. Sind wir bitter. Und eloquent.

Ich bin in der Hinsicht ja eher Fatalist. Und als solcher wesentlich kürzer angebunden. »Passiert ist passiert«, sage ich immer gerne. Und die Leute werden sich schon dran gewöhnen, dass der Zweite Borddetektiv von nun an bis in Sichtweite des nächsten Hafens (also bis zum Zeitpunkt des ersehnten Hechtsprungs über die Reling) seiner Arbeit mit einem Kissenbezug über dem Kopf nachgehen wird. Doch davon abgesehen interessierte mich etwas ganz anderes. Schlaf, um die allererste Priorität zu nennen. Und dann noch was: Wir hatten zwei Morde an der Hand plus eine ganze Latte ungelöster Rätsel, und je rascher wir die angingen, je schneller wir Antworten präsentieren konnten auf die vielen drängenden Fragen, desto eher könnten wir uns rehabilitieren in den Augen unserer Vorgesetzten. Was für ein langer Satz für einen kurz angebundenen Fatalisten. Ajeh, mir fielen die Döppen zu. Doch – Moment! Wo war ich gewesen? Rätsel. Fragen.

»Jochen«, fragte ich deshalb, gerade als er den Mund öffnen wollte für ein weiteres elaborates Lamento, »sag mal«, sagte ich und sank auf eine Koje nieder, »was ich mich frage«, fuhr ich fort und spürte den Sandmann ausholen für einen mächtigen Schwinger, »wer war das eigentlich, mit der du gepoppt hast, letzte Nacht? Die Texanerin?«

Carla. Carla ritt mich wie einen Mustang, ohne Sattel. Und ohne einen Fetzen am Leib. Über die Weite der Prärie ging es in gestrecktem Galopp, und sie gab mir noch die Sporen, holte das Letzte aus mir heraus. »A-Deck!«, keuchte sie dabei, weit nach vorne gebeugt, keuchte es in mein Ohr wie ein Mantra. »A-Deck!« Fast flehend wiederholte sie die beiden Silben mit wachsender Dringlichkeit, während ihre verschwitzten Schenkel bebten. »A-Deck!«, schrie sie, warf sich nach hinten, in Zuckungen, und riss fast schmerzhaft an meiner Trense, bis auch ich mich wiehernd aufbäumte, »Aaaaa-Deck, verdammt noch mal!!!!«

Hä? Wasnmblgmpf?

Ratso. Es war Matrose Ratso. Ich betrachtete erst ihn, dann meine Uhr, dann seine Hand, die immer noch an meiner Schulter rüttelte, dann wieder ihn. Ohne Liebe, wie man so sagt. Wir hatten vergessen, die Tür zu verriegeln, dämmerte mir. Jeder hätte hier reinkommen und mir an die Schulter – oder den Hals …

»Na, wach?«, grunzte Ratso.

Ich krächzte vage Zustimmung und hatte, während mir

unter der Bettdecke eine bretharte Latte verging, keine Mühe nachzurechnen, wie viel Zeit zum Schlafen mir vergönnt gewesen war. Eine Stunde ist eine Stunde ist eine Stunde. Unterdessen mühte sich Ratso mit Jochen ab. Vollkommen – das war so ungerecht – vollkommen erfolglos.

»Aah, Scheiße.« Ratso ließ – das war so ungerecht – von Jochen ab.

»A-Deck, kapiert?«, fragte er, ehe er sich, nachdem ich genickt hatte, zum Gehen wandte. »Kleiner Tipp«, murmelte er noch. »Beeilt euch besser und macht einen guten Eindruck. *Er*« – Geste nach oben – »ist vielleicht der Einzige, der euren Arsch noch retten kann.« Und mit diesen ominösen Worten verabschiedete er sich.

Mir war voll bewusst, dass ich ihn noch etwas hatte fragen wollen. Was mir nicht bewusst werden wollte, war, was. Die inzwischen mehr als nur ganz leicht stoppelige Wange in Gedanken noch und in meiner Hoffnung schon bald wieder ans weiche Kissen geschmiegt, wollte ich gerade die A-Deck-Rezeption ebenso elegant wie weiträumig umkurven, als eine Armbewegung der telefonierenden Rezeptionistin meinen Schritt mitten in der Bewegung stoppte. Es war diese Art von Armbewegung. Raumgreifend, gebieterisch, vehement. Begleitet von lauthals sprechenden Augen in einem angestrengt hörenden Gesicht, wenn man sich das vorstellen kann. Der Rest der Figur zeigte Haltung, militärisch stramm bis runter zu den parallel gestellten Fersen. Wer immer am anderen Ende der Leitung sprach, kam vom luftigen Ende der Hackordnung, davon konnte man ausgehen. Die Rezeptionistin bestätigte noch mit leicht atemloser Stimme die Entgegennahme mehrerer Anweisungen, versicherte ihrem Gesprächspartner beflissen, *zumindest einer* der beiden Herren sei – Seitenblick der ungemein fischigen Sorte – *mittlerweile* an ihrem Desk und werde in eineinhalb Minuten bei ihm sein, verabschiedete sich ergeben dankend, verbeugte sich vor dem Telefonhörer, selbst nachdem sie schon aufgelegt hatte, betrachtete ihn einen Moment mit so etwas wie Erleichterung, hob dann den Blick und erinnerte sich meiner Anwesenheit mit schlagartigem Missmut.

»Sofort!«, bellte sie mich an, nur um dann sehr, sehr verhalten fortzufahren: »Zu Suite Nr. 2!« Und sie nickte einem von Antonovs Söldnern zu, der an meiner Seite erschienen war, von der er bis zum Erreichen der Kabinentür mit der blank polierten Zwei nicht mehr weichen würde.

»Yes«, sagte er, »thank you. You may retreat now.« Und die zierliche philippinische Maniküre in ihrem kurzen Kittel ließ Feile und Schere in ihrem Köfferchen und der weißhaarige indische Butler in nachtblauer Livree ließ Lappen und Schuhputzbürste in seinem Bänkchen verschwinden, beide erhoben sich aus ihren knienden Positionen, klemmten sich ihre Utensilien unter die Arme und verließen den Raum mit der ganzen Diskretion hervorragend geschulten Personals.

Blieben Mr Honnaido und ich. Ich stand, Hände in den Taschen, während er saß, seltsam verändert in einem dunklen, förmlichen Anzug, und mich begutachtete, während ich wiederum noch der durch einen Vorhang entschwindenden Maniküre hinterherblickte und über ein rundes Dutzend Stellungen reflektierte, die ich jetzt lieber eingenommen hätte als die stehende und gemusterte, in der zu verharren ich gezwungen war.

Der Empfangsraum der Suite war ebenso sparsam wie edel eingerichtet, und das einzige Sitzmöbel, ein frei stehender opulenter Ledersessel, befand sich unter dem Hintern seines derzeitigen Inhabers. Draußen vor den Fenstern verstreute eine tief hängende Sonne ihr Licht breitflächig über den gesamten Himmel, ließ ihn schmerzhaft hell erstrahlen im blassen, kühlen, distanzierten Blau des Nordens.

Honnaido musterte mich ähnlich. Kühl, würde ich sagen, und distanziert auch. Für einen schlichten Techniker, der dem Bordelektroniker beim Einfahren von Votix zur Hand ging, lebte er echt feudal, aber wer weiß, was für einen Deal die Herstellerfirma des Rechners mit der Reederei gemacht hatte.

»Kristof Kryszinski.« Er sprach es langsam aus, genüsslich, beinahe amüsiert. So, als sei an meinem Namen etwas Besonderes, oder an meiner Person, oder nein, vielleicht eher etwas Sonderbares. An beidem, möglicherweise.

Ich verspürte wachsende Renitenz darüber, wie er mich so stehen ließ, wie er mich taxierte, wie er meinen Namen aussprach, in seinem keimfreien Deutsch, doch etwas in Ratsos ominöser Bemerkung vorhin ließ es angeraten erscheinen, nicht zu viel von dieser Renitenz nach außen dringen zu lassen. Also versuchte ich mich an einer Miene höflichen Interesses. Zerbiss ein Gähnen dabei.

»You may serve the tea now«, sagte Honnaido mit English-Upperclass-Akzent. English Upperclass oder englische Sprachkurs-Kassette, das ist manchmal schwer zu unterscheiden. Da niemand sonst in Sichtweite war, konnte eigentlich nur ich gemeint sein, was mich dazu verleitete, erst mal so zu tun, als hätte ich nichts gehört.

Ein lästiges Schweigen entstand. Honnaido mochte um die fünfzig sein, mit der einen oder anderen grauen Strähne hier und da, doch er war schlank, sehnig, und der Blick seiner dunklen Augen besaß die abschätzende Qualität eines Kampfsportlers. Etwas, dem man am besten mit demonstrativem Gleichmut begegnet. Nur unsichere Naturen lassen sich provozieren. Oder ausgeschlafene. Ich versuchte zu gähnen, ohne dass man es sah. Unmöglich.

»Teile der Schiffsleitung«, eröffnete Honnaido schließlich das Gespräch, »haben sich lange und energisch gegen Ihre Einstellung verwahrt, Herr Kryszinski.«

Eine Bemerkung, die man unmöglich kommentieren kann, ohne ins Babbeln zu verfallen, also schwieg ich sie aus. Ich, an deren Stelle, hätte Scuzzi niemals an Bord gelassen, doch das ist eine andere Geschichte. Wenn man genau hinhörte, konnte man von draußen ... Ich zwang mich, genau wegzuhören. »Eternal Lovesongs« machten, dass man sich Scuzzis geografisch orientierte Themen-Bänder zurückwünschte.

»Doch wir haben der Reederei gegenüber darauf bestanden«, bemerkte er, beiläufig, und gab mir damit, genauso beiläufig, zweierlei zu verstehen: wer auf diesem Schiff über erheblichen Einfluss verfügte und in wessen Schuld ich somit stand. Angeblich.

Der indische Butler kam durch den Vorhang geschlängelt, balancierte zwei dampfende Tässchen auf einem Tablett, das er erst Honnaido und dann mir hinhielt. Grüner Tee. Na, ich wollte mal nicht unhöflich erscheinen.

»Haben Sie eine Ahnung, warum Antonov Sie und Ihren Kollegen Fuchs nicht dabeihaben wollte?«, fuhr Honnaido fort, mit einer Stimme, deren Abschätzigkeit der seiner Augen in nichts nachstand, und fütterte mich, nebenbei, mit mehr Details.

Antonov, also. Eine Frage, die mir bei Gesprächen wie diesen immer im Hinterkopf sitzt, ist die, was mein Gegenüber wohl für Antworten von mir erwartet. Das hat was mit Selbstkontrolle zu tun. Jemand mit Übung kann einen sehr schnell zu entlarvenden Äußerungen provozieren. Und er hier, das spürte man, hatte Übung.

»Ich denke mal«, antwortete ich konzentriert, »dass Antonov die Mehrarbeit vermeiden wollte, die es ihn kosten würde, uns auf den gleichen Level von bedingungslosem Gehorsam zu trimmen wie den Rest seiner Truppe.« ›Weil der faule Fettsack nur Idioten um sich duldet‹, bloß durch die Blume gesprochen.

Etwas in Honnaidos Blick funkelte mich kurz an.

»Und warum haben wir trotzdem auf Ihrer Einstellung beharrt?«, fragte er beiläufig. Schlürfte etwas Tee, ohne mich aus den Augen zu lassen.

Manchmal werden einem Dinge im selben Augenblick klar, in dem man sie ausspricht.

»Weil Sie die – sagen wir mal – Amtsgewalt an Bord nicht alleine einem Exsöldner und seiner handverlesenen Truppe anvertrauen wollten?«, fragte ich zurück, und meine Gedanken begannen einen angeregten Austausch.

Was war so schützenswert an einem schlichten Computer, dass sich der Hersteller den Kopf zerbrach über die Machtstrukturen an Bord? Oder war das nur die berühmte japanische Gründlichkeit? Oder …

»Misstrauen Sie Antonov etwa?«, fragte ich.

Honnaido hob eine Braue und lächelte dünn. Er stellte die Tasse beiseite, beugte sich leicht vor in seinem Sessel.

»Warum haben Sie die Leiche des Stewards gestohlen und anschließend in Ihrer Kabine aufbewahrt?«, kam es hart und direkt.

Ich schluckte. Viel hätte nicht gefehlt, und ich hätte angefangen, an meinem Krawattenknoten herumzuzerren. Es war einer dieser Momente. Falsches Bein, voll auf die Zwölf, so in etwa. Es war, um es kurz zu machen, ein archetypischer Anlass zum von vornherein aussichtslosen Zeitschinden.

»Was … wie … woher …?«, murmelte ich, knapp an einem Stammeln vorbei.

Honnaido hielt plötzlich eine Fernbedienung in der Hand und richtete sie auf einen Punkt hinter meinem Rücken, wo mit einem elektrostatischen Knacken ein großer, flacher Bildschirm ansprang. Ich drehte mich um. Ein umfangreiches Menü-Programm erschien, durch das der Techniker sich mit der lässigen Selbstverständlichkeit eines blassen, übergewichtigen Halbwüchsigen zappte, und was dann kam, war, tja, ein Stummfilm. In Schwarz-Weiß. Doch ohne Laurel & Hardy.

Eine offenbar hysterische Frau, die kreischend auf einen schwarzen Sack zu ihren Füßen zeigte, wurde gerade von einem nur in seine Unterwäsche gewandeten und von Kopf bis Fuß mit einer dunklen Masse besudelten Mann kraft eines ebenso zielgenau wie entschlossen durchgeführten Hiebes mit einer, wie es aussah, Bratpfanne niedergestreckt.

Ich hatte, wurde mir bewusst, nur die beiden Kameras vor unserer Kabine lahmgelegt. Und an die ein Deck tiefer nicht einen Gedanken verschwendet.

Zwei weitere, ähnlich zurechtgemachte Männer tauchten auf, und gemeinsam wuchteten sie den schwarzen Sack in großer Hast über die Reling. Was auffiel, war, dass der Erste sich die ganze Zeit nicht recht von der Bratpfanne zu trennen vermochte. Erst als ein vierter, grotesk übergewichtiger und in einen Anzug gekleideter Mann heranstampfte, ließ er sie unauffällig über Bord gehen.

»Beantwortet das Ihre Frage?«, wollte Honnaido wissen.

Scheiß drauf, dachte ich und zerrte jetzt doch an meinem Krawattenknoten herum. Mir war warm, aus mehr als nur einem Grund mittlerweile, und einen dicken Hals bekam ich obendrein. Wenn der Computerfritze mich auf die Palme bringen wollte, dann hatte er mich schon halb den schuppigen Stamm hoch. Was ging das überhaupt ihn an?, wütete ich innerlich.

Die Szene riss ab, Honnaido zappte.

»Von Schlaf scheinen Sie nicht viel zu halten«, meinte er beiläufig und schaltete auf eine Innenaufnahme.

Zwei männliche Gestalten mit durchlöcherten Kissenbezügen über den Köpfen wankten einen nächtlichen Kabinengang hinunter. Der erste der beiden blieb ruckartig stehen, hob das Tuch vor seinem Gesicht und gönnte sich – geschickterweise voll im Fokus der Kamera – einen mächtigen Schluck aus einer mitgebrachten Wodkapulle.

Das Bild stoppte zum Standfoto und zoomte sich an den Kopf heran, bis er, Flasche immer noch am Hals, den Monitor in voller Größe ausfüllte. Wer bis jetzt noch nicht erkannt haben sollte, wer das war, der sich da frohgemut mit Fusel füllte, dem wurde nun mit noch mehr Helligkeit und Tiefenschärfe auf die Sprünge geholfen.

Prachtvolles Bewerbungsfoto, fand ich, säuerlich.

»Ich bin in keiner Position, Sie über die Motive Ihres Handelns zu befragen«, stellte Honnaido fest. Er ließ den Film weiterlaufen, auf »Fast Forward«. Einen Augenblick lang sahen wir mir und Scuzzi beim hektischen Hantieren zu. Schlauch abwickelnd, Tür auftretend, kurz mit dem wilden, sprühenden Schlauch ringend. Rein in die Kabine, plötzlicher Feuerschein, wieder raus, wieder Wasser marsch.

»Doch andere hier an Bord«, fuhr er fort, »unterstellen Ihnen mehr oder minder offen niedere Instinkte.«

Ich bremste mich, nahm mir eine Sekunde, sämtliche Kraftausdrücke aus meiner Entgegnung zu radieren.

»Antonov«, sagte ich dann behutsam, »glaubt immer zuerst seiner schmutzigen Fantasie. Dr. Köthensieker glaubt, uns allen etwas vormachen zu können, und Kapitän Zouteboom scheint entschlossen, bedingungslos alles zu glauben, was den reibungslosen Ablauf des Betriebs an Bord zu gewährleisten scheint.«

»Und Sie … ?«

Und ich glaube an die Macht der Liebe, dachte ich, müde.

»Und ich bin felsenfest davon überzeugt, dass sowohl Wassilij Kryvidnadse als auch Fjodr Fjodorov Tsarinski heimtückisch und brutal ermordet wurden. Und Wassilijs Leiche hatte ich *einzig und allein* zur Beweissicherung beschlagnahmt.«

»Aha.«

Die Frage nach einem Motiv für die Morde und damit einem Schlüssel zur Person des Täters stand im Raum wie ein Furz im Aufzug.

Seit der Entdeckung von Wassilijs sterblichen Resten in den Tiefen des Maschinentraktes hatte ich nicht eine Sekunde Zeit gehabt für einen klaren Gedanken, fiel mir auf. Und mit einem Aufwallen von Hitze wurde mir klar, dass man Fjodr bei oberflächlicher Beschreibung – »langes, straff nach hinten gekämmtes Haar, *macht an Bord Musik*« – leicht mit Scuzzi verwechselt haben könnte. Mir schwamm das Hirn.

Honnaido zappte erneut, und übergangslos fanden wir uns in der Nippon-Bar wieder. Die Tür ging auf, und die Putzfrau erschien, Kopftuch, Trolley, alles. Jetzt schwamm mir nicht nur das Hirn, sondern auch noch die Socken.

Ein raues Räuspern riss mich aus dem hektischen Grübeln, ob ich und wieso gerade ich hier und jetzt und unter möglicher Zuhilfenahme von Zoom, Helligkeit und Tiefenschärfe mit dieser Putzfrau in Bezug gebracht werden sollte. Ich fuhr herum, und da stand Chefkoch Masimoto, in einem an ein Judo-Outfit erinnernden Morgenmantel, eine Reisschale in der Hand, und schaufelte zügig mit Stäbchen sein Frühstück in sich hinein. Hob die Stäbchen, deutete damit auf den Bildschirm und grunzte etwas Gutturales.

Die Putzfrau hatte gerade den Reissack auf dem Tisch platziert.

»Der Reis war eine Fälschung«, erläuterte Honnaido. »Was sagen Sie dazu?«

Und sie nahmen mich in die Mitte zweier starrender Augenpaare.

An Schlaf war vorerst nicht zu denken, also griff ich tief hinein in den Frost. Hackte anschließend eine Weile glitzerndes Granulat zu Staub, während ich, mit hängendem Kopf, dumpf vor mich hin brütete.

Dieser blöde Reis, dachte ich. Dieser scheißblöde Reis. Was für ein Theater darum gemacht wird.

Entschlossen schnorchelte ich eine Line, lang wie der Spiegel. Aah. Meine Augen gingen auf, synchron mit der Kabinentür. Jochen kam herein, zwei E-Mail-Ausdrucke in den Fingern. Einen reichte er gleich an mich weiter, während er den anderen mit tief gefurchten Brauen studierte.

Gemeldet waren sie unter »Familie Tyriana«, schrieb mein Kumpel Charly aus Mülheim, *doch sie sind spurlos verschwunden. Falls ich in den nächsten Tagen noch etwas in Erfahrung bringe, melde ich mich.*

Wirst du nicht, dachte ich. Weil wir in den nächsten Tagen nicht zu erreichen sein werden, verfluchter Mist. Am liebsten hätte ich den Kahn angehalten und wäre umgedreht. Mit Volldampf in den nächsten Hafen, augenblicklich abmustern, das Gras und das Kokain verticken und dann eine Weile untertauchen. In Lappland oder wo auch immer. Rentiere ficken oder was man da sonst noch so unternehmen kann.

»Ich kapier das nicht«, unterbrach Jochen den Fluss meiner Gedanken, in sein Schreiben vertieft. »Alles, was ich getan habe, war, Ingrid zu bitten, ihre Heiratsentscheidung noch mal zu überdenken, und sie antwortet mit einer Mail, in der sie mich in nur einem Satz …«, er las, kopfschüttelnd, »als ›charakterlich, geistig und …«, er nuschelte drei Silben lang, »organisch zu kurz gekommen‹ bezeichnet. Möchte wissen, was in sie gefahren ist.«

»Ich habe das Wort vor ›organisch‹ nicht richtig verstanden«, sagte ich zu ihm, ganz der interessierte Zuhörer. »Könntest du das noch mal vorlesen?«

Jochen sah hoch und mich mit plötzlich verengten Augen an. »Sag mal«, meinte er, »was mir gerade durch den Kopf geht: Wo sind eigentlich meine Reeboks geblieben? Du erinnerst dich, die Special Edition? Sie sind wie vom Erdboden verschwunden, seit wir …«

Ich stoppte ihn mit erhobener Hand, lauschte nach draußen. Und richtig, da kam es noch mal: *And aahiiaaiiiii will always love – krcks –* »15A und 15B bitte unverzüglich zur Brücke!« – *uhuhuuuuu …*

Bevor wir die Treppe zur Brücke erklommen, hielten wir noch mal an und nahmen uns gegenseitig in Augenschein. Anders als ich, hatte mein Kollege irgendwann Zeit gefunden, sich zu rasieren. Ansonsten sah er fertig aus, übernächtigt und angeschlagen, Nase und Ohr und gleich drei Finger dick verpflastert, doch die Uniform war tipptopp, da gab es nichts. So ein ordentlicher Junge, der Jochen Fuchs, immer schon gewesen. So ordentlich und mehr als nur ein bisschen weinerlich.

»Das ist alles deine Schuld«, jammerte er und drückte das Pflaster um meinen Nasenflügel fest. »Du und deine durchgeknallten Aktionen. Ich habe dich immer schon für verrückt gehalten und werde nie verstehen, was mich geritten hat, dir diesen Job …«

»Jochen«, unterbrach ich ihn, »das hier«, und ich nickte hoch, Richtung Brücke, »ist nicht das Kriegsgericht.«

For I am your laaaaiiidyyyy, brünstete es aus dem Lautsprecher, *and you are my ma-a-annn …*

»Trotzdem«, schniefte er und richtete mir das Namensschild, während ich ihm noch rasch ein paar Schuppen vom Kragen wedelte.

Whenever you reeeach for meeeee, I'll do all that I ca- aaa-annn …

»Wir werden einen Heidenärger kriegen, und alles nur, weil du mal wieder …«

»A-hemm«, kam es von oben. »Wenn die … *Herren* … dann so weit wären?«, säuselte Antonov und kam die Treppe heruntergewalzt. »Der Käptn ist schon vorgegangen«, knurrte er dann. »Der Mann hat nicht die Geduld, zu warten, bis ihr euer Make-up gerichtet habt, und mein Verständnis hat er.«

Bis auf die Tatsache, dass man den Leichnam weggekarrt und einen Großteil des Löschwassers aufgemoppt hatte, sah Fjodrs Kabine ziemlich unverändert aus. Pfeifenrauch durchzog in Schleiern den feuchtwarmen Mief.

Kapitän Zouteboom stand da, Kopf unter Druck, die Arme vor der Brust verschränkt, während Dr. Köthensieker seine hinter dem Rücken Händchen halten ließ und gemütlich schmauchend umherschlenderte. Mal dies in Augenschein nahm, mal das.

»Also«, wandte sich Zouteboom an mich und stampfte mit dem Fuß auf den feuchten Teppich. »Wenn ich recht verstehe, teilen Sie Dr. Köthensiekers Ansicht nicht, beim Tod unseres Pianisten könne es sich um einen missratenen … nennen wir es ›Löschversuch‹ handeln?«

Er sagte es so, als wäre er der Überzeugung, mir damit

eine goldene Brücke gebaut zu haben. Ich blickte von ihm zu Köthensieker, der mich mit schräg gelegtem Kopf beobachtete, als wäre er wirklich an meiner Antwort interessiert, und weiter zu Antonov, der mich mit einem heimlichen, vertraulichen kleinen Nicken zum Gestehen ermutigte.

Ich hob die Hand und schnippte mit dem Finger. »Jochen«, kommandierte ich, »geh raus und hol mir den Feuerwehrschlauch. Und wenn Dr. Köthensieker so nett wäre, sich inzwischen der Länge nach auf das Bett zu legen, dann werde ich allen Anwesenden mal eben kurz demonstrieren, dass selbst bei voll aufgedrehtem Ventil der Wasserstrahl eines C-Rohres nicht in der Lage ist, einem ausgewachsenen Mann irgendeines seiner …«, ich senkte meinen Blick ein Stückchen südlich von Köthensiekers Gürtel, »… *Glied*maßen abzutrennen. Und falls doch«, ich hob den Blick wieder und lächelte sanft, »entschuldige ich mich anschließend in aller Form bei dem Herrn Doktor und gestehe meinen Irrtum ein. Okay?«

Köthensieker blickte unbehaglich drein. »Das ist doch Unsinn«, zischte er und stellte unwillkürlich ein Bein schützend vor das andere.

Jochen wollte tatsächlich los, doch der Käptn hielt ihn auf.

»Schluss«, rief er. »Schluss mit diesem Unsinn. Ich habe hier ein Schiff zu führen. Ich habe Unruhe von unseren Passagieren fernzuhalten. Und Geschehnisse wie die der letzten Nacht …«, er sah mich an, und alle andern taten es ihm gleich, »… sabotieren meine Arbeit!«, brüllte er mich an.

»Okay«, sagte ich, beschwichtigend und sämtliche immanenten Vorwürfe kühl umschiffend. »Um die Passagiere nicht weiter zu beunruhigen, wird es daher wohl das Beste sein, möglichst rasch den Mörder zu finden. Dazu beantrage ich hier und jetzt, Herrn Fuchs und mich auf Security-Level eins zu heben und uns beide mit Handfeuerwaffen auszustatten.« Die letzte Bemerkung war mehr Effekthascherei als alles andere. Klar bekam ich, mit anwachsender Erschöpfung und Konfusion, allmählich so was wie Schiss, doch muss man an den schützenden Effekt einer Schusswaffe *glauben*, oder sie nützt einem nichts. Und ich, persönlich, bin der Überzeugung, dass einen das Herumschleppen eines Ballermanns ungefähr genauso gut davor bewahren kann, Opfer eines Gewaltverbrechens zu werden, wie das Tragen eines Motorradhelms davor, bei einem Verkehrsunfall ums Leben zu kommen. Es ist, um es knapp zu sagen, eine Frage der Opposition. Doch wie dem auch sei, meine Worte waren so oder so in den Wind gesprochen.

»Was Sie nicht recht zu kapieren scheinen, Kryszinski«, knurrte Antonov und siezte mich dabei, »ist die Tatsache, dass Ihre Rolle beim Ableben unseres geschätzten Pianisten noch keineswegs geklärt ist.«

Kam er mir jetzt auch noch mit diesem Wasserstrahl-Humbug? Ich wollte gerade ansetzen, da ging Zouteboom dazwischen.

»Schluss«, rief er wieder, wie ein Lehrer bei einer Schulhof-Keilerei, »Schluss, aus. Ich habe eine Entscheidung getroffen.«

Na, da waren wir aber gespannt.

»Da ich und mit mir ein erheblicher Teil der Verantwortlichen hier an Bord mit Ihren Arbeitsmethoden nicht länger konform gehen, habe ich beschlossen, Sie mit sofortiger Wirkung von Ihren bisherigen Aufgaben zu entbinden.«

»Sie sind gefeuert, Kryszinski«, hätte es auch getan, fand ich und hörte mein Bett rufen.

»Von nun an«, sagte er und sah sich nach allen Seiten um, auf der Suche nach Zustimmung, »wird Herr Fuchs alleiniger Borddetektiv sein.«

Na, das kann ja was geben, dachte ich.

»Er ist hiermit von mir persönlich mit der Untersuchung des jüngsten Todesfalls beauftragt.«

O nein, dachte ich und wand mich, als ich mit ansehen musste, wie Jochens Haltung sich mit der hinzugewonnenen Verantwortung straffte.

»Sie, Kryszinski, bekommen in Kürze einen neuen Aufgabenbereich zugewiesen. Ich gebe Ihnen zwanzig Minuten, Ihren Generalschlüssel, Ihren Bordpass und das tragbare Funkgerät an die Security-Abteilung zurückzugeben. Bis zur Klärung aller Umstände sind Sie auf Security-Grad vier zurückgestuft und stehen unter strengster Beobachtung.«

Und er nickte Jochen wichtig zu, der nickte noch wichtiger zurück, und ich hob die Hand und rief »Moment mal!« in die Runde, als Einleitung für einen vernichtenden Rundumschlag, den ich nie austeilen sollte, denn Ratso kam in Fjodrs Kabine gestürmt, begleitet vom Dröhnen des Nebelhorns der *Equinox*.

»Käptn!«, unterbrach er mich, »die ›Noatsu Maru‹ ist längsseits gegangen. Wir können den Goril-«, er keuchte und korrigierte sich hastig, »den japanischen Fahrgast jetzt übersetzen.«

»Ah«, machte Köthensieker, »das wurde aber auch Zeit!«, und er und Zouteboom eilten aus der Kabine und Antonov und Jochen hinterher, gefolgt – in etwas gesetzterem Tempo, das ein Anstecken zweier Zigaretten erlaubte – von Ratso und mir.

»Was'n so wichtig?«, fragte ich ihn.

Wir traten an Deck und schlenderten gemeinsam Richtung Heck. Die *Equinox* hatte ihre Maschinen gestoppt und gewaltig an Fahrt verloren, rollte jetzt etwas mehr als sonst in der Dünung. Schon begannen die ersten Fahrgäste, ihre Farbe erst ins Bleichliche und von da ins Grünliche zu wechseln.

»Gorilla-San hat 'nen Blinddarm-Durchbruch, wie es aussieht«, meinte Ratso. »Sie setzen ihn über auf einen Fischtrawler, der ihn dann in die nächstgelegene Hafenstadt bringt. Die Häfen hier in der Gegend sind alle viel zu klein für unser Schiff.«

Als wir am Heck ankamen, hatten ein paar Matrosen den wegen seiner riesigen Statur, der langen Arme und der primatenhaften Körperhaltung so bespitznamten japanischen Passagier schon mitsamt Bahre in eines der beiden bordeigenen Schlauchboote gehievt, von der Höhe der B-Deck-Reling aus wortmächtig unterstützt von Kapitän und Bordarzt. Zum Schutz vor Spritzwasser packten sie den Kranken unter eine große Plane und fuhren dann hinüber zum wartenden und wild schaukelnden japanischen Fischerboot. Alles in allem eine Aktion, wie ich sie nicht unbedingt mitmachen wollte mit einem entzündeten und geplatzten Stück Darm im Wanst.

»Hätten Sie ihn nicht besser hier an Bord notoperieren können?«, fragte ich Köthensieker, der das ganze Manöver gespannt verfolgte. Er sah kurz zu mir und paffte ein Wölkchen.

»Sagen wir es so, Kryszinski«, antwortete er dann, am Stiel seiner Pfeife vorbei. »Wenn das Ihr Blinddarm wäre, hätte ich Sie schon längst aufgeschnitten, und die *Equinox* wäre noch voll im Fahrplan.«

Na, dachte ich, was fragst du auch.

Lange und nachdenklich starrte ich die Tür zum Kühlfach an. Koks oder Schlaf, so sahen die Alternativen aus. Schlafen oder ein paar rasche Nachforschungen betreiben, bevor man mir meinen »neuen Aufgabenbereich« zuwies. Klos putzen oder sonst was Wildes, um mich bis zum nächsten Hafen bei Stimmung zu halten. Ich wollte gerade mit ausgestrecktem Arm eine Entscheidung herbeiführen, da wummste es von außen gegen unsere Kabinentür, rhythmisch und vehement. Jochen ging öffnen, und herein stürmte Richard E. Scott, der Texaner mit den vielen Fords und der Unmenge Tochter, dicht gefolgt von Mr Honnaido. Während der Japaner gestresst dreinblickte, wirkte der Texaner aufgebracht, stinksauer unter einer dichten Wolke Zigarrenrauchs.

»Ah! There you are!«, begrüßte er Jochen und mich und ging auf uns los, dass ich mich fragte, was wir denn nun schon wieder verbrochen hatten.

»You're private eyes, you're detectives, aren't you?«, bestürmte er uns, und wir nickten. »Bord-« musste man bei mir wegstreichen, doch das machte mich kein bisschen weniger zu einem Detektiv als vorher.

»Well, boys, I got a job for you! Go …« An dieser Stelle wollte sich Mr Honnaido moderierend einmischen, doch Richard E. Scott war nicht in der Stimmung, sich moderieren zu lassen, und überbrüllte den Japaner einfach.

»Go«, bellte er Jochen und mich an, dass es uns die Frisuren nach hinten blies, und zeigte mit gestrecktem Finger auf die Kabinentür, *»and find my fifteen million dollars!«*

Fünf

Mit aufgenommener Fahrt stabilisierte sich das Schiff rasch wieder, und die grünen Gesichter wurden weniger. Anders als draußen an Deck, wo sich die Passagiere zu Hunderten drängelten und angesichts des Horrors der bevorstehenden mehrtägigen Funkstille noch eben rasch mit ihren Handys einen Elektrosmog erzeugten, den man auf der Zunge schmecken konnte, war in der Piano-Bar ungewöhnlich wenig los. Der junge Mann am Klavier spielte Billy Joel, was weder sonderlich stört noch sonderlich auffällt. Ich quetschte mich in eine der Sofaecken am Rand der Bar, winkte der ächzenden ältlichen Kellnerin, bestellte Kaffee, erkundigte mich nach dem Verbleib von Ankje, der Honigblonden, und erfuhr, unterlegt mit einem gewissen »Nicht noch so einer«-Granteln, dass sie heute Spätschicht habe.

Als der Kaffee vor mir stand, holte ich Notizblock und Stift hervor und dachte nach.

Es habe wohl ein bedauerliches Missverständnis gegeben, hatte sich Honnaido beeilt, uns allen zu versichern, in Deutsch und in Englisch.

Missverständnis, mein Arsch, gab der Texaner auf texanisch zurück.

Wie sich herausstellte, hatte Richard E. Scott vom Rechner in seiner Kabine aus ein wenig Homebanking betrieben, nachdem ihm die Duty-free-Kasse eine achtstellige Dollarsumme für eine Faust voll Zigarren berechnet hatte. Und siehe da: Es war nicht bei der irrtümlichen Berechnung geblieben. Noch war es zu dem versprochenen Storno gekommen. Wie auch immer das geschehen sein mochte, aber allem Anschein nach war Mr Scott das Geld unmittelbar vom Konto gesaugt worden. Wohin es geflossen war, ließ sich so ohne Weiteres nicht feststellen, da die Texaner heute alle den Gründungstag ihres wundervollen Bundesstaates feierten, die Bankangestellten inklusive. Ginza-Titanium, vertreten durch Mr Honnaido, versprach eine augenblickliche Untersuchung des Vorgangs, doch das brachte die Knete erst mal nicht zurück.

Ich hatte mir das kurz angehört und anschließend Jochen und Heather Seite an Seite vor Richard E. Scotts Rechner zurückgelassen. Das war eher eine Aufgabe für meinen Kollegen, der seinen blassen Teint und sein breites Gesäß in Tausenden von Stunden vor seinem PC erworben hatte, aus der Überzeugung heraus, sich dabei die nötigen Fähigkeiten anzueignen für die, wie er sie nannte, »Detektivarbeit der Zukunft«.

Mir, der ich mich mehr in der Gegenwart verankert sehe, gab das ein bisschen Zeit zum Nachdenken an die Hand.

Scheiße noch mal, was hatte Fjodr mir hier, in genau diesem Raum, vor nicht mal vierundzwanzig Stunden zugeraunt? Nicht mal vierundzwanzig Stunden ohne eine nüchterne Minute, was mich anging, und dieser Umstand wiederum war der Leistung meines Gedächtnisses ungefähr so förderlich wie ein Schleppanker dem Vortrieb einer Segeljolle.

Treffen wollte er mich, der Fjodr, und mir irgendetwas auf seinem PC zeigen. Was, hatte er, so weit ich mich erinnern konnte, nicht gesagt, doch war ich, meinem Naturell entsprechend, wohl von künstlerisch hochwertigen fotografischen Aufnahmen ausgegangen. Und ich hatte in diesem Augenblick eh nur Augen und Ohren gehabt für …

We didn't start the fire, sang der Pianist und klang seltsam hohl dabei in der entvölkerten Bar.

O doch, dachte ich, mit einem Anflug von Hitze, *we did. We started the fire* in Fjodrs Papierkorb, und der war gut zur Hälfte voll gewesen mit – Computerausdrucken. Eijeijei.

Heiß, hier in der Bar, eng mein Kragen, trocken mein Hals und feucht, ach was, nass meine Stirn.

Die ächzende ältliche Kellnerin stellte ungefragt einen doppelten Cognac neben meinen Kaffee. Ich nickte, dankbar.

Gut, die Ausdrucke waren Asche. Blieb der Rechner als solcher. Doch ob der die Überschwemmung heil überstanden hatte, war, zumindest nachdem ich den Kleiderständer gelöscht hatte, mehr als fraglich. Da ist Wumms hinter, hinter diesen C-Rohren.

Okay, dachte ich und klappte mein Notizbuch wieder zu, von eigener Hand vernichteten Beweismitteln nachzutrauern hat keinen rechten Stil. Passiert ist passiert. Trotzdem ...

Nach der Hitze kommt der Shake, und um dem entgegenzuwirken, gab ich mir den Doppelten mit einem Ruck. Als ich das Glas absetzte, nickte mir Reverend Mycroft »Bill Gates« McNish voll tiefen Verständnisses zu.

»Darf ich?«, fragte er, und als ich nicht verneinte, quetschte er sich mir gegenüber in die Polster.

Die Kellnerin kam, sah von mir zum Reverend und wieder zurück und nickte sich eins, als der Geistliche das Gleiche bestellte, wie ich es gehabt hatte.

Ich wusste nichts Rechtes zu reden mit ihm, deshalb hob ich die Tasse, trank erst mal den Kaffee, ehe er kalt wurde.

»Meine Kirche«, murmelte McNish, ohne Einleitung, »wäre bereit, zehntausend Dollar auszuloben für die Ergreifung des Bibelschänders.« Anschließend musste er sich halb erheben und quer über den Tisch beugen, um mir auf den Rücken zu klopfen. Ich hatte mich am Kaffee verschluckt. Glatt vergessen, die blöde Bibel.

Wem hänge ich das jetzt wieder an?, war mein erster Gedanke.

Der Duft ihres honigblonden Haares stieg mir durch die Nase direkt ins Gehirn, das darauf den paradoxen Entschluss fasste, sich selbst den Saft abzudrehen und die Blutzufuhr großzügig einem anderen Organ zukommen zu lassen.

»Na«, sagte ich, mit schweren Lidern, »na, na, na.«

Wie lange, dachte ich, hatte ich meinen … ääh, Zinken in keine … ääh, weibliche Haarpracht mehr gesteckt?

»Na«, sagte ich, »na, na.«

Ich tauge nichts, beobachtete ich mich selbst, als Tröster. Ankje schluchzte an meiner Schulter, sabberte mir die halbe Uniformjacke voll Rotz und Mascara, und alles, was ich zustande brachte, war ein Hormonschub, der mein gesamtes Sprachvermögen zusammenstrich auf ein frühkindliches »Na-na-na«. Dabei war sie, so gesehen, noch nicht einmal mein Typ.

Sie weinte ohne Hemmungen, sehr jung, sehr mädchenhaft, sehr schutzbedürftig in ihrem Kummer. Ihr weicher Busen wogte mit jedem Schluchzer gegen meine mannhaft breite Brust.

Ich tauge nichts, dachte ich, als väterlicher Freund und Beschützer. Mir steht da ständig der, ääh, Trieb im Weg.

»Vielleicht …«, ich räusperte mich, »vielleicht sollten wir uns ein wenig …«, ich sah mich um, aber für zwei Personen, die einander, ääh, beistehen wollten, gab es in Ankjes Kabine wirklich nur die Koje, also … »hinsetzen«.

Hinsetzen, ja. Die Augen schließen und …

»Nein.« Sie löste sich von mir, ganz Rotz und Wasser und Wimperntusche, und ich konnte nicht anders, als den Knutschfleck an ihrem Hals zu bemerken. Jochen, dachte ich. Das war ganz sein Stil: »Ah, kommpt ma alle kucken, wo unsa Jochen dran war.« Eine Markierung mit Besitzanspruch, ähnlich einem auf die Haut genuckelten Graffiti-»tag«.

»Ich muss mich fertig machen.« Sie putzte sich geräuschvoll die Nase. »Und so …«, ein Blick in den Spiegel, und sie heulte gleich wieder los, »so wie ich aussehe«, schniefte sie, »kann ich unmöglich arbeiten gehen.« Und sie tupfte hilflos an der erneuten Tränenflut herum.

Weiber, dachte ich. Da enthaupten sie dir den Lover, und du machst dir Sorgen um den Zustand deines Makeups.

»Okay«, sagte ich, »dann lass ich dich jetzt allein. Soll ich mal schauen, ob ich Jochen irgendwo auftreibe und ihn hierhin …«

»Nein!«, schnitt sie mir das Wort ab. »Halt mir den bloß vom Leib. Das war nichts als ein …«, sie suchte nach einem Wort, »ein Irrtum, das mit ihm.«

Na, dachte ich, für einen simplen Irrtum habt ihr euch letzte Nacht aber ganz schön rangehalten.

»Fjodr und ich hatten uns gestritten, gestern, und als er mit …«, Ankje holte tief Luft, *»Carla!«,* spie sie den Namen aus, »abzog, da …«

Und schwupps hatte ich sie wieder an der Schulter, und salzig floss der schwarze Fluss der Reue.

Da hat sie es ihm heimgezahlt, dachte ich. Wie man das so macht. Mit dem Nächstbesten, und das war gestern Abend halt unser Freund Jockel gewesen. »Fotzenjockel« haben wir ihn früher immer genannt, weil er es bei nun wirklich jeder versuchte, aber das nur nebenbei.

»Wie wars denn so?«, fragte ich harmlos. »Mit Jochen?«

Und sie schüttelte sich unwillkürlich.

Ganz, ganz allmählich erinnerte ich mich des Grundes meines Erscheinens hier. Beruflich. Es gab Fragen zu fragen.

»Hast du einen Verdacht, wer Fjodr …«, begann ich, da stemmte sie sich von mir weg, und ihre Baby-Blauen flammten zu mir hoch.

»Carla!«, stieß sie hervor. »Der würde ich *alles* zutrauen!«

»Nein«, unterbrach sie mich kühl, »aber auf gar keinen Fall.«

»Carla«, begann ich noch mal, doch sie schnitt mir wieder das Wort ab.

»Hast du mal auf die Uhr geschaut, Hübscher?«, gurrte sie, und mein, ääh, Griff um den Hörer verhärtete sich spontan. Hübscher, weia.

»Um diese Tageszeit räkelt Carla noch ihre ranken Glieder zwischen den Reinseidenen.«

Sie sprach von sich in der dritten Person, eine Angewohnheit, die mich ähnlich zu begeistern vermag wie ein Schluck aus einem Karton klumpig gewordener Milch, und sie legte einem im Nebensatz gleich noch nahe, mal zu überprüfen, ob man wohl mit ihrem reinseidenen Lifestyle mithalten könnte.

»Denn Carlas Nächte sind *lang*. Du verstehst?«

Mit ihrem Lifestyle und mit ihren sexuellen Anforderungen.

Ich schluckte. Hakte den Lifestyle gleich ab.

»Carla«, sagte ich dann, leise, »Fjodr ist tot.«

Keine Reaktion. Keine hörbare zumindest.

»Ermordet«, erklärte ich, ungefragt, in die anhaltende Stille hinein. »Genau wie …«

»Zehn Minuten«, unterbrach sie mich tonlos. »Ich bin in zehn Minuten fertig.« Und *klick*.

»Komm rein«, hauchte sie und hielt mir die Tür auf, kaum dass ich geklopft hatte. »Bitte«, sagte sie, griff nach meinem Arm und zog mich hinein in ihre Kabine, »erzähl mir alles; alles, was du weißt.«

Sie war ungeschminkt und – *jeija!* – barfuß und hatte ihr Haar in einen fliederfarbenen Frotteeturban gewickelt und die ranken Glieder in einen apricotfarbenen Bademantel aus dem gleichen dickflauschigen Material. Letzte Dampfschwaden kamen aus dem Bad gewabert, angereichert mit ätherischen Ölen teurer Seifen und Cremes und noch teurerer Parfüms, alles in der Dimension eines Hauchs und trotzdem eine Mixtur, die die Sinne reizte wie die Vorahnung von edlem Sex zwischen schönen Menschen auf kostbaren Materialien und –

»Komm«, sagte sie, und ihr Griff um meinen Arm war fest, beinahe prüfend, wie auf der Suche nach Stärke, Halt, »ich mache uns Kaffee.«

Anders als Fjodrs Kabine lag ihre im Personaltrakt, hatte jedoch die gleichen Maße, das heißt, sie war genauso groß wie die übliche Passagierkabine. Oder, anders ausgedrückt, sie hatte rund doppelt so viel Quadratmeter wie die Bude, die ich mir mit Scuzzi und Jochen Fuchs teilen musste. Die Einrichtung war simpel, doch das erstaunlich schmale Einzelbett war tatsächlich mit kühler silbergrauer Seide bezogen, und auf sämtliche waagerechten Flächen verteilt lagen Gegenstände der Bekleidung, persönlichen Ausstattung, Zeitmessung, Telekommunikation, Unterhaltungselektronik und sonstiger Zerstreuung herum, deren gemeinsamer Nenner ein exquisit hoher Anschaffungspreis zu sein schien. An eine Wand war kunstvoll ein schwarzes Cape mit blutrotem Futter drapiert, und über dem schmalen Bett hing eine, wie es aussah, japanische Tuschezeichnung einer, wie es aussah, Geisha, die es, wie es aussah, gleich zwei, wie es aussah, Samurai, wie es … ääh, aussah, besorgte.

»Nun rede schon«, forderte Carla unruhig, riss mich aus meinen Observationen und wies mir einen Stuhl an einem an die Bordwand geschraubten Esstisch zu.

»Schmales Bett«, sprach ich aus, was mir gerade durch den Kopf ging, eine Angewohnheit, die mich unter bestimmten Umständen ähnlich geheimnisvoll und schwer durchschaubar macht wie die Gebrauchsanweisung für einen Kamm.

»Ja, Carla schläft hier allein«, meinte sie kapriziös. »Für … Spiele … hat sie noch einen anderen Ort.«

Ich fragte mich nicht wirklich, was für Spiele sie damit wohl meinen könnte. Nein, nicht eine Sekunde.

»Doch zurück zum Thema: Du hast gesagt: ›Genau wie …‹ Genau wie wer?« Routiniert bediente sie eine kleine hellblaue Espressomaschine, die die üblichen gequetschten, bratzelnden und prutschelnden Geräusche von sich gab.

Dies könnte eine allmorgendliche Szene für uns sein, dachte ich, und meine Erschöpfung das Resultat intensiver, ausdauernder nächtlicher … Spiele. Ich riss mich zusammen.

»Genau wie Wassilij Kryvidnadse wurde Fjodr geköpft«, sagte ich, und Carla ließ eine Tasse fallen. Schaute einen Moment lang fassungslos hinab auf die Scherben.

»Mein Gott«, keuchte sie und biss sich auf die volle, zitternde Unterlippe, und als sie sich zu mir drehte, war der Blick ihrer unbebrillten, blassen Augen ernst und – voller Angst.

Ich begann mich intensiv zu fragen, ob mit mir etwas nicht in Ordnung war. Entweder bei dem Zusammentreffen gestern oder bei diesem Gespräch heute musste es sich um eine Halluzination handeln. Oder um eine Verwechslung. Anders war der eklatante Unterschied zwischen der Frau gestern und der Frau heute nicht zu erklären. Wie von alleine, wie um mich zu vergewissern, wanderte meine Hand zu dem Pflaster an meinem Nasenflügel. Es war noch da.

»Ich bin Croupier«, las Carla meine Gedanken, stellte zwei große Tassen, fast schon Schüsseln, zwischen uns und nahm grazil auf dem Stuhl mir gegenüber Platz. »Wenn ich arbeite, schlüpfe ich in eine antrainierte Rolle. Manchmal«, murmelte sie bedauernd und strich mir sachte mit dem Finger über die Nasenspitze, »geht es dann ein bisschen mit mir durch. Doch wir Croupiers müssen so wirken: überlegen, kühl und unnahbar. Das heißt nicht«, fuhr sie fort und senkte den Blick, rührte und rührte in ihrem Milchkaffee, »dass ich auch so bin.« Und sie sah wieder auf, und hunderttausend Volt krochen mir gemächlich durch die Nervenstränge.

»Sag mir«, bat sie, »hast du schon einen Hinweis, wer es getan haben könnte? Und warum? Wird das jetzt so weitergehen? Das ist alles so unerklärlich. Ich habe von Anfang an nicht an diese Selbstmordgeschichte von Wassilij geglaubt. Aber wer sollte ihn umgebracht haben, und Fjodr? Gerade Fjodr war doch so … nett.«

Nett, ja. Carla und Fjodr. Fjodr und Carla. Die Geigen, wenn man so will, verstummten ziemlich abrupt.

»Wo seid ihr beiden eigentlich hin«, fragte ich kühl, »nach dem Karaoke, Fjodr und du?«

»Ach«, sie lächelte, und im Hintergrund nahmen die Streicher ihre Arbeit wieder auf, »Fjodr und ich. Du bist leicht zu ärgern, kann das sein?« Sie nahm einen Schluck von ihrem Kaffee und leckte sich anschließend langsam den Milchschaum von der Oberlippe, während sie mich ansah. Sehr langsam. Dazu fiel ihr Morgenmantel ein Stück weit auf, und der Reißverschluss meiner Uniformhose knirschte, im Bemühen um Zusammenhalt, hörbar mit den Zähnen.

»Fjodr hat mich nur zur Arbeit geleitet«, erklärte sie. »Zur Spätschicht. Nachdem du mich den Abend über ja so ziemlich ignoriert hattest.«

Ich schluckte, und der Verdacht des Halluzinierens überkam mich erneut. Die ganze Szene hatte die gleiche hypnotisch-unwirkliche und doch zur gleichen Zeit so fantastisch real erscheinende Qualität einer tiefen Opiat-Trance.

»Kristof«, flüsterte Carla, und ihre Augen blickten groß und blass und bittend über den Rand ihrer Kaffeeschüssel hinweg, »sag mir eins, und bitte sei ehrlich: Du hattest doch nichts damit zu tun, oder? Mit Fjodrs Tod?«

Zwischen meinen Ohren dröhnte ein großer Gongggggg, und ich wankte durch die engen Gänge des Personaltrakts wie jemand, der noch nicht so recht begriffen hat, dass er einen Schlag über den Schädel bekommen hat und jeden Augenblick zu Boden gehen wird. Ich glaube, ich lächelte ein Lächeln dazu, das es mit Fug und Recht verdiente, unter »schwachsinnig« abgeheftet zu werden.

Der Sieger im Karaoke war vertraglich an eine äußerst resolute Gattin gebunden. Dieser Umstand hatte ihn zum Verzicht auf seinen Preis bewogen. Und so würden halt Carla und ich … bei nächster Gelegenheit … zu zweit … im ›Printemps‹ …

Elena erschien an meiner Seite und sprach eine Weile

eindringlich auf mich ein, kam jedoch nicht an gegen das Vibrato des Gongs zwischen meinen Ohren, bis Antonov hinter einer Ecke auftauchte, mich am Arm packte und dem Gong abrupt das Schwingen austrieb, doch da war es dann zu spät.

»Also hier hängst du herum«, knurrte Antonov, duzte mich wieder und zog mich mit sich.

Moment mal, dachte ich.

»Du kannst ja später mal im Duty-free vorbeikommen«, rief Elena mir hinterher, und ich drehte mich noch mal zu ihr hin, und sie sah klein aus und irgendwie verloren, wie sie so dastand.

»Wir müssen reden«, raunte Antonov und zerrte mich weiter den Gang hinunter.

»Ich wüsste nicht, über was«, sagte ich, ein wenig bockig, hatte ich doch gerade erst sämtliche Insignien eines Mitglieds seiner Abteilung bei der Materialausgabe zurückgelassen.

»Pass auf«, raunte er weiter, zog mich um eine Ecke und presste mich rücklings an eine Wand. Ich wollte mich gerade aus seinem Griff befreien und ihm ein für alle Mal klarmachen, was ich von dieser seiner Art hielt, hatte die Hand schon flach auf seiner Brust, um ihn mit Kreuz und Hinterkopf gegen die Wand in seinem Rücken zu wuchten, da bemerkte ich den Schweiß auf seiner Stirn und die Unsicherheit in seinem Blick.

»Was du wissen musst«, vertraute er mir an, weiterhin in halblautem Tonfall, »ist Folgendes.« Und er kaute kurz auf seiner Unterlippe herum, konzentrierte sich, bevor er fortfuhr. »Ich hab keine Ahnung, wer das war, mit Fjodr. Und auch nicht mit Wassilij.« Damit sah er hoch zu mir, starr in meine Augen, als ob er versuchen wollte, mit Blicken zu transportieren, was er mit Worten nicht sagen wollte oder konnte. Oder durfte.

Mir fiel dazu, ehrlich gesagt, im Moment wenig ein, also sagte ich: »Schön.« Und als er darauf nicht einging, schickte ich noch ein »Und?« hinterher.

Antonov löste den Blick, sah zur Seite und seufzte. Ich war mir sicher: Er hatte etwas zu verbergen, irgendetwas laufen hier an Bord, er wusste nicht, ob und wieweit er mich ins Vertrauen ziehen konnte, und er war sich auch nicht im Klaren, was und wie viel ich eh schon wusste. Knifflig.

Er ließ meinen Arm los. Schnalzte mit der Zunge.

»Hör zu«, machte er einen neuen Anlauf. »Das mit deiner Suspendierung, da kann ich nichts für.«

»Dann mach sie doch rückgängig«, riet ich.

»Das ist anderswo entschieden worden«, fuhr er fort, ohne auf meinen Rat einzugehen, und deutete vielsagend in Richtung der gelblichen, mit Kabeln, Rohren und den gelegentlichen Glühbirnen in ihren Drahtkäfigen verzierten Metalldecke.

»Bist du nun Chef der Security oder was?«

Er grimassierte, machte auf hilflos.

»Antonov«, sagte ich, legte ihm wieder die Pfote auf die Brust, schob ihn rückwärts an die gegenüberliegende Wand und rückte ihm so dicht es nur ging auf die Pelle. »Du wolltest mich von Anfang an nicht in deiner Truppe haben. Jetzt bist du mich los. Warum also freust du dich nicht?«

Er machte sich frei, blickte finster.

»Du verstehst nicht«, knurrte er und hatte recht damit. »Das war alles nicht so geplant.«

Ich begann mich zu fragen, was denn der Plan gewesen sei, sagte aber nichts. Wer etwas hören will, muss auch mal die Klappe halten können.

»Plötzlich diese Morde ... Okay, bei Wassilij, da hätte es noch Selbstmord sein können ...«

Ich schnaubte trocken.

»Was versteh denn ich davon?!«, rechtfertigte er sich. »Da war der Draht, da war der Doktor, und der Käptn hatte auch nichts einzuwenden ...« Antonov rieb sich das Kinn, sah routinemäßig den Gang rauf und runter. »Doch dann Fjodr ... Ich geb zu, ich hatte ein Auge auf ihn geworfen ...«

»A-ha!«, sagte ich mit Grabesstimme, und er warf mir einen überraschten Blick zu.

»Nicht, was *du* denkst«, brauste er auf und wand sich kurz unter meinem inquisitorischen Blick.

»Du kennst Russland nicht«, wechselte er abrupt das Thema. »Kaum jemand kann da von dem leben, was er mit seinem *normalen* Job verdient. Jeder Zweite in Russland ist ein bisschen mehr oder ein bisschen was anderes, als es nach außen den Anschein hat. Und Fjodr ... Weißt du eigentlich, wie er an diesen Job gekommen ist?« Antonov wurde richtig lebhaft jetzt. »Es hieß, sein Vorgänger, ebenfalls ein Russe, hätte gekündigt!«

Er sah mich an, als ob er erwartete, ich fiele jetzt in Ohnmacht. Doch mir war noch nicht mal schwindelig.

»Einen Job wie diesen!«

Immer noch nichts. Okay, ich hätte einen Stuhl brauchen können, diese Steherei wurde langsam anstrengend, doch ansonsten ...

»Ein russischer Pianist! Auf einem deutschen Schiff! Gekündigt!« Antonov verlor die Geduld mit mir. »›Whoa‹, hab ich gefragt, ›wo ist er denn hingewechselt? Zu den Scorpions?‹«

Ich verzog ein bisschen das Gesicht. Es ist nicht nur ihre Musik. Auch die Namensgebung der Band erscheint mir, angesichts der Abwesenheit aber auch nur des kleinsten Stachels, genauso irregeleitet wie die ähnlich lautende Benennung dieser Familienkutsche von Ford, doch das nur nebenbei.

»Die nackte Wahrheit ist, Kristof, so einen Job wie den hier gibt man nicht auf. Nicht, wenn man Russe ist. Nicht freiwillig.« Wir schwiegen kurz, die Lüftungen summten, von ferne brummten die Diesel, und ich fragte mich, worauf dieses Gespräch hinauslaufen sollte.

»Worauf ich hinauswill«, sagte Antonov schließlich, »ist dies: Meine Leute sind für ihre Aufgaben hervorragend ausgebildet. Aber sie sind keine … Ermittler. Ich will, um es kurz zu machen, dass du mir hilfst herauszufinden, wer Wassilij und Fjodr umgebracht hat. Und zwar schnell.«

»Und ich will meinen Job wieder«, sagte ich, »und Sicherheitsstufe eins.«

»Das geht nicht!« Für einen Moment sah Antonov drein, als ob er sich die Haare raufen wollte. »Ich habe da keinen Einfluss mehr drauf! Außerdem hat dich schon eine andere Abteilung angefordert. Hab ich gehört«, schickte er hastig hinterher.

»Andere Abteilung?«, fragte ich alarmiert. Das ging mir ein bisschen schnell. »Welche?«

»Weiß ich auch nicht«, log er und wich meinem Blick aus. »Kristof, ich will, dass du … inoffiziell für mich arbeitest.«

»*In*offiziell?« Eine Frage mit eingearbeiteter hochgezogener Braue, wenn man so will.

»Kristof.« Antonov packte mich wieder am Revers, und ich dachte daran, ihm den Arm auszukugeln. Dass ers mal lernt. »Du hilfst mir ein bisschen, ich helf dir ein bisschen.« Er sah hoch zu mir mit seinen harten kleinen Augen. »Hilfst du mir nicht, dann hilf dir selbst.« Es klang wie »Dann gnade dir Gott«.

Er ließ mich los und machte einen Schritt zurück. »Dies«, sagte er mit einer Armbewegung, die das ganze Schiff einschließen sollte, »ist ein Mikrokosmos, eine Welt für sich. Hier ist so viel mehr zu holen als nur das bisschen Heuer, Kristof.«

Wusst ichs doch, dachte ich, dass er was am Laufen hat.

»Na gut«, gab ich nach. Auch, aber das brauchte das Rote Quadrat nicht zu wissen, aus eigenem Interesse. Ich sage nur: Albaner. »Was sagen denn eigentlich eure Video-Aufzeichnungen?«

»Nichts«, war die Antwort.

Ich schüttelte nur den Kopf. »Vergiss es«, sagte ich zu ihm und machte mich auf, den Gang hinunter.

Mit einem Satz war er neben mir, hielt schon wieder meinen Arm gepackt und zog mich mit.

»Du glaubst es nicht? Komm mit!«

Er kannte sich verflucht gut aus im Labyrinth der Gänge. Viel besser als ich, musste ich zugeben. Ein paar Abzweigungen, ein paar Treppen, ein paar Schotts später, und Antonov grunzte eine kurze Begrüßung, schob einen seiner Männer beiseite und zog mich hinein in den Überwachungsraum mit den Monitoren.

»Spiels ihm vor«, befahl er Gundolf. »Das Band mit Fjodr.«

Gundolf drückte einen Knopf seiner Fernbedienung und lehnte sich gegen die Wand, und ich folgte seinem Blick auf den größten der vorhandenen Monitore. Die Tür zum Casino erschien, unverkennbar unter der gebogenen Neonschrift und bewacht von einem aus Antonovs Truppe, einem Schweden, den sie alle nur »Wasa« nannten. Wegen seiner Herkunft natürlich, aber auch wegen seiner geistigen Brillanz, die, da waren sich alle Beobachter einig, auf einem Level lag mit der dieses, nun ja, Trockenbrotes.

Dann schnellte mein Puls nach oben. Carla kam ins Bild. Carla, gehüllt in das kleine Schwarze, das sie gestern Abend angehabt hatte, und Fjodr, in seiner gestrigen Bühnengarderobe. Er hatte immer noch den Arm um ihre Taille gelegt, quer über den tiefen Rückenausschnitt, und als sie an der Tür ankamen, drehte Carla sich ihm zu, sah hoch in seine Augen, legte ihm eine Hand auf die Brust, lächelte ihn strahlend an und verabschiedete ihn mit … Da kamen andere Leute, Fahrgäste, und Wasa machte ihnen Platz und stand kurz im Weg, und als er den Blick endlich wieder freigab, war Carla schon durch die Tür geschlüpft, und Fjodr befand sich wieder auf dem Weg zurück, auf die Kamera zu, ein schmales Grinsen im Gesicht und mit einer Hand eine Ecke seines affektierten Schnäuzers glatt streichend. Unterwegs zu seinem letztendlich – seien wir doch mal ehrlich – verdienten Ende. Kurz bevor er aus dem Bild lief, stoppte Gundolf den Film zu einem flirrenden Standfoto.

»Da«, sagte Antonov, »sieh ihn dir noch mal gut an. Das ist das letzte Bild, das wir von ihm haben.«

Wir blickten uns an, und er zuckte die Achseln.

»Okay«, sagte ich. »Was ist mit dem Gang vor seiner Kabine?«

Antonov schüttelte den Kopf. »Nichts«, sagte er.

»Gänge, die sich mit dem Gang kreuzen?« Kopfschütteln. »Treppenhäuser, Türen zum Personaltrakt in der Nähe zu Fjodrs Kabine?« Kopfschütteln, Kopfschütteln.

»Tatsache ist, für die zwei Standen, die dieser Aufnahme folgen«, Antonov deutete auf Fjodrs flirrendes Grinsen, »haben wir nur und ausschließlich Bilder von draußen.«

I just called, to say I lo… »15B bitte zum A-Deck.« … *you, I just called, to say …*

Ich drückte die Tür zum Passagierbereich wieder zu, machte einen Schritt zurück. Stevie Wonder. Tief und gleichmäßig durchatmend lehnte ich die heiße Stirn gegen das kühle gelblich lackierte Metall. Ich malte mir aus, wie Scuzzi seine Tapes zusammenstellte, wie er jede einzelne CD ins Licht hielt und sorgfältig danach bewertete, inwieweit sie mir wohl wider die Natur gehen könnte. Und dann stellte ich mir vor, wie ich »Eternal Lovesongs« einem mitfühlenden Richter vorspielte und er die Tat von Mord auf Totschlag im Affekt zurückstufte, mir mildernde Umstände zugestand und die Strafe großzügig zur Bewährung aussetzte.

Die Gänge des Personaltraktes mochten kahl sein, schlecht beleuchtet, muffig und eng, aber sie waren dankenswerterweise frei von dieser säuselnden Pein namens Muzak.

»15B bitte an der Rezeption des A-Decks melden!« Nur die Durchsagen beschallten das komplette Schiff ohne Ausnahme.

Vorsichtig zog ich die Tür auf für einen zweiten Versuch.

... to say how much I ca-ha-ha-ha-hare ... Peng, Tür zu. Es hatte keinen Zweck. Es ging nicht. Nicht ohne Betäubung. Und mein Entschluss zu einem klaren Kopf, bevor er auch mir vom Rumpf getrennt wurde, war noch zu frisch, die Nervenenden noch zu blank, als dass ich mich der an Terrorismus gemahnenden Gehirnwäsche hätte stellen können, die DJ Scuzzi für seinen ganz persönlichen Auftrag zu halten schien.

Eigentlich war ich unterwegs gewesen, um mich mal in Fjodrs Kabine umzusehen, doch ich verschob das Vorhaben auf später. Da konnte das A-Deck noch so oft nach 15B verlangen. 15B nahm eine Auszeit.

Ich sah den Gang rauf, dann runter. Ich war allein. Ich schloss auf, ließ mich ein, drückte die Tür zu, schloss hinter mir wieder ab.

Wie das, ohne Generalschlüssel? Nun, ich hatte mir, aus ebendieser Kabine hier, Wassilijs besorgt, bevor ich meinen eigenen abgegeben hatte. Simpel.

Einen Augenblick lang lauschte ich noch auf Schritte im Gang, dann begann ich mich umzusehen.

Das Zimmer eines Toten hat immer etwas Beklemmendes.

Über dem Bett ein schmales Regal mit abgegriffenen Büchern. Lieblingsbücher, Dutzende von Malen gelesen. Ich schluckte. Genau so eine Sammlung hätte ich auch mitgenommen, wenn etwas mehr Zeit zur Vorbereitung der Reise gewesen wäre.

Albaner, dachte ich. Antonov hatte versprochen, die Computerlisten für mich durchzuforsten, doch stellte sich damit auch gleich die Frage, wieweit ich ihm trauen konnte. Und das war, meinem Gefühl nach, nicht besonders weit. Nein, je länger ich diese Frage erörterte, desto kürzer wurde die Strecke.

Unter dem Bullauge eine grobe Holzkiste. Ich hob den Deckel. Sie enthielt bauchige, in Stroh eingewickelte Flaschen georgischen Weines. Genau so eine Kiste hätte ich vermutlich auch auf der Bude, dachte ich. Bloß, dass es sich bei mir jetzt schon um reines Leergut handeln dürfte. Auf dem Nachttisch ein Foto. Wassilij, mit seinem blendenden Lächeln, in Dinner-Uniform, Arme um eine hutzelige kleine Frau und einen zahnlos grienenden alten Mann gelegt. Seine Eltern. Und wir hatten ihn einfach über Bord geschmissen. Na, vielleicht besser so. Gott, mir wurde schlecht bei dem Gedanken, wie sie die Nachricht aufnehmen würden. Vom angeblichen Selbstmord.

Ich geb euch »Selbstmord«, dachte ich mit frisch erwachtem Grimm. Lang und schmutzig.

Ich zog den Spind auf. Blaue Alltagsuniform, weiße Dinner-Uniform, heller, leichter Sommeranzug, dicker, pelzgefütterter Wintermantel. Alles hing schön ordentlich nebeneinander. Ordentlich bis auf die Tatsache, dass gleich zwei der ersten paar Taschen, die ich abtastete, auf links gezogen waren. Im Fach obendrüber Pullis, Sweater, Hemden, Unterwäsche in ordentlichen Stapeln. Doch wiederum nur auf den ersten Blick ordentlich. Ging man sie mit dem Daumen durch, waren immer wieder Teile dabei, die verknickt auf den anderen lagen. Die Socken waren alle durcheinander. Hier und da hingen sie noch paarweise zusammen, ein Stückchen ineinandergewickelt, doch die meisten hatte jemand zur Gänze abgerollt. Schuhe in Spannern. Schuhspanner. Wann hatte ich meinen letzten Schuhspanner gesehen?

Ich ging zum Nachttisch, zog die Schublade auf. Sie war leer bis auf gleich vier goldene Armbanduhren, verknäult und achtlos hineingeworfen. Ich kenne niemanden, der seine Schuhe so pflegt und gleichzeitig seine Uhren so behandelt.

Wer immer die Kabine durchwühlt hatte, war nicht auf der Suche nach Wertsachen gewesen. Und was immer er oder sie gesucht hatte, es musste klein sein. Klein genug, um in ein Sockenknäuel zu passen oder unter eine Schublade geklebt zu werden. Also: Wer immer hier am Werk gewesen war, verstand seine Arbeit. Was mich umtrieb, war die Neugier, ob er gefunden hatte, was er suchte, oder ob der Gegenstand sich noch hier befand. Nennen wir es professionelles Konkurrenzdenken.

Ich steckte die Hände in die Taschen, sah mich um und um. Das Bett war hastig gemacht. Das Zimmer war gründlich durchsucht und dann ohne besondere Sorgfalt wieder in seinen alten Zustand versetzt worden.

Wie alle Offizierskabinen enthielt auch diese einen Rechner. Ob Wassilij Zugang zu den Listen von Personal und Passagieren gehabt hatte? Als Vorgesetzter von fast einem Drittel der Mannschaft wahrscheinlich. Wahrscheinlich passwortgesichert, aber wer weiß, vielleicht auch nicht. Und ich habe da meinen eigenen Trick zur Passwort-Umgehung.

Sag ich aber nicht.

Ich zog mir den Hocker heran und setzte mich an den kleinen Schreibtisch in der Ecke. Bückte mich und drückte den Startknopf. Das Gebläse ging an, Elektronikbausteine meldeten sich mit leisem Klickern und Klackern zur Arbeit. Nebenbei bemerkt bin ich mir vollkommen sicher, dass das nur elektronische Wichtigtuerei ist. Mir kann keiner erzählen, dass es nicht möglich, nicht machbar sein soll, diese Rechner an- und auszuknipsen wie ein Radio oder einen Küchenquirl. Und sie zu vergleichbaren Preisen anzubieten. Aber nein, um die enormen Anschaffungskosten mit dem Gefühl zu rechtfertigen, etwas Besonderem beizuwohnen, zwingt man den Kunden, nach dem Einschalten erst noch das Showprogramm auszusitzen.

Ich saß, ich wartete. Draußen auf dem Gang näherten sich energische Schritte, passierten die Tür, entfernten sich wieder. Das Klickern und Klackern des Rechners hörte irgendwann auf, doch der Bildschirm blieb schwarz. Ich drückte den Ein/Aus-Schalter des Monitors, wartete, drückte ihn noch mal. Wartete. Nichts.

Das war jetzt der Punkt, an dem ich normalerweise Überforderung vorschützen und irgendeinen anderen Trottel sich mit der störrischen Scheißkiste herumärgern lassen würde. Hm. Ich zog mir die Tastatur heran, drückte »Enter« – nichts – und gab ihr dann mein ganz persönliches Passwort-und-sonstige-Nickeligkeiten-Überbrückungs-Programm zu fühlen. Flache Hand – *paff* – mit Schmackes auf die linke obere Ecke der Tasten, jetzt kann ichs ja sagen.

Nichts.

Ich pfriemelte mich am Kabel, das den Monitor mit dem Rechner verbindet, entlang. Ausgestöpselt. Aha! Kryszinski nur noch einen Schritt entfernt vom Hacker-Diplom. Ich zog den Rechner aus seinem Fach. Suchte das Steckerweibchen zu meinem Steckermännchen.

Nichts.

Nichts Passendes zumindest. Ein schmales Loch gähnte in der Rückwand, in etwa die richtige Größe. Und acht runde kleine Öffnungen, umgeben von kleinen blanken Rundungen, gähnten, wo die Rückwand mal von acht kleinen Schrauben an ihrem Platz fixiert gewesen war. Ohne die ließ sie sich mühelos nach oben herausziehen. Die Schräubchen fanden sich im Inneren des Rechners, auf dem Boden. Dafür fehlte etwas anderes.

Ich will jetzt hier kein Expertentum vortäuschen, schon gar nicht im Bereich der Elektrotechnik. Ich weiß nur so viel: Nachdem jemand meiner Yamaha TT unbemerkt die zigarettenschachtelkleine schwarze Box geklaut hatte, konnte ich auf ihrem Starter herumkicken, bis mir die Kotze kam. Da ging nichts mehr. Und ohne den taschenbuchkleinen grauen Kasten, so sagte ich mir, hatte ich bei diesem Rechner hier die gleichen Erfolgsaussichten, ihn mit Kicken zum Laufen zu bringen, wie seinerzeit bei der TT. Keine Festplatte ist keine Festplatte. Denn die hatte jemand geklaut. Wozu?

Ratso, dachte ich. Handliches Format, im richtigen Hafen sicherlich schnelles Geld. Doch dann verwarf ich den

Gedanken sofort wieder. Ratso hätte wohl kaum mühsam den Rechner auseinandergeschraubt und gleichzeitig die Armbanduhren dagelassen.

»15B bitte augenblicklich an der Rezeption des A-Decks melden!« Herrje, ich fuhr zusammen. Vielleicht besser, ich ging der Aufforderung nach. Bevor ich anfing, mich wie zur Fahndung ausgeschrieben zu fühlen.

Ich hatte den Schlüssel in der Tür schon gepackt, um ihn zurückzudrehen, als ich draußen auf dem Gang Schritte hörte. Leise quietschende Schritte. Mit angehaltenem Atem wartete ich, dass sie vorbeigingen.

Bloß, die Schritte gingen nicht vorbei.

Sie stoppten. Direkt vor, direkt außerhalb der Tür zu Wassilijs Kabine.

Ich stand ganz still.

Die Klinke ging runter, wieder rauf. Sachte, mit einer gewissen Heimlichkeit. Ich spürte meinen Puls. Ein Schlüssel fuhr kratzend ins Schloss, bis er gegen meinen stieß, den ich immer noch festhielt. Der Schlüssel ruckelte vor, zurück, vor. Solange meiner steckte, kam er nicht weit genug rein ins Schloss. Wieder bewegte sich die Klinke.

Aber es fiel kein Wort.

Begreifen setzte ein, jenseits der Tür. Leise wurde der Schlüssel aus dem Schloss gezogen, leise entfernten sich Schritte, bis die relative Ruhe wieder einkehrte, wie sie Schiffskabinen erfüllt oder Behausungen in Sichtweite der Autobahn.

Wer immer hier hereingewollt hatte, besaß keine direkte Legitimation, sonst hätte er Krawall geschlagen, wäre draußen stehen geblieben, bis Verstärkung auftauchte. Hätte mich hier drin sauber in der Falle gehabt.

Doch auch ohne Legitimation konnte er durchaus jeden Augenblick zurückkommen, mit Verstärkung, nur halt ohne Krawall. Leise. Leise die Tür knacken und mich dann leise fertigmachen.

Ich war noch nicht durch mit meiner Durchsuchung hier. Und er, der andere, anscheinend auch nicht. Das hieß, was immer wir suchten, es befand sich mit hoher Wahrscheinlichkeit noch in der Kabine …

»15B bitte *unverzüglich* zum A-Deck!«

Das tat es. Das brachte die Entscheidung. Meine Nerven gaben nach, ich sperrte die Tür auf, schlüpfte hinaus, schloss rasch wieder ab. Versuchen wirs später noch mal, entschied ich und zuckte zusammen, als sich energische Schritte näherten. Sofort ging ich ihnen entgegen, um nicht wie ein Flüchtender zu wirken und um unverfängliche Distanz zwischen mich und Wassilijs Kabine zu bringen. Verstaute den Generalschlüssel rasch in der Innentasche meines Jacketts und gab meinen Zügen diesen Ausdruck fantastischer Unschuld, der Hauptkommissar Menden immer so hübsch den Qualm aus den Ohren kräuseln lässt.

Es waren feste Schritte, die sich da näherten, entschlossene Schritte. Mit sich brachten sie eine weiße Gestalt. Knapper weißer Kittel, kurzes weißes Haar, kalkig weiße Haut. Nur an den raupendicken, schwarzen angeklebten Wimpern und den ebenfalls schwarzen, bis übers Knie reichenden Stiefeln ließ sich erkennen, dass Gazella momentan nicht im Dienst war. Nicht in ihrem offiziellen Dienst, sollte ich vielleicht sagen. Sonst wären auch die Wimpern von natürlichem Weiß gewesen, und am unteren Ende ihrer bloßen weißen Beine hätten ihre nackten Füße mit einem Paar hoch belastbarer Badelatschen geflappt. Allein der stramm sitzende Kittel mit den stets etwas feuchten Achseln blieb bei beiden Tätigkeiten derselbe.

»Es gibt nichts Schärferes«, hatte Ratso mir versichert. »Weißer Kittel und dann diese Schenkel«, hatte er geschwärmt. »Wenn die dich in die Beinschere nimmt, vergisst du alles.«

Die Bademeisterin der *Equinox* nickte mir flüchtig zu, und ich musste mich an die Wand quetschen, um sie vorbeizulassen.

Habe ich erwähnt, dass Gazella mal an Olympia teilgenommen hat? Unklar blieb, in welcher Disziplin, doch Scuzzi hatte nur einen Blick auf ihre imposante Gestalt geworfen und spontan auf »Gewichtheben« getippt.

Ratso!, fiel mir ein.

»Gazella, wart mal 'ne Sekunde.«

Sie stoppte, drehte sich halb um, und der Blick unter den zwei rußschwarzen Drahtbürsten von Wimpern raunte mir »Na, Kleiner?« zu, ohne dass sie den Mund dafür hätte aufmachen müssen. Eine mehrschwänzige Peitsche, fiel mir auf, zuckte ungeduldig in ihrer Rechten. *Jeija.*

»Hast du 'ne Ahnung, wo Ratso sich im Moment herumtreibt?«

Sie sah an sich herunter, einmal um sich herum.

»Wenn er mir nicht gerade um die Füße wuselt«, knurrte sie mit einer Stimme, wie sie normalerweise nur in Verbindung mit einem blauschwarzen Bartschatten ausgeliefert wird, »dann ist er wahrscheinlich in der Messe.«

»In der Messe?«

»Ja, er nimmt Wetten an.«

»Wetten?«

Sie legte den Kopf etwas schräg und schien zu reflektieren, ob ich für dieses dämliche repetitive Nachfragen nicht eins mit der Mehrschwänzigen verdient hätte.

»Ah, worauf denn?«, schickte ich hastig hinterher.

»Wer als Nächster dran ist«, antwortete sie, fuhr sich mit

dem Daumennagel kurz über die Gurgel und setzte dann ihren Weg fort.

What – if – I – had never let you go-o-o …

Bildete ich mir das ein oder wurde es immer schlimmer?

… would – you – be – the man I used to kno-o-ow …

Die Notwendigkeit, einen klaren Kopf zu behalten, lag sich schwer mit dem Bedürfnis nach Betäubung in den Haaren, und zu allem Überfluss waren mir noch die Zigaretten ausgegangen.

… if I'd stayed, if you'd tried, if we could only turn back time …

Kam es mir nur so vor oder waren die Aufrufe an 15B verstummt? Das konnte heißen, dass man es aufgegeben hatte, oder aber, dass man nun aktiv nach mir suchte. Physisch.

… but I guess, we'll never know …

Bei allem Sehnen nach Betäubung schien deshalb ein Umweg über unsere Kabine wenig ratsam zu sein, doch da nicht abzusehen war, was man auf dem A-Deck von mir verlangte und wie lange das dauern mochte, mussten zumindest Zigaretten her. Ah, verdammt! Die Rolle mit den Zwanzig-Cent-Scannerfeldern lag auch in der Kabine! Doch scheiß drauf – wozu hatte ich schließlich Jochens Ginza-Karte.

Obwohl es langsam Zeit wurde fürs Mittagessen, war im Duty-free die Hölle los. Der Laden war brechend voll, ich kam kaum rein. Weißhaarige Millionärsehepaare, die zum Teil garantiert noch nie in ihrem Leben einen Supermarkt von innen gesehen hatten, fochten knochenknackende Ellenbogenduelle mit blauhaarigen Witwen und den zumeist flammend rot gefärbten Geschiedenen aus, um die man am besten den ganzen Tag, auf alle Fälle aber in den Stunden nach Mitternacht weite Bögen schlug, wollte man nicht in den Würgegriff ihrer schmuckbehangenen Krakenarme geraten.

Mal eben Zigaretten holen konnte ich mir aus dem Kopf schlagen, und ich wollte schon kehrtmachen, da wurde ich von hinten rüde geschubst, und schon war ich mittendrin im Tumult.

Diese Leute waren ganz klar von Sinnen. Sie steuerten ihre Einkaufswagen mit der grimmigen Entschlossenheit von Hooligans durch das Getümmel, während ihre Partner links und rechts wahllos, planlos, blind Artikel aus den Regalen rissen und sie in den Drahtkörben zu unübersehbaren Bergen türmten. Reihum wurde sich angefeindet, angegiftet, angerempelt. Vor allem *letzte* Exemplare von irgendetwas – völlig egal, was, Haarshampoo etwa, von dem riesige Spender in jedem einzelnen Bad an Bord hingen – waren Anlass bitterster, bis zu körperlicher Gewalt reichender Auseinandersetzungen, die streckenweise nur durch den Einsatz Gundolfs oder Wasas daran gehindert werden konnten, in Saalschlachten auszuufern. Knirschend vor Ungeduld wurde in der endlosen Warteschlange vor der einzigen Kasse mit den teuren Dritten gemahlen.

Elena saß da, klein und verloren unter den Brenngläsern Dutzender Blicke voll archaischer Gier, und riss einen blödsinnigen Einkauf nach dem andern über den Scanner, während hinter ihr Honnaido in einem weißen Kittel mit wütenden Kunden reklamierte Kassenausdrucke durchging.

Wenn man die Augen schloss, konnte man die vom Hungertod bedrohten Bewohner eines Elendsviertels ein Lebensmittellager der Armee plündern hören. Nicht einmal die Muzak kam an gegen das Klirren, das Grunzen, das Kreischen. Ich öffnete die Augen wieder, und mein Blick voll Ratlosigkeit fiel erneut auf Elena, die ihn mit einer Mischung aus Melancholie und Panik erwiderte und dann hochlenkte zu dem großen Banner, das ich bis dahin irgendwie zu übersehen geschafft hatte. Ah, und mit dem Banner kam die Erinnerung: Richtig, heute war ja der lange angekündigte »Ginza-Tag«. Der für Ginza-Titanium-Inhaber die ganze Reise geltende 25-prozentige Rabatt bei Duty-free-Einkäufen wurde heute großzügig auf fünfzig Prozent verdoppelt, und das konnte, das durfte man sich nicht entgehen lassen, selbst wenn die Menge des erstandenen Shampoos den zu erwartenden Bedarf der nächsten zwanzig Jahre überstieg.

Vereint in ungläubiger Fassungslosigkeit fand ich mich mit anderen Rauchern vor dem Zigarettenregal ein. Es war leer. Das ganze große Zigarettenregal, Hort einer unendlichen Vielfalt von Marken in unerschöpflich scheinenden Quantitäten, es war komplett leer. Leer gefegt bis auf die letzte Kippe.

Ich wollte gerade, als eine Art Ersatzhandlung, einer biestigen Krähe von Witwe den Zwölferpack Scan Repair Komplex, einen Glanz und Geschmeidigkeit verleihenden Conditioner für trockenes, strapaziertes Haar, aus den gichtigen Krallen winden, als eine Seitentür aufging und eine Bedienstete einen Hubwagen mit einer ganzen Palette Tabakwaren hereinzerrte.

Wirf einen Brocken rohes Fleisch in einen von Piranhas verseuchten Tümpel, und du hast ein Bild von der entstandenen Szene.

Und ich bin stolz darauf, sagen zu können, dass das jahrelange Training im »Reise-nach-Jerusalem«-Spielen nach dem Regelwerk des Rockerclubs »Stormfuckers« ein ums andere Mal seine Früchte trug. Okay, ein paar der alten

Knacker um mich herum mochten nie wieder so richtig auf die Beine gekommen sein, aber ich kriegte sie zu fassen, meine Stange Camel »ohne«, oh ja.

»Whaddoya mean, *cancelled*?« Richard E. Scott hatte sich einen Packen kubanische Zigarren unter den Nagel gerissen und war jetzt nach geschlagener Schlacht – sie hatte ihn einen Hemdsärmel gekostet – einigermaßen ungehalten zu erfahren, dass die Kasse seine Ginza-Karte ablehnte und ihm somit die hart umkämpften fünfzig Prozent durch die Lappen zu gehen drohten. Er wurde, genau wie andere, die ähnliche Probleme hatten, an Honnaido verwiesen, der reihum beschwichtigte und offenbar vorbereitete Formulare ausfüllte, die es den Kunden gestatteten, auch ohne erfolgte Bezahlung ihre Kartonladungen Zahnseide, Pfeifenreiniger oder Enthaarungscreme wegzuschleppen.

Zum Warten verdammt – manche der Diskussionen mit dem japanischen Computeringenieur waren hitzig und entsprechend lang – sah der Texaner sich um, sah mich, was uns beiden den Auftrag ins Gedächtnis rief, den er Jochen und mir erteilt hatte. Sofort winkte er mich energisch zu sich, was er sich auch hätte sparen können, da die Kassenschlange, und ich mit ihr, Kunde um Kunde direkt vor seiner Nase vorbeizockelte. Ich nickte ihm zu und legte mir schon mal ein paar hinhaltende Worte zurecht, als ich plötzlich Antonov durch die Eingangstür kommen und den Raum mit Blicken absuchen sah. Automatisch duckte ich mich etwas, doch gerade da wurde dem Kunden vor mir die Aufregung zu viel, er entschloss sich, einem Schwächeanfall zu erliegen, und kippte mitsamt Einkaufswagen seitlich in einen Stand voller Plüschrobben. Antonov fixierte mich mit einem Gesicht blau vor Wut, und dann war ich dran mit Zahlen, und der Texaner packte meinen

Ärmel und schrie mir ins Ohr, noch nie hätte man ihm eine Kreditkarte gesperrt und ob ich seine fünfzehn Millionen Dollar gefunden hätte, und ich verwies ihn an Jochen, wo immer der sein mochte, und die Kasse gab ein fieses Piepen von sich, und Elena sah auf zu mir.

Sie hatte Tränen in den Großen, den Schwarzen.

Irgendwie schaffte ich es, den Texaner ungefähr auf Armeslänge von mir wegzudrücken, Antonov kam mit seiner Körperfülle nicht durch das Gedränge und passte mich, gestikulierend, an der Tür ab, und Elena gab mir Jochens Kreditkarte zurück.

»Die ist gesperrt«, schniefte sie. Würde ich die Zigaretten eben überhaupt nicht bezahlen, das war doch kein Grund zum Heulen.

»Das geht schon den ganzen Tag so«, sagte Elena und rieb sich etwas Wimperntusche über die Schläfe. »›Konto überzogen‹, sagt diese Scheiß-Kasse, und dann fallen die Kunden über mich her.«

Jochen und sein Konto überzogen? Das war lächerlich.

»I ask you: Where is my money? What the fuck is going on here?«

Jochen überzog nie etwas. Jochen fuhr seinen Wagen (ja, ein Mercedes, ja, E-Klasse, ja, Diesel, ja, *furchtbar*) immer einen Monat *zu früh* zum TÜV. Hier lief eindeutig etwas schief.

»Ein Arzt«, jodelte jemand, »ist hier irgendwo ein Arzt?«

»Es ist diese Kiste hier«, schimpfte Elena, während von hinten einer »Wirds denn da vorne bald mal?« maulte.

»Kristof«, Elena zog mich am Ärmel zu sich herunter, »hier stimmt etwas nicht. Hier ist etwas faul.«

»… and it's the fucking weekend! I can't reach anybody in the office! And they tell me, in a couple of hours time I won't be able to make any calls at all …«

»Ein Arzt! So hole doch jemand einen Arzt!«

»Kristof«, und Elenas Augen waren groß und rund und tief und voll unerklärlichen Vertrauens, »ich habe Angst.«

Und dann hatte Antonov sich doch durchgewurschtelt und mich am Kragen, und von hinten rammte mir einer seine Einkaufskarre in die Hacken, und Richard E. Scott schrie mir noch ins Ohr, was für einen Stunk er hier gleich veranstalten wolle und dass ich mich später bei ihm melden sollte, und »15B bitte ohne Verzögerung zur Rezeption des A-Decks!«, knarzte es ungehalten aus den Boxen – da hatte Antonov mich durch die Schwingtür und ich mein Knie in seinen Eiern.

Er gab ein Geräusch von sich wie ein Fahrrad. Dem man die Luft ablässt.

»Sieh es ein«, sprach ich zu ihm, als er sich so krümmte und auf höchst unvorteilhafte Weise die Augen rollte, »ich gehöre nicht länger zu dir. Das Schicksal hat uns getrennt, und wir sollten beide aufhören, dagegen anzukämpfen. Hab ich nicht recht?«

Langsam kam er wieder zu Atem, langsam richtete er sich auf, und ich machte einen Schritt zurück, raus aus seiner Reichweite, langsam begann er zu nicken, langsam stahl sich ein wissendes Grinsen in seine Mundwinkel.

»Hoch mit dir«, stieß er gepresst hervor, »und zwar ein bisschen flott. Deine neue Abteilung wartet schon ungeduldig auf dich.« Und er keuchte ein kurzes Lachen.

Unter etwas anderen Umständen hätte ich ihn gefragt. So musste ich für den Moment mit dem Nachhall seines tonlosen Lachens leben und mit der Kreisbewegung meiner Gedanken um den möglichen Quell dieser Heiterkeit.

Von dunklen Vorahnungen gespeiste Neugier trieb mich zur Eile, doch der Verkehr ließ kein rasches Vorankommen zu. Überall auf den Gängen wurde ungeschickt mit Einkaufswagen rangiert, wurde die Beute zu den Kabinen geschoben, begleitet von den Mienen satter Zufriedenheit, die der beinahe zwangsläufig folgenden Erkenntnis voranging, dass einen auch der Erwerb von gleich vierundzwanzig Literflaschen Fernet Branca nicht von einer lebenslangen Abneigung gegen dieses Gift zu kurieren vermag und dass man wohl auch Freunden des Hauses pro Besuch nur soundso viel von dem gallebitteren Zeug aufnötigen kann.

Den Gegenstrom bildeten die wie Scheinwerfer aufgeblendeten Augen von Leuten, die irgendwie den Startschuss verpasst hatten und nun von der Panik getrieben wurden, nichts mehr abzubekommen, wovon auch immer. Samstagmittag auf den Straßen von Mülheim an der Ruhr, so ungefähr gings hier zu.

»Kristof!« Jochen schrie hinter mir her, gerade als ich den Aufgang von B nach A in Angriff nehmen wollte. »Mann, ich such dich überall!« Mit einem kurzen Slalom durch den Einkaufswagenstau vor dem Aufzug war er bei mir, und gemeinsam erklommen wir die ersten Stufen.

»Ja«, beugte ich die Wahrheit ein bisschen, »ich such dich auch schon den halben Tag. Richard E. Scott fragt, ob du den Verbleib seiner Dollars schon ermittelt hast.«

Jochen schnalzte vorwurfsvoll mit der Zunge. Er stoppte auf dem Treppenabsatz, sah mich an. Augen ernst, Miene wichtig.

»Kristof«, sagte er und versuchte doch tatsächlich, mir die Hand auf den Arm zu legen, »ich leite eine Morduntersuchung.« Effektvolle Pause.

Ich gähnte, und sei es nur, um ihm den Spaß zu verderben.

»Würdest du nicht auch sagen, dass das Vorrang hat vor ein paar fehlgebuchten Dollars?«

»Nun«, meinte ich, »erklär das mal deinem angehenden Schwiegervater. Wo hast du eigentlich die ganze Zeit gesteckt?«

»Ja, was glaubst du?«, rief er entrüstet.

Ich hob den Fuß auf die nächste Stufe.

»In der Video-Überwachung natürlich.«

Ich seufzte, sah ihn an. Das war Jochens Vorgehensweise, immer schon gewesen. Irgendwo auf dem Arsch hocken und ... glotzen. Stunde um Stunde, Tag um Tag.

»Mann, ich habe bald viereckige Augen. Und du ahnst ja nicht, was man da alles zu sehen kriegt. Die Engländer haben Dienst, und sie haben mir ein Band aus der Nippon-Bar vorgespielt, also, du glaubst es nicht. Da haben die diese lange Blondgefärbte auf den großen Tisch gelegt, nackt, und dann haben sie alle ihre Hosen runtergelassen ...«

»15B unverzüglich zum A-Deck!«

»... dass man ihre tätowierten Ärsche sehen konnte, und dann haben sie sich alle zusammen einen runtergeholt und ihren ... ihren, na, du weißt schon, kreuz und quer über das Mädchen ...«

»Ich muss los«, unterbrach ich ihn. »War es das, was du von mir wolltest?«

Irritiert hielt er inne, dachte eine Sekunde nach, die Rechte noch in pumpender Demonstration seiner letzten Worte.

»Nein«, fing er sich. »Ich brauche meine Karte. Meine Ginza-Karte. Es gibt heute fünfzig Prozent«, erklärte er, halb verlegen.

Ich sah ihn an wie jemanden, von dem man nicht weiß, ob er nun verstockt ist oder wirklich so blöd.

»Jochen, wir haben in der Kabine eine ganze Rolle mit Zwanzig-Cent-Scannerfeldern, wir kaufen praktisch umsonst ein. Und du willst fünfzig Prozent?!«

»Du weißt, ich halte nichts von diesen … Methoden«, entgegnete er und wollte mir die Karte aus der Hand nehmen. Aber ich hielt sie fest.

»Und das«, fragte ich, »ist jetzt wichtiger als die Leitung einer …«, effektvolle Pause, ich plinkerte vielsagend mit den Augen, »… Morduntersuchung?«

Ohne meinen Blick zu erwidern, nahm er mir die Karte ab, machte kehrt und hastete davon, Richtung Duty-free. Ich wünschte ihm viel Spaß, innerlich.

Die Rezeptionistin musterte mich, als ob ich gerade versucht hätte, mit meinem Ding vor ihrer Nase herumzuwedeln.

»Von Mal zu Mal«, begrüßte sie mich, »befinden Sie sich in einem weiter fortgeschrittenen Zustand der Verspätung und äußerlichen Verwahrlosung.«

»Ja, und ich finde dich auch von Mal zu Mal schnuckeliger, Häschen«, raunte ich, schenkte ihr mein wärmstes Lächeln und fragte mich gleichzeitig, ob dies nicht der perfekte Zeitpunkt wäre, ihr ein bisschen was mit meinem Ding vorzuwedeln. Mann, ich war müde. Sie lächelte zurück. Allerdings ohne Wärme. Sie lächelte ein Lächeln, wie ich es in dieser Form kürzlich erst bei jemand anderem gesehen hatte, bimmelte eine Bimmel, und ein Vierschrot aus der Security-Truppe erschien an meiner Seite.

»Zu Kabine Nr. 9«, beorderte sie ihn, mich, wen auch immer, fortgesetzt lächelnd. Wissend lächelnd. Genau wie, fiel mir ein, Antonov gerade eben. Wenn deine erklärten Feinde dich so anstrahlen, dann, glaub mir, wird es Zeit, den Kopf einzuziehen und das Novocain bereitzuhalten. Und das Tollwut-Serum, im Fall von Nr. 9. Auf dem Weg dorthin warf ich einen Blick nach draußen, aufs ausladende Sonnendeck samt Nichtschwimmerbecken, an dessen Rand Gazella einem Dutzend halb versenkter Badekappenträgerinnen ein paar nicht allzu fordernde Übungen vorturnte. Schnitt und Textur ihres knapp sitzenden Badeanzugs erinnerten entfernt an recycelte Autoreifen.

»Sekunde«, sagte ich zu Vierschrot und war schon aus der Tür, ehe er auch nur grunzen konnte.

Wupsie und Pupsie begrüßten mich auf ihre liebenswerte Art, japsend, kläffend, hopsend und wie wild mit ihren gelben Zähnen schnappend. Ich ignorierte sie mit der ganzen Gelassenheit von jemandem, der gerade zwanzig Euro weise investiert hat.

»Wo ist Miss Lovejoy?«, fragte ich Giorgio, der, in Jogginghose und Muskel-T-Shirt, eine Hantel stemmte und dabei auf seinen Bizeps hinabblickte, als ob er ihn gleich küssen wollte.

»Im Bad«, antwortete er und ließ die Hantel sinken, zu Boden, neben seine Füße, die nackt waren, wie mir auffiel, und verpflastert.

»Dann komme ich am besten später noch mal wieder«, sagte ich eilig und machte genauso eilig auf der Hacke kehrt, umschwirrt von den beiden japsenden Ratten.

»O nein«, raunte Giorgio. Leise und doch energisch und irgendwie unheimlich zufrieden. »Du bleibst schön hier.«

Und als ich mich, Brauen gerunzelt, noch mal umdrehte, kam er Schritt für vorsichtigen Schritt auf mich zu, reichte mir die Hand zum Gruße, lächelte auf eine unangenehm wissende Art und sagte: »Willkommen im Team.«

Ich verstand nicht. Oder besser, ich wollte nicht verstehen. Wupsie und Pupsie sprangen wie von Sinnen an meinen Beinen hoch, kläffend, kratzend, schnappend, geifernd, doch ich stand wie versteinert. Giorgio tat sein Bestes, mir den Arm aus der Gelenkpfanne zu schütteln und gleichzeitig die Knochen in meiner Rechten zu Staub zu zermalmen, doch ich nahm es kaum wahr.

»Ich bin ab sofort dein direkter Vorgesetzter«, informierte er mich.

Er. Giorgio. Chef der Fitnesstrainer und der …

»Wir werden uns bombig verstehen«, meinte er und klopfte mir mit der freien Hand auf die Schulter, bis diese fühllos wurde.

… und der …

»Sobald wir dich gründlich rasiert und ausgenüchtert haben, heißt das.«

… und der …

»Glaub mir«, versicherte er mir, »du bist im Grunde wie geschaffen für den Job.«

… und der … der stets wie aufgezogen agierenden, in ewiger Zurschaustellung unerträglich guter Laune permanent zähnefletschenden, kostümierten Halbaffen, der … o ja … der … der *Animateure.*

Sechs

»Willkommen im Team«, ächzte Gazella.

Schnaps, dachte ich. Schnaps. Alle Vorsätze zu verschärfter Nüchternheit waren mit einem Mal wie weggeblasen.

»Und, wars die zwanzig Euro wert?«, fragte Gazella ächzend, und ich musste mich an der Bank festklammern, oder sie hätte mich auf dem Hintern quer durch die ganze Umkleidekabine gezerrt.

»Dabei kann ich gar nicht kochen«, sprach ich aus, was mich neben der Sehnsucht nach augenblicklichem Vollrausch momentan am meisten beschäftigte.

»Was man nicht kann«, ächzte Gazella, zerrend, »muss man lernen. So ist das in diesem Job.«

»Ich kann noch nicht mal back...« Ich brach ab. Stimmte ja gar nicht. Backen kann ich.

»Doch wir können gerne tauschen.« Mit zufriedenem Seufzen legte sie eines meiner völlig unangenagt gebliebenen Hosenbeine frei.

»Ich übernehme für dich den Kochkurs, wenn du mir die Massagen abnimmst.« Und mit einem Wink rüber zu einer der Knetbänke, auf der eine nackte Witwe auf dem Bauch lag wie ein von einer Planierraupe platt gewalzter schrundiger Sitzsack, packte sie den zweiten ihrer Schaftstiefel an der Hacke, und ich musste mich erneut festklammern.

»Schaust du mal, Guy?«, säuselte er. »Noch etwas mehr Rouge? Oder lieber nicht?« Die beiden beäugten mich kritisch.

»Doch, definitiv, Gal, definitiv noch etwas mehr Rouge. Mal ihm ein paar richtige Apfelbäckchen. Und du«, wandte sich Guy an mich, »heb mal kurz deine Rehbeinchen und schlüpf mal rasch hier rein.«

Fairerweise muss ich sagen, dass Giorgio mir die Wahl gelassen hatte. In Absprache mit dem Kapitän lag die alleinige Entscheidung bei mir: Entweder ich wurde (das nächste Wort muss man sich sehr leise und durch grimmig zusammengebissene Zähne gesprochen vorstellen)… *Animateur*, oder es stand mir frei, mich bis zu meiner Anlandung in der fest verschlossenen Arrestzelle aufzuhalten.

Als Ergebnis dieser Abwägung saß ich nun frisch rasiert in der Garderobe der … *Animateure* und ließ mir von einer Schwuchtel namens Gal fingerdick Farbe ins Gesicht spachteln, während gleichzeitig eine Tucke namens Guy damit beschäftigt war, mir fingerfertig eine karierte Hose über die Beine zu streifen.

Die Alternative steht dir jederzeit offen, dachte ich, wieder und wieder und wieder.

»Am besten, du sprichst mit eine starke fronssössische accent«, riet Gal und klebte mir einen Hercule-Poirot-Schnäuzer auf die Oberlippe.

»Kochkürs?« Karierte Hose, weiße Schürze, weiße doppelreihige Chefkochjacke mit passendem Halstuch und als Krönung obendrauf eine keck zur Seite hängende Kumuluswolke von Mütze.

»Cooking-lessons for les beginnörs!« Fürchterlicher geschminkt als Kanzler und Herausforderer beim TV-Duell, schauerlicherer Akzent als ein Franzosen-Darsteller in einer Daily Soap. Und all das in nüchternem Zustand. Na, nicht mehr lange, schwor ich mir.

»Neun von zehn Passagieren sind weit über sechzig«, hatte ich protestiert. »Wer von denen, die es nicht seit einem halben Jahrhundert können und praktizieren, will das in dem Alter noch lernen?«

»Kochkürs? Fronssössische cuisine in fünf einfache Lektion!«

»Da gibt es genug«, hatte Giorgio mir versichert. »Alles eine Frage der Akquise.« Und damit hatte er mir einen telefonbuchdicken Stapel quietschegelber Flyer in die Hand gedrückt.

»Cookin lessons? Learn how to cook like a french Chef!«

Man mag sich, als Deutscher, für untypisch, ungermanisch, für eher international halten, man kann sich amerikanische Zurückhaltung, finnischen Frohsinn oder holländische Fahrkunst attestieren, und doch gibt es Momente, da bricht sich das Deutsche in einem Bahn, ob man will oder nicht. Es ist eine Sache vererbter innerer Einstellungen, und eine davon ist: Wenn ich mich schon aufraffe und einen Job übernehme, dann kann ich ihn auch gleich gründlich machen. Und zwar egal, worum es sich handelt. Da ist, will mir manchmal scheinen, ein kleiner Eichmann in jedem von uns.

»Kochkürs? Verblüffen Sie Ihre famille mit Ihre kulinarisch finesse!«

Bei manchen sah man die Ausweichbewegung schon aus der Distanz, andere versuchten es mit Haken im letzten Augenblick, doch sie alle träumten offenen Auges, hatten nie eine wirkliche Chance des Entkommens. Wenn Kryszinski Flugblätter verteilt, dann gründlich, dann kriegt jeder eines verpasst, und zwar ohne Ausnahme.

»Kochkürs? Cette apres-midi mit Pierre Bocuse, Neffe von die berühmte maître de la cuisine!«

Es war ein eher kleiner Teil meines Hirns vonnöten, um Reste meines Schulfranzösisch in dieses furchtbare Kauderwelsch umzumünzen, und das eigentliche Verteilen übernahmen meine scharfen Augen, flinken Füße und festen Hände in Eigenregie, sodass sich die brachliegende zerebrale Masse damit beschäftigen konnte, mich mit möglichen Vorteilen meiner Situation zu trösten.

Erst mal, stellte ich fest, konnte ich mich völlig frei bewegen. Solange ich meine Termine einhielt, waren mir keinerlei blecherne Durchsagen oder stämmige Sicherheitsleute auf den Fersen. Hinzu kam eine Maskerade, in der mich vorerst nur die wenigsten erkennen dürften. Schließlich blieben mir, sobald ich die Flyer losgeworden war, noch rund anderthalb Stunden, um mich entweder von einem Profi auf die nachmittägliche Aufgabe vorbereiten zu lassen oder aber etwas Sinnvolles zu tun und für den Kochkurs auf mein Improvisationstalent zu vertrauen.

Passagiere in gefütterten Jacken mit hochgeschlagenen Kragen zeigten einander mit verzücktem Lächeln SMS-Mitteilungen auf ihren Handys, blickten immer wieder auf ihre Uhren und hoch in den Himmel, als ob das Ende der Netzabdeckung dort mit bloßem Auge zu erkennen sein müsste. Während die *Equinox* weiter mit voller Kraft voraus hineindampfte in das »nordische Loch«, wie es die Funker nennen.

Ich fröstelte in meiner Kostümierung. Das Wetter war umgeschlagen. Von Westen näherte sich eine dichte graue Wolkenbank, der Wind frischte immer mehr auf, das bisher so ölig glatte Meer entwickelte kleine, ruppige Wellen, gekrönt von weißen Schaumkronen und über eine weite

Fläche gesprenkelt mit quietschegelben Flugblättern. Eichmann am Arsch.

Ein Gedanke ließ mich nicht los.

»Na komm schon«, drängte ich sie und hielt einen ihrer durchsichtigen Slips ins Licht der Deckenlampe, »zeig sie mir.«

»Ich kann sie nicht finden«, antwortete Ankje mit wachsender Verunsicherung in der Stimme. Sie stand mir gegenüber, weit nach vorn gebeugt, und kramte und wühlte in ihrem großen Koffer herum, doch abgesehen von einer fantastischen Auswahl an Artikeln der Damenunterbekleidung brachte alles Wühlen nichts von Interesse zum Vorschein.

»Ich verstehe das nicht«, bekannte sie unter Schütteln ihrer honigblonden Mähne, sah auf und schnappte mir den Slip aus den Fingern. »Fjodr hat die Ausdrucke extra hier bei mir gelassen, unten in diesem Koffer. Doch sie sind weg. Verschwunden.«

Der Gedanke, der mich geplagt hatte, war auf eine Bemerkung Antonovs zurückzuführen. Was, hatte ich Ankje gefragt, war Fjodr eigentlich gewesen, bevor er den Job als schwimmender Pianist annahm?

Computerfachmann, hatte ich erfahren. Halbleiter-Entwickler bei AMEL, der ehemals größten russischen Elektronikfirma, die schon bald nach Öffnung der Märkte von der westlichen und fernöstlichen Konkurrenz an die Wand geklatscht worden war und heute nur noch fürs russische Militär arbeitete, sporadisch und mit einem sporadisch bezahlten Zehntel der ehemaligen Belegschaft.

Als Teil der freigesetzten übrigen neun Zehntel war Fjodr gezwungen, sich anderer Talente zu besinnen, und hatte kurzerhand die Tastatur gegen die Klaviatur getauscht. In seiner freien Zeit an Bord amüsierte er sich allerdings weiterhin mit Rechnern, angefangen bei dem in seiner Kabine. Und dabei, so viel hatte er Ankje anvertraut, hatte er uns nicht nur die Kabinentemperatur hochgejubelt, sondern er war auch noch auf etwas gestoßen. Etwas, das ihn in einige Aufregung versetzt hatte. Etwas, das er mir unbedingt hatte zeigen wollen. Etwas, das, so seine Worte Ankje gegenüber, »Millionen wert sein könnte«. Nur was, das hatte er nicht verraten, gottverdammmich, und die entsprechenden Aufzeichnungen waren futsch. Und das Wissen, das sie enthalten hatten, war irgendjemand an Bord wertvoll oder wichtig genug, dafür über geköpfte Leichen zu gehen.

Fjodrs Kabinentür war nur angelehnt. Irgendjemand rumorte dahinter herum. Ich drückte das Türblatt mit spitzem Finger beiseite, lehnte mich nonchalant in den Rahmen und war froh, noch ein paar der gelben Flyer behalten zu haben. Und sei es nur für den Fall, dass jemand fragen sollte, was genau ich hier und jetzt zu suchen hatte.

Doch es waren nur zwei Filipinas, Teil des Reinigungspersonals, in leiser Unterhaltung damit beschäftigt, neue Vorhänge einzuschienen.

»Oh, oh«, schreckte ich sie auf, »mais non, non. Vite, vite, in die Pantry Numero vier, alles schön sauber machen und vorbereiten für die Kochkürs.«

Sie blickten mich an wie einen stammelnden Idioten.

Ich musste mich in allen mir zur Verfügung stehenden Sprachen wiederholen, bis sie endlich abschoben.

Nur zwei Minuten später tat ich es ihnen gleich. Wie vermutet, war Fjodrs Rechner, genau wie der von Wassilij, leer geräumt. Wär ja auch zu schön gewesen.

»Ääh, ’tschuldigung, aber was machen Sie in unserer Kabine?«, fragte Jochen Fuchs, durch nichts zu täuschender König der privaten Ermittler.

»Oh, isch stelle nur züsammen ein paar Zütat für die Kochkürs«, antwortete ich, den Arm im Bettkasten. Die Anfangszeit des Kochkurses war festgelegt. Die Dauer aber nicht. Ein Umstand, der mich gewaltig beschäftigte, gedanklich. Denn mal im Ernst: Ich hatte Dringenderes zu tun als ausgerechnet den Pausenclown für einen gelangweilten Haufen reicher Rentner zu mimen. Ich hatte einen Auftrag zu erfüllen. Erteilt von Fjodr. Aus dem Schattenreich, aus der Kühlkammer, wenn man so will, doch trotzdem klar und unmissverständlich. Er lautete:

Finde meinen Mörder, Kristof, und räche mich. Indem du die Millionen einsackst.

Die Scheiße war, von der Arrestzelle aus war schlecht finden, ganz schlecht rächen und schon gar nicht einsacken. Daher meine Gedankenspiele, was die Zeiteinteilung des restlichen Tages anging.

»Zutaten? Kochkurs? Ja, aber doch wohl kaum in unserer Kabine«, protestierte Jochen, bevor er mich erkannte. »Mensch, Kristof«, brach es aus ihm heraus, »wo hast du nur gesteckt? Ich such dich überall!«

Ich ließ alles Kramen sein, entspannte mich und nahm mir die Zeit für einen langen Seufzer. Ich meine, der Mann ist professioneller Detektiv. Nach eigenem Bekunden mit Ermittlungen von höchster Wichtigkeit betraut. Und womit verplemperte er den halben Tag, anstatt eine der reizenden jungen Damen am Informationsschalter mit der Durchsage »15B bitte bei 15A melden« zu betrauen? Genau. Er suchte mich. Überall. Und jetzt, wo er mich gefunden hatte, fragte er mich, wo ich gewesen sei. Anstatt aus der Art meiner neuen Aufmachung plus dem von mir gestreuten Hinweis auf den Kochkürs die eine oder andere, na, Schlussfolgerung zu ziehen. Wäre Jochen Fuchs Automechaniker, sage ich immer gerne, er würde einen Wechsel der Zündkerzen mit dem Ausbau der Hinterachse einleiten.

»Kristof, ich habe Ungeheuerliches herausgefunden!«

Ich nickte mit väterlicher Geduld, griff mir die volle der beiden Flaschen mit dem Siebzigprozentigen, nahm sie mit ins Bad und ließ Wasser drüberlaufen. Jochen kam hinterher.

»Du wirst es nicht glauben, aber mein Konto ist total überzogen«, keuchte er. »Sie haben mir die Ginza-Karte gesperrt!«

Ich wollte das Etikett ablösen, und das ging auch ganz gut.

»Tatsache?«, fragte ich, mit einem Sarkasmus, so mild, dass man ein Baby damit hätte salben können, und rieb derweil die Flasche trocken.

»Ja, Tatsache!«, echote Jochen und lief ein bisschen an, hautfarblich. »Von gestern auf heute sind, ohne mein Zutun oder Wissen, achtzehntausendfünfhundertunddreiunddreißig Euro von meinem Konto gesaugt worden!«

Ich seufzte noch mal, ausgelöst durch Unglauben. Jochen Fuchs, der Mann, der ohne detaillierte Beschreibung und eine Karte im Maßstab 1:1 nicht in der Lage wäre, das Loch in seinem Steiß zu lokalisieren, fuhr nicht nur ein rund hundertmal teureres Auto als ich, nein, er hatte auch bis gestern noch über einen Kontostand verfügt, der meinen fast exakt widerspiegelte. Mit einer horizontalen Linie zwischen den Beträgen, sollte ich vielleicht hinzufügen. Oben das Haben und unten Kryszinski.

»Und soll ich dir auch verraten, wer das zu verantworten hat?« Sein Tonfall begann sich seiner Kolorierung anzupassen. Er wurde roter, der Tonfall, wenn man sich das vorstellen kann. Roter und vorwurfsvoller.

Ich vertiefte mich wieder in den Bettkasten, bis ich den Beutel zu fassen bekam. Legte ihn zu der Flasche.

»Hier, die habe ich aus deiner Uniformjacke gefischt!« Anklagend hielt er mir drei Kassenbons unter die Nase. Aus dem Duty-free. Ich sah sie kurz durch. Die ersten beiden waren noch recht mühelos durch zwanzig Cent zu teilen, mit jeweils einstelligen Ergebnissen. Der dritte, Quittung meines vorletzten Einkaufs – zwei Pullen Wodka, Kiste Beck's etc. –, nicht mehr. Nicht ohne Taschenrechner.

»Das war mein kompletter Kontostand!«, beklagte sich Jochen. »Inklusive Dispositionskredit. Und seitdem sind die Miete und die nächste Rate für das Auto und was weiß ich noch alles abgebucht worden!«

Wusst ichs doch, dass er den Daimler abstottert, dachte ich.

»Damit bin ich pleite!«, schrie er mich an, wohl im Versuch, mich zu beeindrucken, oder vielleicht auch auf mein Mitgefühl schielend. Zwecklos. Pleite bin ich selber, immer schon gewesen.

»Sag mal«, fragte ich nachdenklich und warf ein Pfund Fickhefte aus einer Sporttasche auf den Boden, »wie war das noch? Bist du nicht betraut mit der Leitung einer Morduntersuchung?« Er nickte irritiert. »Und würdest du nicht sagen, dass das viel wichtiger ist als …«, ich gab mir Mühe, seinen Tonfall zu treffen, »… ›ein paar fehlgebuchte Euros‹?«

Hossa, voll auf den Nerv, würd ich sagen.

»Nein, ist es nicht!«, schrie er und stampfte trotzig mit dem Fuß auf. »Und es ist alles deine Schuld! Das passt alles ins Bild! Seit ich dich angerufen habe, um dir diesen Job zu vermitteln, geht mein Leben den Bach hinunter!«

Ich zog die Tür des Gefrierfachs auf und steckte meinen

Arm hinein. Fand, was ich suchte. Packte es zusammen mit dem anderen Kram in die Sporttasche. Sah auf die Uhr. Wenn ich wirklich noch bei Elena und Richard E. Scott vorbeiwollte, musste ich mich beeilen.

»Sag mir, wie ich jemals auf die absurde Idee kommen konnte, dir beim Verstecken einer gottverdammten …«, er senkte die Stimme kurz zu einem Flüstern, »… *Leiche* zu helfen?«

»Du warst besoffen«, antwortete ich, schraubte den Verschluss von der anderen, der angebrochenen Wodkaflasche und hielt sie ihm hin. Er lehnte vehement ab.

»Nein! Auf keinen Fall! Denn eins kann ich dir jetzt schon sagen«, blaffte er, während ich mir achselzuckend einen gönnte, »den Rest dieser Reise werde ich nüchtern bleiben, stocknüchtem!«

Das, dachte ich so für mich, wollen wir doch mal sehen.

»Einer muss ja«, bemerkte er noch ätzend und beobachtete auf eine verkniffene Weise, wie ich der Flasche den Rest gab.

Ein sanfter Schauder durchfuhr mich, als der Hochprozentige mir das Blut zu Lava aufkochte.

Wie Elena wohl auf meine Kostümierung reagieren wird?, fragte ich mich, Sporttasche um, langen Schrittes unterwegs. Entzückt wahrscheinlich.

Doch sie war gar nicht an ihrem Platz. PC-Techniker Honnaido persönlich saß an der Kasse, was die Warteschlange auch nicht verkürzte.

»Wo ist Elena?«, fragte ich ihn und musste warten, während er einen Kunden bediente. Alles in allem war es ruhiger geworden, im Duty-free. Die anfängliche Hysterie hatte, zusammen mit den Beständen in den Regalen, deutlich abgenommen.

»Die Kasse verweigert leider die Annahme Ihrer Ginza-Karte«, teilte Honnaido dem Kunden mit, der etwas nach Luft schnappte, waren die fünfzig Prozent Rabatt doch explizit an den Ginza-Gebrauch gekoppelt. »Wie bei anderen Kunden ist dies wohl auf eine Fehlfunktion im Zentralrechner zurückzuführen.«

Votix, dachte ich. Der alles hier an Bord steuert. Ja, genau genommen das ganze gottverdammte Schiff. Und kann noch nicht mal den Job eines Fünfzig-Cent-Taschenrechners von Wullewulle ausführen, ohne Mist zu bauen. Wie von selbst brachte sich eine von Honnaidos früheren Bemerkungen in Erinnerung: Es braucht menschlichen Input.

»Wir bedauern das sehr. Bitte nehmen Sie Ihre Einkäufe trotzdem mit. Doch, doch. Ginza Titanium besteht darauf. Die Bezahlung können Sie erledigen, sobald die technischen Probleme behoben sind. Wir werden das bekannt machen.« Honnaido schnurrte den Text herunter wie jemand, der das schon hundertmal gemacht hat.

Etwas ungläubig, wie auf der Suche nach der versteckten Kamera, schob der Kunde mit seinem Einkaufswagen ab.

»Elena hat sich krankgemeldet«, beantwortete Honnaido dann meine Frage, ohne sich auch nur nach mir umzudrehen, und zog den ersten Artikel des nächsten Kunden über den Scanner. Mehr sagte er nicht.

»Wie war der Name?«

»Elena.«

»Und weiter?«

»Weiß ich nicht.«

Köthensieker zog ein Gesicht und wackelte mit Kopf und Hand gleichzeitig in einer »Na-das-wird-schwierig«-Pantomime. Ich war in Eile, und er wusste das.

»Darf ich erfahren, warum Sie nach der Dame fragen?«

»Sie hat sich krankgemeldet, und ich möchte wissen, ob sie etwas braucht.«

Köthensieker kaute meine Antwort durch nach Gründen, mein Anliegen zu verwerfen, fand aber keine.

»Schwester?«, fragte er dann, typisch Arzt. »Haben wir eine Patientin namens ›Elena‹?«

Mit »typisch Arzt« will ich sagen: Dies war eine Krankenstation mit gerade mal sechs Betten, nicht die Charité. Er sollte sich also erinnern können, im Laufe des Tages eine kleine Supermarktkassiererin mit dem Augenaufschlag von Audrey Hepburn aufgenommen oder behandelt zu haben. Unter all seinen üblichen Geriatrie-Patienten.

»Oh, da muss ich nachsehen«, flötete die Schwester, typisch Schwester. (Der Doktor lässt den kostümierten Clown warten, also spiele ich das Spiel mit.)

Mit nervösen Fingern ging sie einen Karteikasten durch.

»Der Name war Helena?«, fragte sie, und meine Sicherungen gaben diese britzelnden Geräusche von sich, die der Rauchentwicklung und dem Funkenflug vorangehen. Die Zeit lief.

»Elena«, korrigierte ich sie mit einer mich selbst erstaunenden Ruhe. »Mit ›E‹ vorne. Soll ich den Rest auch noch buchstabieren?«

»Nein, nein«, flötete sie nervös. »Das geht schon. Also«, resümierte sie nach Durchsicht der Karten, »also hier ist nichts dabei. Aber ich kann ja noch …«, und sie setzte sich vor ihren Monitor, doch da war ich schon aus der Tür.

Was mich verwirrte, ja beunruhigte, war die Tatsache, dass sie log, die Schwester. Aus rätselhaften Gründen und nicht sehr gekonnt.

Giorgio stand an der Tür zu Pantry Nr. 4, nahm erst seine Armbanduhr und dann mich in kritischen Augenschein. Ich baute mich vor ihm auf in einer in jeder Hinsicht strammen Haltung. Richard E. Scott hatte mir noch einen dreifachen Bourbon aufgenötigt, den ich, wenn ich mir das Ergebnis besah, vielleicht besser ausgeschlagen hätte.

»So gerade noch pünktlich«, knurrte Giorgio.

Doch es ist schwer, jemandem etwas auszuschlagen, der einem gerade fünf Prozent angeboten hat. Fünf Prozent von fünfzehn Millionen Dollar.

»Es haben sich einundzwanzig Leute eingetragen. Fast alles Frauen«, betonte er irgendwie doppelbödig. Für einen Augenblick stellte ich mir ihn und die verschrumpelte Hollywoodlegende mit dem Katzenfutter-Atem vor und begann mich insgeheim zu fragen, welche Dienste das Berufsbild ›Animateur‹ eigentlich so alles einschloss.

»Hast du dir eine Liste gemacht, was du so brauchst?«

»Allesimkopf«, antwortete ich, so knapp es nur ging. Legt sich einem irgendwie schwer auf die Zunge, dieses Zeugs aus Kentucky.

»Dann komm mit«, befahl Giorgio und ging voran. »Masimoto wartet schon.«

Masimoto empfing mich mit einem Blick, wie man ihn etwas gönnt, das vor einem auf dem Teller ein Salatblatt in Bewegung bringt. Seit der Geschichte mit dem Reis … Eine ungeklärte Frage holte mich ein. Wenn es Masimoto gar nicht um Reis ging: Was war da wohl versteckt gewesen, in dem originalen Basmati-Sack? Noch so ein Rätsel. Und was tat ich? Entnervt sah ich an mir und meiner blödsinnigen Verkleidung hinunter und fühlte gleichzeitig den Aufwärtsdrang eines mächtigen Rülpsers. Mit Whisky kam ich schon immer eher schlecht zurecht.

Richard E. Scott hatte während unserer Reise eine ganze Reihe von Einkäufen im Duty-free getätigt, alle fehlerfrei quittiert, bis er schließlich die kubanischen Zigarren erstand und ihm die Kasse plötzlich den kompletten Kontostand berechnete. Plus den Dispo. Genau das Gleiche wie bei Jochen. Danach rückte die Bank natürlich nichts mehr raus. Und das schien einer ganzen Anzahl von Kunden so ergangen zu sein, wenn ich an das Theater am Morgen im Duty-free zurückdachte und Elenas milde Verzweiflung … Elena. Elena, Elena, Elena. In ihrer Kabine war sie auch nicht gewesen. Nur die graue Maus aus der Wäscherei, mit der sie sich die Bude teilte. Und die hatte sie seit dem Morgen nicht mehr gesehen.

»Sie kennen einander?«, fragte Giorgio förmlich, riss mich aus meinen Gedanken.

Masimoto und ich nickten, wenn auch mit einer Sparsamkeit, die an Geiz grenzte.

»Dann kann ich Sie ja wohl allein lassen.« Er warf mir noch einen strengen Blick zu und schob ab.

»So what? What is it you want?«, blaffte der Chefkoch, kaum dass die Tür hinter dem obersten Animateur ins Schloss gefallen war. Und zum ersten Mal spürte ich die Degradierung, die mein Fall vom Rang eines zweiten Borddetektivs bedeutete. Meine Welt war plötzlich voll herrischer Vorgesetzter, und meine alten Subordinationsschwierigkeiten manifestierten sich in einer Attacke von Halsstarrigkeit.

Den Teufel werd ich tun und dir die Liste jetzt auch noch ins Englische übersetzen, dachte ich bockig, und dann fiel mir auf, dass ich noch gar keine Liste hatte.

»Nun«, fing ich an, mein Improvisationstalent zu melken wie schon lange nicht mehr, »zuall-lallerest mal Zssucker.« Dieser Scheiß-Bourbon. Saß einem auf der Zunge wie ein Sumo-Ringer. »Mehl natürlich, paar Kilo. Ei-eier, ganze Stiege, gemahlene Ha-saselnüsse, und dann … Gelantine. Ha! Jede Menge Gelantine. Für Wa-hackelpudding«, erklärte ich Masimoto mit großem Emst in seine zwischen Widerwillen und morbider Faszination schwankende Physiognomie.

Scheiße, sagte ich mir, du musst dich gleich unbedingt noch frisch machen. Giorgio hatte keinen Zweifel daran gelassen, wohin ich wanderte, sollte der Kochkurs kein Erfolg werden. Und ein haltlos lallender Kursleiter war bestimmt kein wirklich glücklicher Einstieg.

»Wa-hackelpudding«, wiederholte ich, gravitätisch, und der lang erwartete Rülpser fand seinen Weg an die Luft.

Drei Männer, und zwar der Berliner (die Gattin weilte noch auf der Krankenstation, wo sie das Personal mit Schreikrämpfen auf Trab hielt, jedes Mal wenn sie das Bewusstsein wiedererlangte), ein dünner, bleicher Engländer mit kurzen Hosen, weißen Strümpfen und Sandalen und, putzmunter in seinem Rollstuhl, die Münchner Frohnatur mit dem eiskalten Händchen, der Läufige Leopold. Drei Kerls, das war alles. Drei Kerls und ich und achtzehn Weiber. Eine Handvoll blau oder lila gefärbter Witwen darunter, doch die ging unter in dem Flächenbrand von flammendem Rot, dem Fanal der von Lebenshunger und der Begierde nach Heimzahlen getriebenen, gegen eine Jüngere ausgetauschten Geschiedenen. Eine ungesunde Energie ging von ihnen aus, Schwingungen, die an Magenknurren erinnerten. Jüngste der Damen war eindeutig Heather, die ausladende Texanerin.

»Bon après-midi«, begrüßte ich sie alle huldvoll und zwirbelte eine Spitze meines Hercule Poirot. »Willkommen zu die erste Lektion von unsere kleine Unterweisung in die Kunst von die cuisine.« Ich musste kurz ein bisschen den Rotz hochziehen, doch ansonsten war ich frei von Beschwerden, schwebte eine knappe Handbreit überm Boden der in nachmittäglicher Ruhe wartenden vierten Großküche der *Equinox*.

Wir hatten Pfannen, Töpfe, Schüsseln zu Dutzenden in allen Größen, aus Kupfer wie aus Edelstahl, Messer in jedem Format, wir hatten riesige Herde und Öfen zur freien Nutzung, eine unvorstellbare Menge und Vielfalt an Lebensmitteln und Gewürzen zur freien Verfügung, dazu silbernes Besteck, weißes Porzellan, geschliffene Gläser, den Schlüssel zum Weinlager, wir hatten ganze Räume zum Warmhalten und Räume zum Kaltstellen, Gasflammen und Wasserbäder und Wurstmaschinen und Rührbottiche und was weiß ich. Wir hatten alles, einfach alles, was das Herz des Hobbykochs begehren kann. Alles. Plus einen Kochlehrer ohne auch nur den blassesten Schimmer von der Materie.

Wäre da nicht diese rasend machende Ahnung gewesen, dass ich zur gleichen Zeit, nur halt irgendwo anders auf diesem Schiff, zwei brutale Morde aufklären und mir dabei auch noch die Taschen vollstopfen könnte, bis sie auf dem Boden schleiften, ich hätte mich höllisch amüsiert. Ah, das und Giorgios unverhüllte Drohungen. So aber kreisten meine Gedanken nur darum, wie ich maximale Kürze der Veranstaltung und maximale Zufriedenheit der Teilnehmer in Einklang bringen konnte.

»Wir fangen an mit eine typisch fronssössisch Hors d'œuvre: biscuits provençale.« War vielleicht keine schlechte Idee, hatte ich mir gedacht, mit einer Disziplin anzufangen, in der ich zumindest ansatzweise so was wie Praxis hatte. Und das war eben Backen. Kekse backen.

»Cookies?«, fragte eine nörgelige Stimme. Der ganze

Haufen umstand mich halbkreisförmig in ehrfürchtigem Abstand, der lodernde Buschbrand der ersten Reihe nur unterbrochen von Leopold in seinem Chopper, und die nörgelige Frage war eindeutig von weiter hinten gekommen. Wie immer.

»Wenn der Gentleman einmal vortreten könnte?«, winkte ich ihn mir sofort nach vorn. Etwas ungehalten, so ins Licht gezerrt zu werden, kam er dann aber trotzdem angeschlichen auf seinen Sandalen, gepiesackt von der Stille der Pause, die ich machte, und der daraus resultierenden allgemeinen Erwartungshaltung. Ah, die Macht über die Menge. Ich wartete, bis er direkt vor mir stand.

»I mean, cookies aren't …«, begann er, doch ich fiel ihm augenblicklich ins Wort.

»Sir!«, ranzte ich ihn an, kalt lächelnd dabei. »Da ist eine Menge préparation von eine Menge Leute nötig gewesen, uns die schöne pantry zu reservieren und diese schöne cooking lesson möglisch zu maken. Ich will doch sehr 'offen, Sir, dass auch Sie erweisen diese effort die nötige respect!« Er lief ein bisschen an, der Engländer, doch ringsum war zu spüren, wie sich zwanzig Leute fest vornahmen, nicht ebenfalls unangenehm aufzufallen und so vor aller Augen abgekanzelt zu werden. Von da an, kann ich sagen, lief die Kochkürs beinahe wie von selbst.

Ich hätte sie mit den Händen kneten lassen sollen, wegen der sinnlichen Erfahrung, doch mir lief die Zeit davon, und so schmissen wir die Zutaten einfach in den großen Rührbottich, und als die Masse anfing, wie ein Teig auszusehen, griff ich kurz in die Sporttasche und streute noch zwei Hände voll grüner Krümel in den Trog.

»What's that?«, fragte mein nörgeliger Freund von der Insel misstrauisch.

»Herbes de provence!«, strahlte ich in die Runde. »Sie maken, naturellement, das ›provençale‹ an die ›biscuit provençales‹!« Und ich lachte triumphierend, und ein paar lachten tatsächlich mit. Kryszinski, glatt rasiert und im Grunde wie geschaffen für den Job.

Ausrollen und ausstechen musste ich sie dann natürlich lassen, sonst hätten sie mir womöglich geflennt, doch ich machte einen Wettbewerb draus, und so hatten wir schon nach ein paar Minuten das erste Blech im Ofen.

»Für die zweite cours«, kündigte ich an, während manche noch rollten und stachen, »wir 'aben eine specialité! La terrine verte à l'alsacienne!«

Da erklangen schon die ersten Stöhner, weil sich der aufgeblasene Titel nach einer komplizierten Zubereitung anhörte, doch ich konnte sie beruhigen.

»Terrine verte de *Chartreuse* à l'alsacienne«, raunte und zwinkerte ich vielsagend, »sehr facile zu préparer!« Und da freuten sie sich alle wieder.

Wir legten direkt los. Gott sei Dank waren die Anweisungen für die Zubereitung auf die Gelatinepackungen aufgedruckt, und als ich selbst mit frenetischem Kratzen am Kopf die Mengenverhältnisse nicht hochgerechnet bekam (der verdammte Bourbon saß mir zwar nicht mehr auf der Zunge, dafür aber sonst wo im Schädel), blickte ich einfach prüfend in die Runde und fragte streng: »Wer kann das kalkülieren?«, und bei Gott, sie rissen sich drum.

Als man sich auf eine Zahl geeinigt hatte, kippte ich als Erstes (zu viel Getuschel und Gekicher und Geraune) zwei Flaschen des klebrigen grünen Likörs mit der angeblich ach so aphrodisierenden Wirkung in einen großen Topf und füllte mit Wasser auf, wobei ich allerdings einen Liter abzog. Gemeinsam rührten wir Zucker und Gelatinepulver ein, hoben den Pott auf den Herd, ließen die Gasflamme fauchen, und als oben der Dampf aufstieg, schnappte ich mir die etikettlose Flasche aus der Sporttasche und füllte den fehlenden Liter in die giftig grüne Brühe.

»What's that?«, wollte eine nörgelige Stimme misstrauisch wissen.

»Arôme fluide!«, strahlte ich ein ums andere Mal, und weil sich noch ein kleiner Rest in der Flasche fand, hielt ich sie mir kurz unter den Schnäuzer. Keuchte »Für eine immer frische Atem!« und lachte wie ein Schwachkopf, und die meisten lachten mit.

Wir hatten das grüne Zeugs noch nicht ganz in die vorgekühlten Schälchen gefüllt, da waren die ersten Kekse schon fertig.

»À consommer chaude!«, rief ich, sofort. »Zum Warmessen!«, rief ich sofort noch mal. »Aber attention! Nischt verbrenne die 'übsche Kussmünd!«

Was für ein Schäker du doch sein kannst, Kristof, beobachtete ich mich selbst. Und alle, alle, angefangen mit den lodernd Gefärbten, stimmten mir zu.

Doch der allgemeinen Zustimmung zum Trotz meinte ich, eine unterschwellige Unruhe zu spüren, eine nicht recht erfüllte Erwartung, wie wenn Weihnachten wieder nur Socken und lange Unterhosen unterm Baum liegen ... Dann kams mir. Natürlich! Ich holte ihn aus der Hose, und wenn ich ein bisschen länger damit gewedelt hätte, sie wären in Hypnose gefallen, so starrten sie ihn an.

»Und zu die biscuits empfehle isch ...« Einundzwanzig Augenpaare hingen gebannt am Schlüssel zum Weinlager. »... eine Tröpfschen Pouilly Fumée!« Und ein sanftes, vielstimmiges »Aaaaaahhhh!« verriet mir, mal wieder genau richtiggelegen zu haben.

Waren gar nicht so übel geworden, die Kekse, musste ich nach einmal Reinbeißen feststellen. Einmal Reinbeißen, mehr nicht. Und auch nur ein winziges Schlückchen vom süßen Weine. Ich hatte, anders als meine Schäfchen, die sich die Knabbereien händeweise reinschoben und gläserweise nachspülten, heute noch eine Menge vor.

Der grüne Glibber war auf jede Menge flache Schüsselchen verteilt und wurde nun in die Kühlkammer verfrachtet. Jetzt, wurde mir schlagartig klar, ging es ans Kochen. Das richtige, echte, ernsthafte. Zutaten wollten geschnippelt, Soßen gerührt, Beilagen auf Bissfestigkeit gegart werden. Die komplette Show. Dies war der Punkt, ging mir auf, den ich innerlich ein bisschen vor mir hergeschoben hatte. Mit anderen Worten: Abgesehen von zwei höchst fragwürdigen Vorspeisen hatte ich nichts vorbereitet. Weder mental noch sonst wie. Mir wurde warm, und zu allem Überfluss schienen meine Lider ausgerechnet jetzt, mit einem Mal, mitten in der Darbietung, entschlossen, den Vorhang runterzulassen.

Eines Tages werde ich mal ein bisschen schlafen müssen, dachte ich, doch bis dahin …

»And now?« Die Texanerin kam auf mich zugewogt, Glas in der einen, Keks in der anderen Hand, Wangen so rot wie die Augen, ein sinnenfrohes williges Lächeln quer über die weiche Hügellandschaft ihres Gesichts geschmiert. »What's next? I bet … with *you* …«, sie legte den Kopf schräg und schnurrte wie eine Tigerkatze von gut und gerne zweihundert Pfund, »… it has to be something *wild* and *exotic*!«

Ich weiß nicht, wieso, aber dazu fiel mir nur eins ein. Müsste obendrein schnell gehen, sagte ich mir, und das brachte die Entscheidung. Ich hob mein Glas – leer – und bimmelte ein Löffelchen dagegen.

»Messieurdames«, rief ich in die Runde, und vor allem die *dames* ließen alles stehen und liegen und strömten nur so herbei wie eine Herde neugieriger Rindviecher. Oder vielleicht sollte ich »neugierig« tauschen gegen »brünstig«. Da war ein ungesundes Funkeln in all den blutunterlaufenen Augen, und die Art, in der sie mich mit Blicken abtasteten, schien nur eine Vorstufe darzustellen zu, wie soll ich sagen, deutlich manuelleren Fortsetzungen. Sie brauchten Beschäftigung, so viel war klar.

»Isch denke mal«, hob ich die Stimme, »Sie alle 'aben schon mal gekostet von die Chili con Carne.« Zustimmendes Brummen und Nicken. Gleichzeitig besaß ich nur die vagesten, die schwammigsten Vorstellungen davon, woraus genau sich dieses Gericht zusammensetzt. Deshalb fügte ich sofort hinzu: »Aber noch nie«, ich senkte die Stimme wieder, verschwörerisch, »'aben Sie gekostet eine Chili wie die Chili à la Pierre!« Das, sagte ich mir, ist mal ein Versprechen, das du halten kannst, Pierre. Garantiert.

Ich schnaubte mir zwei Lines weg und steckte mir eine Zippe an, ließ mich ächzend auf den Klodeckel fallen. Meine Herde war beschäftigt, hackte Zwiebeln, pürierte Tomaten, holte Rotwein aus dem Lager und die unter Elsässer Flagge segelnden und mit Chartreuse versüßten Vodka Jellies aus der Kühlung.

Zwiebeln, Tomaten, dazu noch Bohnen, mutmaßte ich. Und ansonsten Carne, also irgendein Hackfleisch. Und Chili. Wie der Name schon sagt. Nun denn. Die Kristalle taten ihre Pflicht, und ich raffte mich auf. Die Zeit drängte.

Als ich den Einkaufswagen mit den Bohnen und dem Hackfleisch und dem Chili unter energischem Krachen durch die Pendeltüren schob, fuhren einundzwanzig Köpfe zu mir herum. Lauter leicht betretene, milde schuldbewusste Mienen. Kein Mensch hackte Zwiebeln, pürierte

Tomaten oder war mit sonst einer Vorbereitung beschäftigt. Stattdessen schlabberten sie alle glasigen Auges Vodka Jellies hinein in gefährlich entgleiste Gesichtszüge.

Die Backbleche mit den Keksen, fiel mir auf, waren leer. Leer gefegt.

»Mais, mais, mais«, rief ich sie zur Ordnung wie ein, tja, Leithammel, »abber sofort marsch, marsch zurück an die Arbeit!« Und unter viel mädchenhaftem Gekicher widmeten sie sich wieder ihren Aufgaben. Eine ganze Traube gruppierte sich um den Berliner, der sich ohne Pause Wein reinsaugte und sich pudelwohl zu fühlen schien, umgeben von so viel Material, während die Texanerin entschlossen wirkte, in Abwesenheit eines bestimmten Ersten Borddetektivs ihre Vaterkomplexe an dem dürren Engländer auszutoben. Neckisch gab sie ihm eins mit der Hüfte und hätte ihn damit um ein Haar in den Rührbottich geschickt. Selbst der Läufige Leopold bekam so langsam seinen eigenen, meist bläulilalich getönten Harem zusammen, den er auf seine ihm ureigene Art zu vitalisieren verstand.

Nicht, dass ich mich einsam zu fühlen brauchte. Nein, bei Gott nicht. Was mal als Großküche angefangen hatte, schrumpfte mehr und mehr zusammen, bis sie vom Format her kaum noch von einer Kochnische zu unterscheiden war. Schwer zu erklären, ich weiß, doch es mochte damit zusammenhängen, dass vor allem die Feuerköpfe unendlich viele Utensilien von hier nach da zu tragen hatten oder mal eben schnell rausmussten und dann husch-husch wieder rein, und egal, wohin ich mich auch stellte, die Wege zwischen hier und da und raus und husch-husch wieder rein führten alle bei mir vorbei. Und es wurde eng jedes Mal, sehr eng. Mächtige Hüften schoben sich, langsam wie Eisberge an einem Schiffsrumpf, an meinen Arschbacken vorbei, gewaltige, von Mal zu Mal weiter freigelegte Dekolletes wogten unter meiner Nase durch, in die Parfümschwaden von einer Dichte stiegen, die kurz unterhalb der Quellwolkenbildung liegen musste.

Wo man hinblickte, standen Flaschen und Gläser herum, Wein floss in Strömen, Rauch aus Hunderten von langen, dünnen oder superlangen und superdünnen Zigaretten vernebelte die Decke, die Arbeitsmoral sank auf südseeinsulanisches Niveau.

Ich sah mich gezwungen, in die Hände zu klatschen und einen energischen Ordnungsruf vom Stapel zu lassen, oder ich hätte das Chili alleine kochen können.

»Was soll das 'ier sein«, rief ich mit finsterer Miene und drohend geschwenktem Holzlöffel, »eine Kochkürs oder eine Stüdenten-fête?«

Meine Strenge imponierte im gleichen Maße, wie der Verweis auf die Studenten schmeichelte, und so drückten sie alle brav ihre Kippen aus und begannen, in einer enormen Kasserolle das Hackfleisch und die Zwiebeln anzubraten und dann die Tomaten und die Bohnen, und gossen schließlich auf meine Anweisung hin mit Rotwein auf.

Doch kaum hatte ich erst den halben, dann nach kurzem Zögern den ganzen Beutel mit den schrumpeligen kleinen roten Schoten hinzugefügt, driftete die Klasse auch schon wieder auseinander zu Wein und Zigaretten und langen, trägen Blicken unter schweren Wimpern hervor, die jede meiner Bewegungen mit lauerndem Interesse verfolgten. Eine fast schon tropische Schwüle machte sich breit.

Mir wurde gerade bewusst, dass ich mich schon eine ganze Weile nicht mehr mit der Frage beschäftigte, *wann* ich den Kochkurs endlich zu Ende brachte, sondern nur noch *wie*, da ging die Tür auf, und Jochen kam herein, zu viel beifälligem Gesumme und Getuschel und dem einen oder anderen anerkennenden Pfiff. Selbst ich strahlte ihn an wie eine Lichtgestalt, wie einen, tja, Retter in der Not.

Das kannst du nicht machen, mahnte ich mich.

Jochen kriegte nichts davon mit. Er kam direkt auf mich zu, die Miene voller Ernst, voller Wichtigkeit, fasste mich am Ellbogen und sagte: »Hast du eine Sekunde, Kristof? Ich muss unbedingt mit dir reden.«

Ah, die Luft draußen war gut, so gut. Kalt, sicher, aber dafür dankenswert frei von Duftstoff-Konzentrationen toxischen Ausmaßes.

Ich atmete tief durch und fragte mich, wie ichs anstellen sollte, redete mir aber gleichzeitig ins Gewissen.

»Hier, probier mal«, sagte ich und gab Jochen einen von den Keksen, die ich in meiner Hosentasche gebunkert hatte. »Selbst gebacken.«

Jochen blickte ernst in die abendlichen Nebelschwaden, die vom Meer aufstiegen und die *Equinox* umhüllten, bis man meinen konnte, sie stünde still. Er suchte sichtlich nach Worten und knabberte derweil gedankenverloren den Keks.

»Kristof«, fasste er sich schließlich, fuhr herum und starrte mir direkt in die Augen, »wo genau warst du, als Fjodr geköpft wurde?«

Das traf mich etwas unvorbereitet. Nach dem Fiasko beim Karaoke hatte ich mich schnurstracks auf einen Rundkurs durch die Bars begeben und dort einer Tätigkeit gewidmet, die der Fachmann »beidarmiges Reißen« nennt, und als Resultat waren Orte und Zeiten in meinem Gedächtnis nicht in der gewohnten Schärfe abrufbar.

»Keine Ahnung«, gab ich nach kurzem Grübeln zu.

Jochen nickte.

»Das ist es, Kristof«, sagte er mit der ganzen Feierlichkeit eines Grabredners, »das ist genau das, worüber ich mit dir sprechen wollte. Tatsache ist, Kristof …«, hier legte er mir die Hand auf die Schulter und blickte mich an wie einen Hinterbliebenen, »du hast kein Alibi.«

Ich besah ihn mir mit höflichem Interesse. Jemand hatte ihm ins Gehirn geschissen, keine Frage, doch fehlten mir die Worte, ihm das jetzt mit der gebotenen Schonung beizubringen.

»Noch 'n Keks?«, fragte ich stattdessen und schob ihm einen zwischen die Zähne. Er kaute hastig und wirkte mehr als nur ein bisschen verärgert.

Trotzdem, sagte ich mir, das kannst du nicht machen.

»Verstehst du nicht, was ich sagen will?«, fauchte er, kaum dass er den Keks runtergewürgt hatte. »Meine Ermittlungen sind zu dem Ergebnis gekommen, dass du der Hauptverdächtige in einem Mordfall bist! Und mit dem Wasser und dem Feuer wolltest du nach der Tat deine Spuren vernichten!«

»Ich muss wieder rein«, sagte ich, was ihn fast aus der Fassung brachte, »sonst brennt mir noch das Chili an.«

»Hier«, drückte ich ihm einen Teller in die Hand und lüftete nebenbei den Deckel der Kasserolle, griff nach einer Schöpfkelle, »probier mal unseren Wackelpudding.«

»Hör zu, Kristof«, raunte Jochen eindringlich und wollte das grüne Zeugs beiseitestellen, da packte ihn Heather am Arm.

»Have a taste«, forderte sie ihn mit viel Geplinker ihrer im Laufe des Nachmittags mindestens fünfmal nachgetuschten Wimpern auf, »have a lick!«

»Kristof, warum ich zu dir gekommen bin, ist Folgendes …« Jochen versuchte das texanische Schwergewicht so gut es ging zu ignorieren, was nicht einfach ist, wenn man dabei von ebenjener Person mit Löffel auf Löffel von schlabberigem Glibber gefüttert wird. »Ich werde Antonov über die Ergebnisse meiner Ermittlungen in Kenntnis setzen müssen«, schaffte er zwischen zwei Happen zu quetschen.

»Doch ich fühlte mich verpflichtet, dir das als Erstem zu sagen. Von Mann zu Mann, wenn du verstehst, was ich meine.«

Ajeh.

»Jochen«, entgegnete ich und rührte mit der Kelle im Chili herum, während sich zwei lichterloh gefärbte, grell geschminkte, explosiv parfümierte Matronen an uns vorbeizureiben versuchten, »hast du mal daran gedacht, dass die beiden Morde in Zusammenhang stehen könnten mit dieser seltsamen Kreditkartengeschichte?«

Elena, dachte ich. Elena, Elena, Elena.

»Ach«, Jochen winkte ab und bekam einen weiteren Löffel voll verpasst. »Das ist längst aufgeklärt.« Zerfahren suchte er seine Taschen ab, bis er einen Wisch zu fassen bekam. »Lies das«, forderte er mich auf, und Heather schnitt den nächsten Jelly an.

Ich überflog das Papier. Es war eine in Englisch verfasste Erklärung, dass die Firma Sapporo Electronix für jeglichen durch ihr Produkt Votix entstandenen finanziellen Irrtum haften würde. Jochens Schaden von – die Zahl war mit Kugelschreiber eingetragen, und ich dachte sofort daran, ihr drei Stellen zusätzlich zu verpassen – 18 533 Euro würden ihm »bei nächster Gelegenheit«, was immer das heißen mochte, erstattet. Eine Absichtserklärung, in meinen Augen ungefähr so verbindlich wie ein lauwarmer Händedruck und ein leutseliges Lächeln.

»Und?«, fragte ich. »Was schließt du daraus?«

»Wir kriegn alle unser Geld widder«, antwortete er und

zwinkerte mit den Augen, die anfingen, deutlich entzündet auszusehen.

»Wir alle?«, echote ich. »Von wie viel Leuten reden wir denn hier?«

Jochen machte eine wegwerfende Handbewegung. »Paar hunnert«, meinte er leichthin, nahm der Texanerin das Schälchen ab und schlabberte alleine weiter.

Paar *hundert*, dachte ich.

»Gibs zu, Grisdof«, stieß er plötzlich hervor und stach mir fast ein Auge aus mit seinem Löffel, »es war Eifffersucht!«

Ein paar hundert Konten schwer- bis superreicher Leute leer gefegt. Sicher, es waren nur die Girokonten, doch das Beispiel des Texaners zeigte, dass manche von diesen Typen ständig für erhebliche Umsätze gerüstet sein wollten. Mal eben zehn Ferraris für die Filiale in Dallas erstehen oder eine Fischfarm in Norwegen oder ein Weingut in den Bergen von Pretoria. Schnäppchenjagd auf hohem Niveau. Ich versuchte, mir eine ungefähre Durchschnittssumme vorzustellen und die dann mal ein paar hundert zu nehmen, und kam leicht ins Schwimmen.

»Mann, warm hier drin«, äußerte Jochen nach einer kontemplativen Pause und lockerte seine Krawatte.

Ich sah mich um, und achtzehn Paar blutunterlaufener Augen belauerten uns wie jagdbares Wild.

Jochen hatte recht. Es war warm hier drin. Heiß geradezu. Gedankenverloren hob ich die Schöpfkelle und probierte das Chili. Drehte mich, mir einen ätzenden Kommentar zum Vorwurf der Eifersucht zurechtlegend, dabei wieder zu Jochen, atmete ein. Atmete aus. Und der Erste Borddetektiv stand plötzlich nackt vor mir, nackt und schwarz und qualmend, mit gekreuzten Pflastern auf den Wangen, sein gerade noch so borstiges Haupthaar nur noch ein Halbrund kokelnder Flusen.

Mit einem Ruck schnappte ich mir das nächste Schälchen und stülpte mir den Vodka Jellie in einem Stück auf die Zunge wie einen Kühlpack über eine Brandverletzung.

»LIEBER ZU VIEL ALS ZU WENIG« wird noch mal den Stein am Kopfende meiner letzten Ruhestätte zieren.

»And … how's it taste?«, wollte Heather wissen, und ich musste ihr die Kelle aus der Hand winden und den Deckel auf die Kasserolle knallen.

»Maybe a bibble bip boo hop«, versuchte ich am Geleeklumpen auf meiner Zunge vorbei zu formulieren.

Too hot, ja. A little bit. Mir brach der Schweiß aus. Das Zeugs war Körperverletzung, das konnte man niemandem zumuten, es sei denn …

Und mir kam eine Idee. Eine tolle Idee.

»Jochen«, raunte ich, eindringlich, fast schon weinerlich, und mischte erst eine und dann noch eine Hand voll reinweißen Pulvers aus der Sporttasche unter die Schüssel mit geriebenem Parmesan, probierte ein bisschen, und das Inferno auf meiner Zunge milderte sich magisch, »du musst mir eine Chance geben. Meine Unschuld zu beweisen. Du musst einfach!«

Überall im Raum klapperte jetzt Geschirr, wurde von allen Seiten strategisch vorgerückt auf den Topf. Sie hatten Kohldampf, ganz klar, zugedröhnt und angesoffen, wie sie waren.

»Encore eine Minüte!«, jodelte ich fröhlich und gab noch eine Handvoll mehr an den Käse.

»Wassissas?«, wollte Jochen wissen und ließ sich von Heather sein Rotweinglas nachfüllen. Das, wenn ich richtig mitgezählt hatte, dritte. Er meinte das Pulver, natürlich. »Glutamat«, behauptete ich, mit vertraulich abgesenkter Stimme. »Geschmacksverstärker. Das Chili ist ein bisschen fad geworden, da helfe ich jetzt auf dem Umweg über den Käse nach.« Die Idee, die tolle Idee war natürlich, auf dem Umweg über den Käse die Geschmacksnerven zu betäuben, bevor sie mit dem Chili in Berührung kamen. Und zur Betäubung nimmt man am besten ein geeignetes ... Mittel.

»Attention!«, rief ich in die Runde, füllte den ersten Teller mit Chili und warf, mit großer Geste, eine Menge Käse drüber. »Chili con Carne à la Pierre wird immer«, Pause, »*immer* gegessen mit viel, sähr viel von die gerieben fromage!«

Nach dieser Proklamation wollte ich Jochen den Teller reichen, doch der winkte ab.

»Bin später noch zum Diner verabredet«, meinte er und drehte mir sein Profil zu, Mimik und Stimme eine Mischung aus Beiläufigkeit und Selbstzufriedenheit, die bei mir die Glocken schrillen ließ. »Im Printemps.«

Ich starrte ihn bohrend an und gab den Teller weiter an unsere texanische Wuchtbrumme, an der sich niemand vorbeidrücken konnte.

Jochens linkes Auge stahl sich in den Winkel, bekam mein bohrendes Starren zu spüren und schwenkte sofort in die Weite des Raumes.

»Ja«, erklärte er, beiläufig und harmlos und an niemanden im Besonderen gerichtet, »der Ka-haraoke-Gewinner hat auf seinen Preis verzichtet, weißt du?«

Ich wusste.

»Und Carla ...« Vielleicht war es die Wärme im Raum, vielleicht aber auch die Hitze meines Starrens, auf alle Fälle bekam er während des Sprechens einen trockenen Hals und musste dem mit einem großen Schluck Wein abhelfen, »... Carla also hat sich dann einen der anderen Teilnehmer aussuchen dürfen.«

Auch das wusste ich. Ganz genau.

»Und sie hat sich an mich gewandt, weil ich doch der einzige verbliebene Bo-borddetektiv bin und sie, wie es scheint, eine Menn-genge fachliche Fragen hat …«

Alle moralischen Bedenken waren mit einem Mal wie weggeblasen. Eine enorme emotionale Kühle ergriff von mir Besitz.

»Ich mache dir einen Vorschlag«, sagte ich zu Jochen, der mit rollendem Kopf verträumt und einäugig in sein Glas stierte. »Du vertrittst mich hier ein Viertelstündchen, höchstens, allerhöchstens zwanzig Minuten, und wenn ich dir anschließend keinen hieb- und stichfesten Beweis für meine Unschuld präsentieren kann, dann komme ich freiwillig mit zu Antonov.«

Jochen war eine Sekunde lang abgelenkt, weil ihm Heather einen Löffel voll Käse und Chili in den Mund schob, doch als er sich dann wieder zu mir drehte, mit einer tiefen skeptischen Falte zwischen den Brauen, da zeigte ich ihm dieses Gesicht völliger, unerschütterlicher Ehrlichkeit, bei dessen Anblick sich Hauptkommissar Menden schon mal eine Zahnfüllung zerbissen hatte.

Schließlich nickte er und wollte nicht mehr aufhören, bis ich ihm die Schöpfkelle in die Hand drückte und die Kochmütze auf den Kopf, und das Letzte, was ich von ihm sah, war ein Flammenmeer, das ihn von allen Seiten einkreiste und allmählich zu verschlingen drohte.

Nein, die neue Kassiererin, eine lebenslängliche Supermarktangestellte, die man sich irgendwie nicht ohne ihren Arbeitskittel vorstellen konnte, hatte keine Ahnung, wo Elena war und ob und wann sie wieder an ihren Arbeitsplatz zurückkommen würde.

Nein, die graue Maus aus der Wäscherei hatte Elena ebenfalls noch nicht wieder gesehen.

Nein, auch auf der Krankenstation hatte sich keine Elena gemeldet. Köthensieker war nicht da, also pflanzte ich meinen Arsch auf den Schreibtisch der Schwester und versuchte sie mit ein bisschen halbernster Konversation aufzulockern. War ihr sichtlich unangenehm, das. So unangenehm, dass sie geradezu erleichtert auf die Beine sprang, als ein paar Kabinen weiter die Berlinerin erwachte und mit sich überschlagender Stimme irgendwas von Leichen in Spinat fantasierte.

Auf dem Gang lief mir Ratso in die Arme. Ich stoppte ihn, er sah mich völlig verständnislos an, und ich musste mir den dämlichen Schnäuzer abnehmen, damit er mich erkannte.

»Jesus, Kristof«, stammelte er und schlug ein Kreuzzeichen. Dann fing er sich wieder. »Tolles Make-up«, fand er. »Bist du sicher, dass wir beide nicht doch noch ins Geschäft kommen könnten?« Und er leckte sich einmal rings um seine Lippen.

Aus einem Instinkt heraus packte ich ihn am Kragen und wuchtete ihn gegen die nächste Wand.

»Hoppla«, meinte er, »wir mögen es rau? Rau kostet extra.« Doch seine Augen wichen mir aus. Bei aller Flapsigkeit plagte ihn etwas, und zwar etwas so Ungewöhnliches, dass mich die Neugier piesackte.

»Warum«, fragte ich und hob ihn ganz, ganz langsam von den Füßen, »warum hast du dich gerade bekreuzigt?«

Ratso plagte, was ich bei ihm nicht für möglich gehalten hätte: Ihn plagte ein schlechtes Gewissen. Doch er wäre natürlich nicht Ratso gewesen, wenn er das einfach so zugegeben hätte.

Plötzlich, wie ich ihn so am Wickel hatte, fiel mir etwas ein, und ich ließ ihn wieder runter und, nach einem Augenblick, los.

»Sag mal, Ratso, was ich dich schon lange fragen wollte: Haben wir eigentlich Albaner an Bord? Einen, mehrere?«

»Jesus, Kristof«, entfuhr es ihm, und er bekreuzigte sich hastig ein zweites Mal, »Albaner? Knopfaugen? Bist du verrückt?«

»Sicher nicht?«

»Ganz sicher.«

Das bereitete meiner Kryszinski/Kryvidnadse-Verwechslungs-Theorie ein jähes Ende, und ich hätte jetzt ein bisschen aufatmen können, wenn mir nicht im selben Moment etwas anderes klar geworden wäre.

»Ich weiß, warum du dich gerade bekreuzigt hast«, stellte ich fest.

Ratso versuchte, seiner verschlagenen Frettchenvisage einen Streichelzoo-Kaninchen-Look zu geben.

»Du nimmst doch Wetten an«, bohrte ich, »wen es als Nächsten … du weißt schon.« Er nickte, schüttelte dann den Kopf.

»Stimmt, im Prinzip. Hab das Buch aber gerade im Moment nicht mit«, log er und hielt meine Hand gepackt, die es ihm gerade aus der Jackentasche ziehen wollte.

»Und dabei«, ich sprach es langsam aus und nahm meine Hand zurück, »liegt ein gewisser Kristof Kryszinski vorne.«

»Ich muss jetzt weiter«, behauptete Ratso.

Es gibt zwei Gründe, einen Raum zu durchsuchen: um etwas sicherzustellen, was da versteckt ist, oder um sich zu vergewissern, dass etwas *nicht* da ist. Etwas, was niemand in die Finger kriegen darf. Und eine feine Ahnung sagte mir, dass Wassilij Kryvidnadses Kabine aus dem zweiten Grund abgesucht worden war.

Wer immer an der Klinke gerüttelt hatte, er war noch nicht wieder zurückgekommen. Der Raum war seit meinem letzten Besuch völlig unverändert, da habe ich ein Auge für.

Langsam ließ ich mich in einer Ecke von Wassilijs Kabine auf den Boden nieder, lehnte Kopf und Schultern gegen die kühle, vibrierende Wand und sah mich um.

Ich wusste, intuitiv, dass mein Vorgänger oder Konkurrent beim Durchsuchen dieser Kabine Wassilijs Bücher durchgeblättert hatte, die Matratze umgedreht, die Wäsche abgetastet. Andererseits waren weder Shampoospender noch Zahnpastatube geleert worden. Was immer wir suchten, war entweder zu groß, um in eine Tube zu passen, oder es vertrug keine Feuchtigkeit.

Letzteres, dachte ich. Es musste sich um irgendeine Form von Datenträger handeln, und zwar, damit es unter eine Schublade hätte passen können, in einem flachen Format. Eine Diskette, eine CD-ROM, ein Stück Papier.

Wassilijs Kopfkissen versuchte mir einzureden, mein Haupt – nur für ein Minütchen – darauf zu betten käme dem Zustand völliger Seligkeit ziemlich nahe. Ich hörte nicht zu. In der Kabine, im *Bett* eines Toten einzupennen und dabei möglicherweise seinem Mörder in die Quere zu kommen war so ein lustiger Gedanke nicht. Hier einfach nur still zu hocken und zu starren kostete Nerven genug.

Ich hockte. Ich starrte.

Wo, fragte ich mich, würde ich, an Wassilijs Stelle …

Ich hockte, starrte, dachte nach. Draußen vor dem Bullauge nur graue Suppe. Drinnen das gedämpfte Dröhnen der Diesel, das entfernte Rauschen der Lüftung, das …

Ich fuhr hoch. Scheiße, eingenickt. Doch warte. Auf einem Zwischenlevel des Bewusstseins war mir unterwegs etwas gekommen. Ich, an Wassilijs Stelle, hätte das Versteck in Reichweite angelegt, ständig griffbereit.

Die Schublade!

Mit einem Satz war ich am Nachttisch, mit einem Ruck hatte ich sie raus und auf den Boden gestellt. Ich kniete mich hin. Linste hinein in die entstandene Öffnung. Alles sah ganz normal aus. Bis sich die Augen an das Halbdunkel in dem rechteckigen Hohlraum gewöhnt hatten. Dann fiel mir auf, dass die Rückwand nicht ganz die gleiche Farbe hatte wie das restliche Holz. Und wenn man dann noch mal die Schublade hochnahm, konnte man feststellen, dass sie zwar handwerklich geschickt, aber bei näherer Betrachtung doch unverkennbar ein Stück kürzer gemacht worden war. Ich langte ins Schränkchen, und ein Fingerschnippen genügte, die nachträglich eingesetzte kleine Rückwand fiel tun und …

Eine erste dunkle Vorahnung beschlich mich, als vor mir drei kreischende Filipinas um eine Ecke gerast kamen und mich beinahe über den Haufen rannten in panikblinder Flucht. Nur Sekunden später flitzte der Läufige Leopold in seinem Rollstuhl ums gleiche Eck. Feuerschein glühte in seinen Augen, Schaum flockte von seinen Nüstern und Rauch stieg von seinen Reifen, als er mit einem schrillen »Yee-Haaaa!« hinter den drei Mädels beschleunigte.

Eigentlich hatte ich schnurstracks zu Antonov gewollt.

Eine innere Stimme riet mir, vielleicht doch erst mal in der Pantry vorbeizuschauen. Allerdings, riet mir die Stimme weiter, wenn, dann mit Bedacht.

Eine Treppe tiefer begegneten mir zwei meiner Kochschülerinnen. Aus irgendeinem Grund drückte ich mich augenblicklich in die nächste Telefonnische. Doch es wäre wohl nicht nötig gewesen. Sie nahmen mich gar nicht wahr.

»O mein Gott«, stöhnte die eine, das blaulila Haar wild zerzaust, die Rüschenbluse schief geknöpft, ein Absatz der Halbhohen abgebrochen, mit unnatürlich geröteten Wangen bei gleichzeitig hängenden Lidern, und stützte sich auf die andere, eine der Flammenden, doch ansonsten in vergleichbarem Zustand. »Was hast du gesagt? Eschenholz? Ha! Das war Stahl, meine Liebe, blauer, federnder Stahl!«

Die andere nickte matt und blieb dann, direkt vor mir, ruckartig stehen. Ich drehte ihnen den Rücken zu und tat, als ob ich telefonierte.

»Warte!«, sagte sie. »Wir müssen noch an der Information vorbei. Ich muss mir meinen Ersatzschlüssel geben lassen.«

»Stimmt ja«, nickte die Erste. Um dann, nach einem winzigen Moment, zu fragen: »Was denn? Du auch?«

Und kichernd wie Schulmädchen machten sie kehrt und wankten davon Richtung Infoschalter.

Die Pantry Nr. 4 war still. Totenstill. Vorsichtig schlich ich mich an die Pendeltüren heran und spähte durch eines der Rundfenster. Reines, pures, unüberbietbares Chaos. Schlimmer als bei mir zu Hause. Umgestürzte Flaschen und Gläser überall, zerdeppertes Geschirr, einzelne Schuhe, andere Kleidungsstücke. Der aufsteigende Qualm der Aschenbecher dazwischen gab der Szene etwas vom Ort eines Flugzeugabsturzes. Auf dem Boden Lachen eines rotbräunlichen Geschmiers, von dem man nur hoffen konnte, dass es sich um nichts Ernsteres als eine Mischung aus Chili und Rotwein handelte. Kasserolle und Käseschüssel lagen auf der Seite. Leer. Alle beide.

Leise schlüpfte ich durch die Tür. Glas knirschte unter meinen Sohlen. Ich war allein. Keine Spur von meinen Schülern, keine Spur von … Jochen.

Das war ein Grund zum Grübeln, ein Grund zur Besorgnis. Man mag von ihm halten, was man will, aber Jochen Fuchs wäre niemals weggegangen und hätte ein solches Chaos hinterlassen. Bisschen ein Pingel, unser Jochen.

Wie sich dann herausstellte, war er auch gar nicht weg.

Ich fand ihn in der Warmhaltekammer. Er lag, in gnädigem Halbdunkel, auf einer Werkbank. Mir stockte der Atem.

Seine Kleidung bestand nur noch aus Fetzen, ja, im Grunde war er nackt. Die zerrupfte Hose hing ihm in den Kniekehlen, und von seinem Hemd waren als Einziges die Manschetten übrig geblieben. Sein Kopf war auf den ersten Blick noch dran, doch auf seiner Gurgel stand das Blut. Eine Menge Blut. In allen Tönen, von verschmiertem Rosa bis hin zu diesem Beinahe-Schwarz, wo es sich zu dickeren Pfützen sammelte und zu stocken begann. Das meiste sicherlich auf seinem Hals, doch auch ums Kinn, rings um den Mund und hoch bis zu den Ohren war einiges geschmiert, und innerlich abgelenkt von der Frage, woher mir diese Beschreibung so vertraut vorkam, knipste ich das Deckenlicht an, trat – Atem angehalten, Bauchdecke verkrampft – näher heran, bis auch die letzte Neonröhre angesprungen war und mir aufging, dass es sich bei dem Blut um Lippenstift handelte. Lippenstift in der kompletten Bandbreite aller denkbaren Töne, durchmischt mit … tja.

Jochen stöhnte. Er schlug die Augen auf, doch seine Wahrnehmung schien getrübt.

»Nein!«, keuchte er. »Nein, nicht noch …«

Dann erkannte er mich. Sah sich panisch um und seufzte erleichtert, als ihm klar wurde, dass wir allein waren.

»Das«, richtete er das Wort an mich und versuchte, sich aufzurichten, sackte wieder um. »Das war«, versuchte er es noch mal und ließ sich von mir in eine sitzende Position helfen, »das«, setzte er erneut an, von Mal zu Mal lauter und zunehmend anklagend, »das war doch nie im Leben *Glutamat*!« Mit schmerzverzerrtem Gesicht sah er an sich hinunter. Ich konnte nicht anders, als es ihm nachzumachen. »O Mann«, murmelte er, »immer noch!«

Aus der Mitte seiner schwimmenden Lenden ragte ein glutroter Ständer. Steil genug, und dem Anschein nach auch hart genug, um nötigenfalls eine Bleiweste daran aufhängen zu können, und das, obwohl die Pelle, wenn man genauer hinsah, wirkte, als ob sie jemand mit grobem Schmirgel bearbeitet hätte. 60er-Körnung, wenn ich schätzen müsste.

Ich wand mich innerlich und musste den Blick wieder heben.

Von Jochens Hals baumelte eine dreireihige Perlenkette, wie ich sie vorher noch nie an ihm bemerkt hatte, und an der Kette hing ein Kabinenschlüssel. Und an dem Schlüssel ein Zettelchen. Ich nahm es an mich.

Ächzend erhob Jochen sich von der Werkbank, stellte sich hin, quälte sich auf wackligen Beinen bis vor ein Handwaschbecken, drehte das kalte Wasser bis zum Anschlag auf, hielt ihn drunter, und ich meinte, Dampf aufsteigen zu sehen. Sein Rücken war übersät mit Kratzern, und seine linke Gesäßbacke wies einen tiefen Abdruck auf, den ich nicht recht zuordnen konnte, bis mir ein Blick auf die Werkbank verriet, dass Jochen auf einem weiteren Kabinenschlüssel gelegen haben musste.

»Wie die … wie die *Tiere* sind sie über mich hergefallen«, erinnerte er sich mit Schaudern.

»Willst du wissen, was auf dem Zettel steht?«, fragte ich.

»Nein«, sagte Jochen, mit Schaudern, und das kalte Wasser lief und lief.

»›Loverboy‹«, las ich vor, »›bring zurück mir mein Geschmeide, und ich lass dich in meine – Pünktchen, Pünktchen, Pünktchen.‹ Loverboy ist unterstrichen und mit Ausrufezeichen versehen«, erklärte ich, »und ich denke,

Pünktchenpünktchenpünktchen soll sich reimen auf ›Geschmeide‹. Fällt dir was dazu ein?«

Jochen gab ein gequältes Stöhnen von sich.

»Wie die … wie die Furien«, meinte er. »Sie haben das Chili und den Käse runtergeschlungen, und dann sind sie kollektiv ausgerastet, einfach so.«

Er stellte das Wasser ab, drehte sich wieder zu mir. Der Ständer war ihm vergangen, dafür sah sein Schwanz jetzt aus wie ein frisch gehäutetes kleines Tier. Ein Maulwurf vielleicht. Ich bin kein Typ für Sentimentalitäten, doch dies war ein Anblick, um einem jeden Männerherzen einen Stich zu versetzen.

»Also ich an deiner Stelle würde da ordentlich Jod drauftun«, riet ich ihm. »Zur Desinfizierung.« Doch er hörte nicht zu.

»Leopold hat es irgendwie kommen sehen«, erinnerte er sich.

Nicht nur der, dachte ich, so für mich.

»Der hat sich früh genug verpisst.«

Wenn er mal schlau war, dachte ich.

»Der Engländer ist im letzten Augenblick entkommen, splitterfasernackt bis auf die Sandalen. Doch ein paar sind hinter ihm her, und gnade ihm Gott, sollten sie ihn erwischt haben.« Jochen versuchte, sich die Hose hochzuziehen, und ein Kabinenschlüssel fiel heraus, mit einem Zettelchen dran.

»Der Berliner«, erzählte er weiter, mit dem verwirrten Staunen von jemandem, der Schritt für Schritt aus einem Albtraum erwacht, »der Berliner ist, glaube ich, einfach über Bord gesprungen.«

Die Hose war nicht mehr zu retten, vom Schlitz bis zum Arsch mitten durchgerissen. Ich half, sie irgendwie zurechtzuziehen, fühlte etwas Sperriges und fingerte einen

Kabinenschlüssel aus der Gesäßtasche. Ohne Zettel dran. Die, wenn man so will, kommentarlose Sorte.

»Da blieb nur noch ich«, meinte Jochen matt. »Kristof, du kannst dir nicht vorstellen …«

»Doch, doch«, unterbrach ich ihn rasch.

»Zu zweit, zu dritt auf einmal sind sie über mich her.«

»Na, na«, machte ich beschwichtigend. Wenn das mal nicht übertrieben war. Ich meine, zu zweit könnte man sich ja noch ausmalen – oder vielleicht besser nicht.»Du kannst dir nicht vorstellen, was ich alles zu Gesicht …«

»Doch, doch«, versicherte ich hastig, »lebhaft.«

Jochen schlüpfte in einen Schuh, zog eine Grimasse, nahm den Fuß wieder raus, hob den Schuh hoch, schüttelte ihn und ein Kabinenschlüssel fiel heraus.

Ich half ihm dann mit dem andern, in dem gleich zwei versteckt waren.

Schau, schau, dachte ich. Bisschen ein Womanizer, unser Jockel.

»Lass uns hier abhauen«, meinte ich, legte seinen Arm um meine Schultern und stützte ihn, so gut ich konnte. »Wir haben eine Menge zu besprechen.«

Eigentlich hatte ich damit zu Antonov gewollt, ein Vorhaben, das mir jetzt, nach kurzer Überlegung, völlig übereilt erschien.

Jochen nickte benommen, setzte einen zittrigen Fuß vor den anderen.

»Du kannst dir nicht vorstellen …«, begann er erneut, da unterbrach ihn ein scharfes, schrilles Geräusch, es klang wie eine Notbremsung bei Tempo 180.

Umständlich, so Arm in Arm, drehten wir uns um, und inmitten der Reste seiner Küche stand Chefkoch Masimoto und zitterte wie ein Gastank kurz vor dem Platzen.

Ah, fiel mir ein, der Ginza-Ball. Die Pantry Nr. 4 wurde zur Vorbereitung gebraucht, hatte man uns vorhin noch lang und breit erklärt und deshalb zu pingeligster Ordnung ermahnt.

»Lass uns weiter«, sagte ich und zog Jochen mit mir.

»Sieh dir das an«, forderte ich ihn auf und reichte sie ihm rüber. »Und dann sag mir, was du davon hältst.«

Dampf füllte unsere Kabine, und Jochen hörte auf, mit einem Handtuchzipfel nach Badewasser in seinem Ohr zu fahnden, um sie in Empfang zu nehmen. Er pfiff durch die Zähne, drehte sie zwei-, dreimal hin und her.

»Glock 26 Subcompact«, meinte er anerkennend. »Kaliber 9 mm. Klein, leicht, handlich, wie dafür gemacht, sie verdeckt zu tragen. Sehr beliebt bei Geheimdiensten.« Er ratschte eine Ratsche, und ein Geschoss sprang seitlich aus dem Lauf. Er drückte einen Knopf ,und ein Magazin glitt unten aus dem Griff in seine wartende Hand. »Voll durchgeladen«, stellte er fest. »Zwölf Schuss im Magazin.«

Eine voll durchgeladene Pistole, nur zwei rasche Handgriffe entfernt von Wassilij Kryvidnadses Kopfkissen. Hm. Und was hatte sie ihm genutzt?

»Wo hast du das Ding her?«, wollte Jochen wissen.

»Und jetzt wirf mal einen Blick hier drauf«, sagte ich anstelle einer Antwort und drückte Jochen meinen zweiten Fund in die Hand. »Sag mir, wofür du das hältst.«

Jochen klappte die Deckel des Ledermäppchens auseinander, besah sich den Ausweis, hielt ihn ins Licht.

»Ein russischer Dienstausweis«, stellte er fest, »vom, wenn ich mich nicht täusche, FPS.«

Ich nickte, als ob mir die Abkürzung etwas sagte.

»Ja, hier stehts: ›Federalnaja Pogranitschnaja Slushba‹.«

Föderale Programmgestaltung für Sushibars, dachte ich

während der für Jochen typischen Pause, in der er hoffte, man möge ihn fragen.

»Grenzschutz«, erklärte er schließlich. »Unter anderem zuständig für die Abwehr von Terrorismus und organisierter Kriminalität.«

Ich kaute das einen Moment durch, sah Jochen abwesend dabei zu, wie er eine Tube Vaseline in die Front seiner Boxershorts entleerte.

Antonov und der größte Puff in Moskau kreuzten den Pfad meiner Gedanken und gingen dann unbehelligt weiter.

»Wir reden hier also über den Schutz der russischen Grenzen vor Gefahren, die von außen kommen«, fasste ich zusammen. »Wir reden hier nicht über die ›Russenmafia‹.«

»Nein«, bestätigte Jochen vom Bad aus, wo er lautstark mit unverdünntem Odol gurgelte, »dafür ist der FSB zuständig.«

Wir warteten das übliche Weilchen. Er, dass ich fragte, ich, dass er weiterredete.

»Federalnaja Slushba Bjesopasnosti«, sagte er schließlich. »Oder so ähnlich«, fügte er bescheiden hinzu. »Inlands- und Sicherheitsdienst. Nicht zu verwechseln mit dem FSO …«

»Ja, ja«, unterbrach ich ihn. »Woher weißt du so was alles?«

»Kristof, ich bin Ermittler. Ich halte mich ständig auf dem Laufenden, auf dem neuesten Stand. Unter anderm natürlich mithilfe des Webs. Du etwa nicht?«

Nein, dachte ich, ich nicht. Ich mach mir lieber die Finger dreckig und lauf mir die Hacken ab, als mir den Hintern platt zu sitzen. Und ich bringe Ergebnisse. Oder glaubst du allen Ernstes, du hättest die Waffe und den Ausweis übers Internet gefunden, du Schnösel?

Warum ich das nicht aussprach, hatte verschiedene Gründe, doch einer davon war, dass mich seine kleine Vorführung in Waffen- und Geheimdienstkunde in gewisser Weise beeindruckt hatte.

Vielleicht, dachte ich, ergäben wir doch kein ganz so übles Gespann, Jochen und ich.

»Du hast meine Frage nicht beantwortet«, hakte Jochen nach. »Wo hast du die Sachen her?«

»Aus Wassilijs Kabine. Er hatte sie da höchst raffiniert …«

»Wassilijs Kabine? Wie bist du denn da eingedrungen?«

Eingedrungen?, dachte ich und spürte meinen Kamm schwellen.

»Nun, mit dem Generalschlüssel natürlich.«

»Mit dem Generalschlüssel? Woher hast *du* denn einen Generalschlüssel?«

Ich begriff, worauf er hinauswollte, und es machte mich für einen Moment sprachlos.

»Kristof, du scheinst zu vergessen, dass du kein Borddetektiv mehr bist. Du bist jetzt ein …«

Jochen verschluckte beinahe seine Zunge, als mein Blick ihn an die Wand nagelte. »Sprich es aus«, forderte mein Blick, »sprich es aus, und anschließend lass ich dich vielleicht dabei zusehen, wie ich dir die Bauchhöhle mit einem stumpfen Messer ausweide.« Von Zeit zu Zeit habe ich diesen Blick mal drauf. Kein wirklich hübscher Anblick, habe ich mir sagen lassen, doch er verfehlt nie seine Wirkung.

»Wenn wir vielleicht zum Thema zurückkommen könnten?«, schlug ich vor, mit einer Kälte, die den Dampf in der Luft als Schnee herabrieseln ließ.

Hatte ich tatsächlich gerade noch mit dem Gedanken gespielt, mich mit diesem pedantischen Fachidioten zu einem Team zusammenzuspannen? Mir war danach, mir allein für die Idee irgendeinen körperlichen Schaden zuzufügen.

»Ich meine ja nur, wenn dich einer erwischt …«, fand Jochen seine Zunge wieder.

»Lass das meine Sorge sein«, schnappte ich. »Geht aus dem Ausweis hervor, welchen Teil der Grenze Wassilij schützen sollte?«

Die Nordmeerküste lag nahe. Obwohl ich nicht sehen konnte, inwiefern unser Ausflugsdampfer eine Bedrohung für die russische Souveränität darstellen könnte.

Die Nase wieder in das Dokument. »Stationiert war er in, wenn ich das recht entziffere, Korsakov«, murmelte er.

Ich versuchte im Geiste, Korsakov irgendwo in der Weite der russischen Landkarte zu platzieren, und, als das misslang, irgendwo an die Länge seiner Grenzen. Wurd auch nichts draus.

»Regierungsbezirk Juschno-Sachalinsk«, fügte Jochen hinzu.

Wo immer der sein mag, dachte ich.

»Auf Sachalin«, meinte er.

Ja, das hatte ich schon mal gehört. Sachalin … war das nicht der berühmte Regimekritiker? Seltsam, womit man alles berühmt werden kann.

»Eine Insel, ein Stück nordöstlich von Wladiwostok.«

Wladiwostok. Genau. Nun, jedes Kind kennt Wladiwostok, oder nicht? Das liegt da ziemlich rechts, irgendwo.

»Juschno-Sachalinsk ist die Hauptstadt von Sachalin, Sachalin ist Teil der Kurdischen Inseln, und ihr nächster Nachbar ist Hokkaido, mit der Hauptstadt Sapporo, und die gehört zu …«

Und ich machte einen Satz in die Höhe.

»Japan!«, schrie ich.

Sieben

»Los, Jochen«, forderte ich lebhaft, »erzähl mir noch mal genau von dieser Orgie!«

Jochen schluckte sichtlich und blickte mich voller Widerwillen an.

»Ich muss jedes Detail wissen!«

»Nun«, begann er zögerlich, »wo, ähm, wo soll ich anfangen?«

»Ihre Ärsche! Wiederhol noch mal, was du mir über ihre Ärsche erzählt hast!«

»O Gott, Kristof«, bat er, »ist das so wichtig?«

»Eminent!«, versicherte ich ihm.

»Nun«, begann er mit säuerlicher Miene, »also stell dir mal dein Skrotum vor.«

Hä?, dachte ich. Mein was?

»Deinen Sack.«

Hä?, dachte ich. Meinen *was*?

»Deinen Hodensack. Adern, Pickel, Falten, Haare, alles. Nur«, er spreizte die Finger beider Hände und nahm die Arme auseinander in Andeutung einer Kugel von Gymnastikball-Ausmaßen, »ungefähr so groß«, sagte er, und mir wurde das Missverständnis bewusst.

»Ich meinte etwas anderes«, bekannte ich.

»›... und dann haben sie alle ihre Hosen runtergelassen, dass man ihre *tätowierten* Ärsche sehen konnte ...‹ Genau so hat Jochen das beschrieben«, ereiferte ich mich, »und genau das muss auf dem Videoband zu sehen sein.«

»Ja, ja«, sagte Antonov, nahm einen Schluck von seinem Tomatensaft und musterte mich kühl. »Ja, ja, ja.«

»Und?«, fragte ich, ungeduldig. »Wollen wir uns das nicht mal ansehen? Dann die Passagierlisten durchchecken, vielleicht die Behör*den in* Japan kontakt*ieren,* solange es noch geht? Wenn es noch geht?«

»Wir?«, fragte Antonov zurück und musterte mich noch ein bisschen kühler. Einmal von oben bis unten und wieder zurück.

Ich fühlte, wie meine Rechte von ganz allein nach dem Kristallaschenbecher tastete, um ihn meinem Gegenüber mit Schmackes über den sturen Quadratschädel zu ziehen.

Die einzigen Leute in Japan, die Tätowierungen tragen, sind – Yakuza. In Syndikaten organisierte japanische Gangster. Und die *Equinox* hatte, wie es aussah, rund ein Dutzend dieser Typen an Bord.

»Ob und wo unsere Passagiere tätowiert sind, Kryszinski, interessiert *uns*, die *Security*, erst mal einen Furz. In etwa genauso viel und genauso wenig wie das aufgeregte Gejapse eines …« Hier sah er mir in die Augen. Und vergaß weiterzusprechen.

Ich zwang mich zu äußerer Ruhe, konzentrierte mich ganz auf das, was ich zu sagen hatte. »Fast allen Inhabern der *japanischen* Ginza-Kreditkarte sind in den letzten Tagen auf dem Umweg über die Supermarktkasse und den von einer *japanischen* Firma installierten und von einem *japanischen* Techniker gewarteten Zentralrechner riesige Summen von den Bankkonten gesaugt worden«, sagte ich und versuchte, seinen Blick festzuhalten.

»Technischer Defekt, Kristof«, meinte Antonov beschwichtigend, sah den Eiswürfeln in seinem Glas beim Kreiseln zu wie ich den Tröpfchen auf seiner Stirn beim Wachsen. Antonov war plötzlich beunruhigt. »Ginza-

Titanium wird das alles in kürzester Zeit wieder in Ordnung bringen. Das hab ich schriftlich.«

»Wie denn?«, fragte ich heftig. »Wenn erst mal so gut wie jeder Kontakt zur Außenwelt abgerissen ist?«

»Was weiß denn ich?«, fragte Antonov zurück. »Das ist Datenübertragung. Was verstehe denn ich davon?«

Gute Frage, dachte ich mir.

»Nichts«, behauptete er fest, stellte sein Glas ab und löste sich von der Theke.

»Ich muss los. Wir müssen den … äh, den Ball vorbereiten.«

Und er watschelte davon. An Bord geschahen Morde und andere Verbrechen, unter den Passagieren befanden sich organisierte Gangster, und der Chef der Security war zu beschäftigt, sich darum zu kümmern. Zu beschäftigt mit der Vorbereitung einer Tanzveranstaltung.

Diese Reise nimmt von Stunde zu Stunde irrealere Züge an, dachte ich.

»Und du«, rief Antonov über seine Schulter, »kümmer dich um deinen Aufgabenbereich! Und vergiss nicht: Du stehst nach wie vor unter Beobachtung!«

»Was ist mit den Ermittlungen, die ich für dich führen sollte?«, schrie ich frustriert.

»Vergiss es«, antwortete er. »Davon war nie die Rede!«

Nachdenklich sah ich ihm hinterher. Lange genug, um mitzukriegen, wie er an der Tür zögerte, zu mir zurücksah, einen winzigen Moment grübelte, dann aber doch nach draußen verschwand.

Was, fragte ich mich, war so wichtig für Antonov? Der blöde Ginza-Titanium-Ball? Oder steckte Antonovs Security-Trupp mit den Yakuza unter einer Decke? Waren Jochen und ich deshalb nie wirklich in ihre Reihen aufgenommen worden? Und, wenn das so war, hatte ich mich dann gerade um Kopf und Kragen geredet? Im wahrsten Sinne des Wortes?

»15B bitte an der Rezeption des A-Decks melden«, krächzte es von der Decke. Doch 15B reagierte nicht. 15B war auf dem Weg in den Untergrund und fragte sich, wie lange er sich da wohl würde halten können.

Der Keeper der »Bohemia-Bar« stellte mir ungefragt ein weiteres Budweiser hin. Ich bedankte mich mit einem Nicken und nahm einen Schluck, obwohl ich mir nicht sicher war, ob Bier das adäquate Getränk für jemanden in meinem Zustand darstellte. In meinem Zustand fortschreitender Trübung des Bewusstseins.

Draußen vor der Glasfront der Bar wurde die »Mall«, die große Halle der Einkaufszeile und das eigentliche Herzstück der *Equinox*, für den Mitternachtsball vorbereitet.

Großes Käptns-Dinner, großes Showprogramm, großes Feuerwerk auf den Außendecks und anschließend rauschende Ballnacht bis in den Morgen. Wenn ich den noch erlebe, dachte ich.

Mit hängendem Kopf holte ich noch mal Wassilijs Dienstausweis hervor, klappte ihn auf und betrachtete ihn unter schweren Lidern hervor, nahm noch einen Schluck. Stellte die Flasche – leer – zurück auf den Tresen.

Wassilij Kryvidnadse, Undercover-Agent des russischen Grenzschutzes. Eins war klar: Dieser Ausweis hatte ihn nicht enttarnt. Es musste etwas anderes gewesen sein.

Eine frische Flasche Budweiser fand ihren Weg in meine Hand, an meinen Hals. Wie zäh das Denken werden kann. Und immer im falschen Augenblick.

Ich flappte das Ledermäppchen hin und her, auf und zu, auf und zu, auf … Nahm einen Schluck, winkte dem Keeper mit der leeren Flasche und bekam so gerade eben aus dem Augenwinkel mit, wie ein winziger, schmaler Papierstreifen aus dem Zwischenraum von Ausweis und Mäppchen glitt und sachte zu Boden schwebte.

»Wir brauchen einen Rechner!«, stieß ich hervor und trat die Kabinentür hinter mir zu. Draußen an Deck war ein Elektriker dabei, die beiden Überwachungskameras wieder anzuschließen, und ich wollte weg sein, bevor er damit fertig war. »Sieh dir das an!«, forderte ich und zeigte das Papierchen vor. Nach einem prüfenden Blick in den Badezimmerspiegel drehte sich Jochen zu mir, etwas steif in seiner frisch gereinigten, scharf gebügelten, schneeweißen Dinner-Uniform, und nahm nicht die geringste Notiz von meinem neuesten Fund.

»Hast du mit Antonov gesprochen?«, fragte er stattdessen spitz.

Ich schloss für einen Moment die Augen. Kam es mir nur so vor, oder hatten sich alle hier an Bord dahin gehend verschworen, mich Stück für Stück unwiderruflich in den Wahnsinn zu treiben?

In the year twentyfive-twentyfive … if man is still alive …, nölte es von draußen herein. Eine brandneue Compilation von DJ Scuzzi, dem zu allem entschlossenen Anführer dieser Verschwörung.

»Wirst du dir jetzt sofort diesen Wisch ansehen?!«, bölkte ich, dass man es bis nach Spitzbergen hören konnte.

»*Ich* habe nämlich mit ihm gesprochen«, meinte Jochen und klopfte kurz auf das tragbare Funkgerät, eine der – neben dem Security-Pass und dem Generalschlüssel – drei Säulen seines überlegenen Status, bevor er sich wieder dem Spiegel zuwandte. Das Arrangement eines seidenen Tuches über die diversen Knutschflecken auf seinem Hals schien seine ganze Aufmerksamkeit zu beanspruchen. »Und wir sind uns dahin gehend einig, dass deine etwas weit hergeholten Verdächtigungen weder einen akuten Handlungsbedarf nach sich ziehen noch …«, und er nahm die Nase hoch, um den Knoten des Halstuchs zu richten, während ich mich nur mit Mühe zurückhalten konnte, ihn nicht eben damit zu erwürgen, »noch«, wiederholte er hochnäsig, »dazu geeignet scheinen, den Verdacht gegen deine Person hinreichend zu entkräften. Doch auch diese Ermittlungen, da sind sich der Chef und ich einig, haben Zeit bis morgen.« Er prüfte noch mal seine Erscheinung im Spiegel, wischte sich ein imaginäres Stäubchen von der Schulter. »Und wenn du mich nun entschuldigst. Das Printemps wartet.«

The lady in reeeeeeeeeed is dancing with meeee …

Ich kämpfte mich durch die Schallwellen wie ein Mann, der sich einem tosenden Sturm entgegenstemmt.

Nach einem winzigen Zögern, nach einem klitzekleinen Gedankenspiel um mit Wucht gehandhabte stumpfe Gegenstände, zwischen die Zähne geschobene Sockenknäuel und Meter von faserverstärktem Klebeband hatte ich Jochen ziehen lassen zu seinem Date. Wie der Sultan seinen Haremswächter zur Arbeit ziehen lässt. Im gleichen beruhigenden Wissen um den Inhalt seiner Hose.

There's nobody here, it's just you and me …

Das »Chagalle« war noch unbesucht, die Tanzfläche leer, die farbigen, von der Discokugel reflektierten Lichtblitze konnten frei und ungehindert kreuz und quer durch den Raum schießen.

… that's where I wanna be, right by your siihiiihiide – SKRRRTSCH!

Scuzzi fuhr sichtlich zusammen, nahm den Kopfhörer ab und starrte mich entgeistert an. Die Asche von seinem Joint war seine Hemdfront hinabgerieselt.

Kommentarlos drückte ich ihm den rausgerupften Netzstecker in die Hand.

»Wie viel Ahnung hast du eigentlich von Computern?«, fragte ich ihn.

»Nun«, meinte er und wischte an seinem Hemd herum, wollte dann den Netzstecker wieder einstöpseln und fing sich gerade noch rechtzeitig, »sie haben einen Knopf zum Einschalten«, sagte er und hüllte sein Haupt in Rauch, »aber keinen zum Ausschalten.« Er sah mich lange und ernst und rotäugig an. »Ist dir das nicht auch immer schon absolut *strange* vorgekommen?«

Normalerweise waren die Passagiere gehalten, sich entweder zu einem frühen Zeitpunkt zum Dinner einzufinden oder zu einem späten. Der Sinn dahinter war, dass weder Küche noch Restaurant darauf ausgelegt waren, achthundert Gäste auf einmal abzufüttern. Beim Ginza-Ball aber sollte genau das geschehen. Die logistischen Vorbereitungen dafür erforderten einen enormen Personaleinsatz, weshalb ich die Mannschaftsmesse praktisch menschenleer vorfand. Nur ein paar Gestalten in Overalls lungerten herum, drei davon um einen Tisch mit Ratso an der Stirnseite. Sie hielten Dollarnoten in den Händen, als ich herantrat. Sie sahen auf, als ich herantrat, sie standen auf, als ich herabsah, und sie verzogen sich, doch nicht ohne vorher die Dollars wieder eingesteckt zu haben. Bis ich Platz genommen hatte, war Ratsos kleines, dickes, abgegriffenes Notizbuch schon lange, lange in seiner Jackentasche verschwunden. Es war fast, als hätte es nie vor ihm auf dem Tisch gelegen.

»Ratso«, sagte ich, »hast du eigentlich Ahnung von Computern?«

Ratso nickte das Nicken eines Mannes, der Ahnung hat

von allem, egal was. Ein kurzer Blick nach links, einer nach rechts, und er gab mir eine Kostprobe seines Wissens.

»Notebooks«, raunte er, »Notebooks und iMacs sind das Einzige, womit sich zur Zeit noch einigermaßen Geld verdienen lässt. Vielleicht noch die eine oder andere Grafikkarte oder 'n komplett ausgestatteter Rechner, aber auch nur, wenn er 'nen Pentium-4-Prozessor drinhat. Mit dem ganzen andern Gerümpel kann ich dich zuscheißen, da kriegste nicht mal mehr in Murmansk einen schlappen Rubel für.«

Idioten, dachte ich und hastete die trüben, engen Gänge entlang, nichts als Idioten.

»Ist das *alles*?«, hatte ich sowohl Scuzzi als auch Ratso gefragt, und beide hatten ganz ernsthaft genickt, mit der gleichen Verwunderung, was man denn wohl meiner Ansicht nach sonst noch von der Materie zu verstehen brauche.

Idioten, dachte ich, hastete weiter und musste immer wieder ausweichen und Platz machen, weil mir andere Crewmitglieder entgegenkamen, die meisten bepackt mit irgendwas, Stapel von Tischdecken, Kartons mit Gläsern, Kerzen, Kerzenleuchtern.

Idioten, dachte ich. Ich bin umgeben von nichts als Idioten und somit völlig auf mich allein gestellt.

Fünf Prozent, dachte ich, und Elena?, dachte ich, und dann dachte ich wieder an das schmale Zettelchen und daran, dass ich Zugang zu einem Rechner kriegen und dann einfach würde sehen müssen, was passierte.

Die Beschriftung des Papierstreifens bestand aus einer auf den ersten Blick wenig sinnvollen Aneinanderreihung von Abkürzungen, Zahlen, Satzzeichen und Buchstaben, in Portionen zerhackt durch eine Vielzahl von Schrägbalken, sogenannten Slashes. Diese Kombination hatte, da war ich mir sicher, auf irgendeine Art ursächlich zu tun mit der Enthauptung Fjodrs und Wassilijs und war, auch da war ich mir so sicher, wie man nur sein kann, irgendwie der Schlüssel zu meinen fünf Prozent von fünfzehn Millionen Dollar, und mich würgte der Gedanke, bei der Aufdeckung der Morde und dem Aufspüren dieser meiner fünf Prozent möglicherweise an der Halsstarrigkeit eines dämlichen, leise vor sich hin summenden Kastens zu scheitern.

»15B an der Rezeption des A-Decks melden!« Ich zuckte nicht mal mehr. Denn ich war nicht länger gemeint. 15B hatte die Brocken hingeschmissen, 15B hatte aufgehört zu existieren. Von dem Moment an gab es nur noch Kristof Kryszinski, Privatdetektiv ohnegleichen. Wenn auch zu dem Zeitpunkt kaum wiederzuerkennen in seiner Kostümierung als … äh, als Pierre Bocuse.

Ich hätte ins Internetcafé gehen können, doch gaffte einem da eine Kamera ins Genick, und man saß mit dem Rücken zur Tür, was beides nichts für meine Nerven war.

Also hatte ich mich für eine der über vierhundert Passagierkabinen entschieden, und zwar praktischerweise direkt für die von meinem texanischen Auftraggeber. Mich trieb die Vorstellung, auf triumphale Art und Weise den Verbleib seines Geldes nachzuweisen und dann nur noch die Hand ausstrecken zu brauchen, um den Scheck einzustreichen. Irgendwann zwischendurch würde ich noch mal ausrechnen müssen, zu welcher Summe sich die fünf Prozent addierten, doch das war im Moment nebensächlich.

Richard E. Scott und Tochter wohnten auf dem B-Deck, so viel wusste ich, doch nicht genau, unter welcher Nummer. Das hieß, ich musste am Informationsschalter vorbei.

Ich stieg hoch auf B-Deck-Niveau, orientierte mich nach Gefühl in den Gängen, in denen das Gedränge dichter wurde, je näher man der Mall kam. An einer Tür, die mich in direkte Nachbarschaft zum Infoschalter bringen müsste, hielt ich kurz an, um mir die Kochmütze tief in die Augen zu ziehen und auch den Hercule-Poirot-Schnäuzer wieder anzukleben. Die wenigsten von Antonovs Mannen hatten mich bisher in diesem Outfit gesehen, und das war gut so. Dann fühlte ich mich bereit. Drückte den Hebel.

I believe in miracles, where're you from, you sexy thing (sexy thing) …

Ich hatte mich geirrt. Ich war doch noch nicht bereit. Hot Chocolate, Allmächtiger. Warmer Kakao, frei übersetzt. Was, mal ganz im Ernst, was für Entscheidungsträger haben diese Band auf Platte pressen lassen? Ist da nicht einer dabei gewesen, nicht ein Einziger, der gesagt hat: »Ey, Leute, hooo!, mal langsam! Habt ihr keine Ohren am Kopf oder jodelt der Typ nur in meinen wie ein halb strangulierter Haremswächter?«

Nach kurzem Durchatmen versuchte ich es noch mal.

… since you came along, you sexy thi-

Ich gab auf.

Elena, regte sich auf einmal mein Ethos. Vielleicht, sagte ich mir, hatte die Auseinandersetzung mit einem Rechner, ja, selbst das Einsacken der fünf Prozent einfach noch Zeit.

Elena. Was könnte sie wissen? Wo mochte sie stecken?

Ich klopfte, klopfte noch mal. Als niemand antwortete, ließ ich mich mit Wassilijs Generalschlüssel ein. Elenas Bett war das untere. Es war unbenutzt. Ihr hellblauer, mit Snoopys und Woodstocks bedruckter Schlafanzug lag obenauf, wartete ordentlich gefaltet auf die Rückkehr seiner Besitzerin.

Und es war dieser Anblick, diese kleine private Note, die

etwas in mir knackte, aufbrach, freilegte. Ich blickte hinab auf dieses akkurat gemachte Bett und den adretten Schlafanzug mit seinem »Peanuts«-Muster, und etwas griff nach mir und wrang mein Innerstes wie Maurerhände einen nassen Lappen.

»Ich habe Angst«, hatte sie mir anvertraut, vielleicht als einzigem Menschen auf diesem Schiff.

Und ich? Was hatte ich getan?

»Wenn ihr etwas zugestoßen ist, Kristof«, schwor ich mir, »dann mach ich dich fertig!«

»Antonov hier«, sprach ich mit dem harschen Tonfall und Akzent meines ehemaligen Vorgesetzten in das Diensttelefon auf dem Gang, »geben Sie mir Ihren Chef.«

»Oh, der Herr Doktor ist zurzeit beschäftigt«, flötete die Schwester vom Empfang.

»Das interessiert mich einen Furz«, ließ ich sie wissen. »Entweder Sie holen Köthensieker sofort ans Rohr, oder ich komme rüber und stecke Sie wegen Behinderung meiner Arbeit ins Loch!«

»Einen Moment.«

»Ja, aber höchstens«, schnappte ich, doch da sprach ich schon mit einer Sonate für Klavier. Händel, oder Rimski-Korsakow. Korsakov, dachte ich. Auf Sachalin.

»Was wollen Sie, Antonov?«, unterbrach Köthensieker das Geklimper, ohne sich mit Namen zu melden.

»Wo habt ihr die Kleine aus dem Duty-free?«, schnarrte ich.

Ein kleines Geräusch antwortete, bevor der Doktor weitersprach. Ein kleines Schnappen nach Luft, wie wenn man sich von hinten an jemanden heranschleicht und ihm zwei Finger seitlich in die Rippen pikst.

»Was wollt ihr von ihr?«, fragte Köthensieker dann zurück, und ich hätte mich am liebsten durch die Leitung gezwängt, um ihm aus dem Hörer heraus beide Daumen in die Augenhöhlen zu pressen, bevor ich das Gespräch fortsetzte.

»Diese Kreditkartengeschichte fängt irgendwie an zu stinken«, knurrte ich. »Ich muss Elena dazu ein paar Fragen stellen.«

Mein Gesprächspartner blies den Atem durch die Nase. Köthensieker mochte als Gerichtsmediziner in Japan und anderswo seine Erfahrungen mit der Strafverfolgung gemacht haben, doch war er spürbar ungeübt in dieser Rolle auf der falschen Seite eines Verhörs.

Japan, dachte ich. Nur eine Meerenge entfernt von Sachalin.

»Das ist zurzeit nicht möglich«, behauptete der Doktor.

»Wiiesoo?«, fragte ich und zog die beiden Silben zu einem Statement tiefsten Misstrauens.

»Nun«, kam es zögerlich und dreist zugleich, »sie hatte einen Nervenzusammenbruch. Ich musste ihr Sedativa in hohen Dosierungen verab–«

An dieser Stelle mischte sich, im Hintergrund, die Schwester ein, und ich konnte hören, wie sie irgendwas von »läuft draußen über den Gang« faselte, dann wurde das Gespräch abgelöst vom Rauschen einer Handfläche auf der Sprechmuschel, und schließlich meldete sich Doktor Köthensieker wieder zu Wort, zischend. »Wer spricht da?«, wollte er wissen, mit kaum verhaltener Wut. »Kryszinski, sind Sie das?«

»Gundolf«, schnarrte ich, im gleichen harschen Tonfall wie vorher, wenn auch in ein anderes Telefon, »lass alles stehen und liegen und komm runter zu Maschinenraum 1, ich brauch dich hier.«

»Obba, obba, obba«, machte Gundolf mit vollem Mund.

»Bist du schon wieder am Fressen?«, herrschte ich ihn an.

»Obba«, es folgte das Geräusch mühsamen Schluckens, »aber ich bin ganz allein, Chef«, protestierte Gundolf schließlich.

»Das interessiert mich einen Furz«, gab ich zurück, ganz Antonov, ganz der Boss. »Maschinenraum 1, und zwar sofort. Deine Monitore laufen auch mal ein paar Minuten ohne dich!« Damit hängte ich ein. Wartete, zählte bis zehn und setzte mich dann in Bewegung. Gundolf und ich gaben uns praktisch die Klinke in die Hand. Er auf dem Weg nach unten, ich, Kopf gesenkt, Gesicht hinter der Mütze verborgen, in entgegengesetzter Richtung.

Sechs Betten, verteilt auf zwei Kabinen. Dazu ein Untersuchungs- und Behandlungsraum mit Liege, Zahnarzt- und gynäkologischem Stuhl, ein voll eingerichteter OP, dann Köthensiekers Besprechungszimmer, der Empfang, Damen- und Herrentoilette mit Duschen und Waschraum.

Es war beängstigend. Die überwachten Teile des Schiffes waren zu Einheiten zusammengefasst, und man brauchte sich nur anhand einer Zahlenliste einzuloggen und dann weiterzuklicken, und das Programm schaltete sich innerhalb der Sequenz ringförmig von Kamera zu Kamera.

Zurück zu den Betten. Sechs Stück, doch nur zwei davon belegt. Eins mit der Berlinerin, die auf dem Rücken lag und schnarchte, das andere, ein Raum weiter, mit dem Engländer breitbeinig an der Bettkante, damit eine Schwester ihm den Verband ums Gemächt wechseln konnte. Keine Spur von Elena, nirgendwo in der ganzen Krankenstation.

Ich sah auf die Uhr. Bis zum Maschinenraum war es für Gundolf in fünf Minuten zu schaffen. Dann einfach »plus fünf Minuten zurück« dazuzuaddieren wäre allerdings

Wahnsinn gewesen. Nein, wie viel Zeit mir zusätzlich zu den fünf Minuten Hinweg blieb, hing von dem schwer zu schätzenden Faktor ab, wie schlicht der Schlichte Gundolf wirklich war.

Aus einer Laune heraus zappte ich mich zu »B-Deck, Außen, Steuerbord«.

Und Köthensieker lehnte an der Reling, umwabert von Dunst, lauschte geduldig nickend dem langatmigen Lamento einer Geschiedenen mit Turmfrisur. Geduldig nickend und nur mit halbem Ohr, denn er ließ die ganze Zeit unsere Kabinentür nicht aus den Augen, bis sie von innen geöffnet wurde und Gorilla-San herauskam, mit gesenktem Kinn sachte den Kopf schüttelte, mit weißen Handschuhen seine Sonnenbrille zurechtrückte und sich dann unauffällig verzog.

Rasante Rekonvaleszenz für einen Blinddarmdurchbruch, wie ich fand. Und eine verblüffende Heimkehr an Bord. Umso verblüffender, als dass niemand etwas davon mitgekriegt hatte. Wozu, wenn ihm nichts fehlte, dann das ganze Theater mit Maschinenstopp und Ausschiffung per Schlauchboot auf den ... japanischen ... Trawler?

Ich folgte ihm Kamera für Kamera, bis er eine der Türen zum Personaltrakt aufzog und aus dem Bild stieg.

Dann zappte ich zurück, gerade noch rechtzeitig, um Bordarzt Köthensieker und Chefkoch Masimoto sich voneinander verabschieden und in zwei verschiedene Richtungen aufbrechen zu sehen, beide wachen, suchenden Blickes.

Wonach auch immer sie Ausschau hielten, es musste verdammt wichtig sein, um Masimoto von der Beaufsichtigung seiner vier mit Hochdruck arbeitenden Pantrys wegzulocken.

Und plötzlich begann ich mich nackt zu fühlen in meiner bescheuerten Koch-Montur.

Vom Printemps gab es nur die Bilder einer einzigen Kamera im direkten Eingangsbereich. Der Rest des Fresstempels hüllte sich in Diskretion.

Die Uhr tickte, und der Sitz unter mir wurde heiß. Hastig zappte und zappte ich, ohne recht zu wissen, wonach ich suchte – abgesehen von der zierlichen Gestalt der Supermarkt-Kassiererin mit den furchtsamen schwarzen Augen.

Die fünf Minuten waren schon längst um, doch ich fand und fand kein Ende, allem Risiko des Entdecktwerdens zum Trotz. Ich drückte mich von Kanal zu Kanal hoch, bis ich bei der Eins landete – der Mall. Alle Vitrinen, alle Topfpflanzen, alle Ruhebänke und selbst die Springbrunnen waren weggeräumt worden, um Platz zu schaffen für Reihe auf Reihe halbkreisförmig angeordneter und weiß eingedeckter Tische, allesamt ausgerichtet auf eine aus Fertigteilen montierte Bühne, an deren Dekoration und in deren Beleuchtungsgerüst noch vielleicht zwanzig Mann von der Overall-Fraktion herumwerkelten.

Ich wollte gerade dem Drängen meines Nervenkostüms nachgeben und mich endlich verziehen, als ich durch Zufall auf eine Kamera schaltete, die die Längsseite der Mall ins Visier nahm, mit den Glasfronten der Boutiquen und den verschiedenen Ein- und Ausgängen zu den Außendecks und Treppenhäusern. Was mich noch einen weiteren Moment auf dem heißen Sitz ausharren ließ, war der Anblick von Antonov, umgeben von seiner Truppe minus, wie es aussah, Gundolf, noch. Antonov schritt von Eingang zu Eingang, pappte an jede Tür ein Stück beschriftetes Klebeband, sprach jedes Mal kurz und knapp mit einem anderen aus dem Trupp, gab gestenreich Anweisungen, was Standort und Blickrichtung anging, und hastete dann, auf dem Fuß gefolgt von seinem muskulösen Hühnerhaufen, weiter. Als er ohne erkennbaren Grund abrupt stoppte, sein tragbares Funkgerät ans Ohr hob, lauschte und dann, nach kurzem, reihum fahndendem Blick, haargenau und mit sich wütend verengenden Augen in die Kamera stierte und damit, wie es scheinen wollte, mir voll ins Gesicht, ging mir auf, dass es allerhöchste Zeit für einen Standortwechsel war.

»Pierre Bocuse«, stellte ich mich vor, ganz Schmelz und Timbre, »Neffe von die berühmte Maître. Monsieur Masimoto 'at misch 'ier 'eraufbeordert, eine wenig auszü'elfen in die cuisine von die ›Printemps‹.« Und ich zog mir die Kochmütze keck über ein Auge und zwinkerte der Rezeptionistin des A-Decks mit dem anderen schelmisch zu.

Manchmal, wenn ich in eine Rolle schlüpfe, erkenne ich mich selbst nicht wieder.

»Man hat mich zwar nicht darüber informiert«, wandte sie mit ihrer Stelzvogel-Stimme ein, »aber das scheint mir angesichts der heutigen Aufgaben entschuldbar. Den Gang hinunter, dann rechts, und Sie laufen direkt darauf zu«, wies sie mich an.

»Aah, merci«, schleimte ich und musste mir praktisch auf die Zunge beißen, um nicht noch »chérie« hinterherzuschicken.

Manchmal möchte ich mich dann auch gar nicht kennen.

Obwohl es mich amüsiert. In eine fremde Rolle zu schlüpfen ähnelt bei mir oft einem Anfall von akuter Schizophrenie: Der eine Teil von mir kann sich kolossal danebenbenehmen, ohne dass der andere Teil sich nachher mit der Verantwortung und den peinlichen Erinnerungen rumplagen müsste.

Ich marschierte schnurstracks und mit gesenktem Kopf durch den Kamerabereich und verlangsamte dann den Schritt. Als ich unseren geschätzten Kapitän mit Ankje, der Honigblonden, an einem Tisch sitzen sah, war es mal wieder so weit, bei mir. Leise wie eine Katze pirschte ich mich an das Paar heran.

»… da wäre immer noch der frei gewordene Posten des Chefstewards zu besetzen«, murmelte Zouteboom vielsagend. Seine rosa Schweinebacken zitterten vor Sexgier, und seine Glupschaugen lutschten die Honigblonde geradezu ab, und als er dann nach kurzem Zuprosten ein Glas Rotwein zum Mund führte, gingen die Pferde mit mir durch.

»Ah, mon capitaine«, begrüßte ich ihn überschwänglich und gab ihm einen Klaps auf die Schulter, der ihm den Roten bis hoch an den Scheitel und von da aus abwärts bis auf die Hose schickte, »tout est bien?«

Zouteboom prustete und hustete und wusste nicht, wo anfangen mit Wischen.

»Oh, oh, quel malheur«, beeilte ich mich hinterherzuschicken und schlug ihm dröhnend aufs Kreuz, »quelle catastrophe!« Ich schnippte mit dem Finger, und zwei Kellner kamen mit feuchten Tüchern und pfundweise Salz herbeigeeilt, doch wehrte sich Zouteboom heftig dagegen, in aller Öffentlichkeit seinen Hosenschlitz abgerubbelt zu bekommen, und so nahmen sie ihn schließlich – Schädel leuchtend, wie wenn auf Capri die rote Sonne … etc. – mit in die Küche.

Die Babyblauen strahlten mich an, als ich Zoutebooms Platz einnahm und auch sein Glas wieder füllte. Ankje hatte mich, anders als der Käptn, sofort erkannt.

»Lebensmüde?«, fragte sie, und ich zog mir den Wein rein und nickte dann.

»Und außerdem suche ich Elena«, sagte ich und goss noch mal nach. Kalifornischer Zinfandel. Schmeckt nicht schlecht, ist aber sehr körperreich und macht deshalb, hab ich gehört, grausame Flecken. »Kannst du mir da helfen?«

»Warum fragst du nicht … Carla?«, meinte Ankje mit Bitternis und kalter Wut, und ich erinnerte mich, dass sie den weiblichen Croupier für die Wurzel allen Übels an Bord hielt. »Okay«, sagte ich, stand auf und verabschiedete mich mit einem Zwinkern und einem gehauchten Kuss, fiel augenblicklich zurück in meine Rolle.

Elena und Carla hatten beim Karaoke dicht zusammengesessen, und Carla hatte sich auf eine, wie mir hatte scheinen wollen, bezaubernde Art um die kleine Kassiererin bemüht. Das fand ich Vorwand genug, sie in die Suche nach Elena mit einzubeziehen. Gleichzeitig bot sich mir dadurch natürlich eine perfekte Gelegenheit, Jochen bei seinem Date auf die Zehen zu treten und, mal schauen, eventuell Carla in die Mangel zu nehmen, was das denn sollte, erst mich und dann Jochen einzuladen. Ja, dachte ich, während ich durch das gedämpfte Kerzenlicht von Tisch zu Tisch schlenderte, mich – ganz der wohlwollende Küchenmeister – mal hier, mal da nach dem Befinden erkundigend, ja, dachte ich, vielleicht wird es Zeit, dem selbstgefälligen Törtchen mal deutlich zu zeigen, dass Kryszinski sich nicht alles gefallen lässt.

»Nanu«, balzte der Stelzvogel, als ich um die Ecke gestürmt kam, mir die Kochmütze vom Schädel zerrte und sie in den nächsten Papierkorb stopfte, »schon fertig?«

»Ja«, blaffte ich sie mit meiner ganz normalen Stimme an, rupfte mir den blöden Schnäuzer ab und schmiss ihn ihr vor die Füße, »und zwar ein für alle Mal!«

Keine Fragen über Elena, kein Zehentreten bei Jochen, keine theatralische Szene. Und warum nicht? Sie wars nicht wert, diese verlogene Schlampe, darum.

Ich stieg in den nächsten Aufzug und gab dem Knopf

»3« eins mit dem Mittelfinger, dass er anschließend nicht wieder rausgeploppt kam.

Jochen hatte mit dem Rücken zu mir dagesessen, und Carla, ihm gegenüber in einer kleinen, ach so intimen Nische, hatte mich weder erkannt noch sonst wie registriert. Sie hatte nur Augen für Jochen gehabt. Ja, mehr als das. Man war wohl noch bei den Hors d'œuvres, denn just als ich mich den beiden näherte, senkte Carla die Suppentasse, aus der sie geschlürft hatte, schenkte Jochen einen enorm suggestiven Blick und leckte sich dabei langsam, sehr langsam einen Rest des cremigen Süppchens von der Oberlippe. Gleichzeitig fiel – Zufall – ihre seidene Bluse ein Stück weit auf, und ich konnte Jochen sich verkrampfen und die Beine übereinanderschlagen sehen.

Die exakt gleiche Show, die sie mit mir in ihrer Kabine abgezogen hatte, und ich rumste mit der Stirn gegen die Wand der Aufzugkabine, dass es durch den gesamten Schacht dröhnte.

Wozu? Ich meine, wozu gab Carla Bayonne sich solche Mühe mit erst dem einen, dann dem anderen, dem letzten verbliebenen Borddetektiv?

»Sag mir alles, was du weißt«, hatte sie zu mir gesagt …

Der Affe wusste, was auf ihn zukam. Er grinste frenetisch, wie um seine Umgebung doch noch umzustimmen, wie um allen um ihn herum zu zeigen, was für ein netter Affe er doch war, jung und gut gelaunt und voller Leben. Ein fröhlicher, harmloser, sympathischer Affe, den man einfach gernhaben musste und der es nicht verdiente, in eine Zwangsjacke gesteckt und auf einen Stuhl gefesselt, einem herzlos scherzenden und völlig ungerührt mit Stäbchen und Fingern Reis und Fisch in sich hineinstopfenden Publikum vorgeführt zu werden.

Der Affe wusste, was auf ihn zukam, auch wenn die scharfe Schneide erst nur einem Kreis von Kerzen Docht und Flamme raubte, zu mäßigem, größtenteils gegrunztem Applaus.

Der Affe wusste, was auf ihn zukam, und er bleckte die Zähne und drehte den Kopf hin und her und suchte die Gesichter der Esser um ihn herum ab nach einem Blick des Mitgefühls, nach jemandem, irgendwem, der eventuell noch einschreiten und dem grausamen Spiel ein Ende bereiten konnte.

Das ebenso rein männliche wie rein japanische Publikum lachte, und nicht wenige äfften den Affen nach, während das Samuraischwert Apfel und Orangen im Flug halbierte, jedes einzelne Mal exakt in der Mitte.

Der Affe wusste, dass es ernst wurde, als ihm dieser blödsinnige spitze Hut aufgesetzt wurde. Auch das Publikum stellte das Scherzen ein, und nicht wenige Münder blieben offen stehen, als sich erwartungsvolle Stille über den Raum senkte.

Wie um das Unausweichliche nicht länger hinauszuzögern, saß der Affe ganz still, als der Hut auf seinem Kopf abwechselnd im Linksschwung und im Rechtsschwung Stückchen für Stückchen, Pappring für konischen Pappring kürzer gemacht wurde. Alles, was der Affe nun tat, war, still zu sitzen und den Kopf einzuziehen, so weit es Jacke und Fesseln zuließen, und mit rollenden Augen der Klinge zu folgen, die, nachdem sie mit der Mütze bis zu einem kleinen Kranz, aus dem der Affenschädel ragte, fertig geworden war, nun zu einem Trommelwirbel wieder und wieder über seinen Kopf hinwegzischte. Bis auf einmal ein tiefes, animalisches Stöhnen durch das Publikum ging. Einen Augenblick lang sahen wir uns an, Affe und ich, beide noch ungläubig, nichts begreifend, dann begann

Blut aus der Schnittstelle zu quellen wie aus einer undichten Schlauchverbindung, und ein Zucken ging durch den Affenkörper. Der Kopf fiel herunter und mit einem weichen, organischen Aufprall zu Boden, und Kryszinski stolperte ins Bad, sank auf die Knie und kotzte sich das erste Mal seit Jahren die Seele aus dem Leib.

Durch die offene Badezimmertür sah ich das schwarze, blutrot gefütterte Cape an der Wand hängen, von dem ich nun wusste, dass es eine eingearbeitete Scheide für ein anderthalb Meter langes Samurai-Schwert enthielt, und kotzte noch mal.

»Carla, Sapporo, Nov. 2000«, stand in ordentlichen Druckbuchstaben auf dem Rücken der Videokassette.

»... war früher beim Zirkus«, hatte Fjodr über sie gewusst. Zirkus, mein Arsch.

Ich hatte mehr über Carla erfahren wollen und einiges riskiert dafür, und nun, da es mir gelungen war, fühlte ich keine Befriedigung, sondern nur Übelkeit und Horror.

Ich drückte die Spülung, wischte mir den Mund ab, schaltete den Fernseher und das Licht aus und wankte aus Carlas Kabine.

»Kryszinski, wo zum Teufel steckst du?«

»Antonov, ich brauch deine Hilfe.«

»Kriegst du, kriegst du. Sag mir erst, wo du steckst.«

»Antonov, ich weiß jetzt, wer Wassilij und Fjodr geköpft hat. Es war Carla. Carla Bayonne.« Ich sprach es aus und konnte dann fühlen, wie sich am anderen Ende jemand an den Kopf fasste.

»Carla Bayonne«, sagte Antonov trocken. »Jesus. Warum nicht gleich Reverend McNish?«

»Sie steckt mit Köthensieker, Honnaido, Masimoto und den anderen Japanern unter einer Decke. Es geht hier um

Kreditkartenbetrug in riesigem Ausmaß. Und sie sind hinter mir her, Antonov. Du musst mir helfen.«

»Okay«, kam es aus dem Hörer. »Lass mich rekapitulieren: der Croupier, der Bordarzt, der Votix-Techniker, der Küchenchef – hab ich jemanden vergessen? Nein? – Ah, und unsere japanischen Fahrgäste wollen dir gemeinsam ans Leder. Nun, klarer Fall, da muss ich selbstverständlich ein paar Mann zu deinem Schutz abstellen.«

An dem Punkt hätte ich genauso gut einhängen können. Es entbehrt eines gewissen Charmes, jemanden um Hilfe zu bitten und dann behandelt zu werden, als wäre man geistig zurückgeblieben.

»Das Problem ist, Kristof, ich kann zurzeit niemanden entbehren. Wir bereiten gerade eine große Übung vor. Panikkontrolle, wenn du verstehst, was ich meine. Es geht darum, eine große Menschenmenge in einer simulierten Notsituation unter Kontrolle zu behalten und vor Überreaktionen aus den eigenen Reihen zu schützen. Heikel, Kristof. Da brauch ich jeden Mann für. Ja, wenn ich nur eine Sekunde drüber nachdenke, habe ich eigentlich zu wenig Leute. Warum sagst du mir nicht, wo du dich versteckst, und ich komme rüber und hole dich ab, und wenn du willst, nehmen wir dich wieder auf in der Truppe?«

»Tolle Idee«, antwortete ich. Und dann hängte ich ein.

Richard E. Scott mochte sich die Extrakosten des A-Decks verkniffen haben, doch ansonsten hatte er nicht geknausert. Zusammen mit Töchterchen Heather bewohnte er eine Drei-Raum-Suite, Außenkabine, versteht sich.

Dicke, graue Suppe umwaberte das Schiff, und das Nebelhorn der *Equinox* dröhnte, als ich im Laufschritt und mit klappernden Zähnen das vor Nässe glitschige Teakholzdeck entlanghetzte. Nichts ist auf einem Überwachungsmonitor deutlicher auszumachen als Weiß, also hatte ich mich neben der Mütze auch von Schürze und Jacke verabschiedet und fror jetzt entsprechend in meinem schwarzen AC/DC-T-Shirt und den nach wie vor karierten Hosen. Ich klopfte einmal und ließ mich sofort ein.

»Jemand zu Hause?«, rief ich und schwang mich unverzüglich auf den Bürostuhl hinter dem Schreibtisch, schaltete den PC ein. »Anybody at home?« Keine Antwort. Auch egal. Irgendwie war im Laufe der letzten halben Stunde der Scheck über fünf Prozent zu meiner geringsten Sorge geworden.

Der Monitor wurde blau, dann schwarz mit heller, vollkommen nichtssagender und überflüssiger Beschriftung, dann wieder blau, dann kam das Windows-Symbol, dann wurde irgendetwas geladen, etwas gecheckt, dann erschien die gottverdammte Sanduhr und schließlich das Fenster, in das man das Passwort eintragen sollte.

Wassilijs kleiner Papierstreifen lag schon lange, lange vor mir. Seine Hieroglyphen begannen mit »Equ«. Hastig vervollständigte ich das zu »Equinox«, dem logischen Passwort aller Rechner hier an Bord, und drückte ›Enter‹, und der Monitor informierte mich, dass ich damit in die Scheiße gelangt hatte. Das fing ja gut an. Dann ging mir auf, dass in der Passwortzeile nur fünf Sternchen zu ersetzen gewesen waren, gab ›Equin‹ ein und durfte ein weiteres Weilchen die Sanduhr betrachten, während irgendwas gecheckt oder geladen oder sonst was wurde.

Und so ging das Schritt für Schritt weiter.

Ich hatte mir die Fingernägel bis runter auf die weißen Halbmonde genagt, als plötzlich die Kabinentür aufflog. Ich zuckte zusammen, doch es war Heather. Sie schien überrascht, mich zu sehen, doch dann auch wieder nicht sehr.

»Where's Dad?«, wollte sie wissen und ging, als ich die Achseln zuckte, weiter in die hinten gelegenen Gemächer.

Ich gab die letzten, die allerletzten Buchstaben der langen Liste ein und hackte mit meinem Finger auf ›Enter‹, und das Ginza-Titanium-Symbol erschien zum lieblichen Klang der Harfe und verging wieder, um einer Menü-Auswahl Platz zu machen. Ich fragte mich, ob das wirklich das ganze Theater wert gewesen war, tippte, weil die Auswahl als solche langweilig war, »Customer File«, eine Liste erschien, und in den hinteren Gemächern kreischte eine weibliche Stimme auf, dass es einem durch Mark und Bein ging.

»Dann eben ein Notebook«, sagte ich und hielt still, während Ratso mir mit dem Daumen Altöl um die Augen schmierte. »Irgendwas, womit ich mich ins Bordsystem loggen kann.«

Richard E. Scott war lächelnd gestorben, doch machte ihn das nicht weniger tot. Und obwohl er so hin war wie nur je eine von mir gesichtete Leiche, bestand Tochter Heather natürlich auf Reanimation mit diesen so wunderbar telegenen Elektropaddeln und der ganzen übrigen Show, was bei der gegebenen Sachlage meiner PC-Recherche natürlich ein jähes Ende setzte.

»Oh, oh«, machte Ratso automatisch und reichte mir eine gebrauchte Baseballkappe, »das wird schwierig.«

Ich ignorierte den Einwand. Das Innenfutter der Kappe sah aus, als ob es jemand mit einer Speckschwarte abgerieben hätte. Zweimal täglich, und das die letzten fünf Jahre lang. Ratso beendete mein Altöl-Make-up, nahm mir die Kappe aus zögernden Fingern und setzte sie mir auf, falsch rum. Er nickte zufrieden. »Was wolltest du denn anlegen?«, fragte er interessehalber und reichte mir einen Mechaniker-

Overall, über dessen korrekte Bezeichnung wir uns gerade schon gestritten hatten.

»Gar nix«, antwortete ich. Ich hatte »siffig« vorgeschlagen, doch Ratso hatte auf »authentisch« beharrt.

»Gar nix ist ein bisschen wenig«, fand Ratso und half mir in den verölten Lumpen. »Kristof, ich will ehrlich mit dir sein. Meine Wettkunden könnten biestig mit mir werden, wenn sie erfahren, dass ich dir helfe. Und nicht nur die. Gerüchte besagen, es ist so was wie ein Kopfgeld auf dich ausgesetzt worden. Das ist so ein Fakt, der die Frage aufwirft, ob ich es mir überhaupt leisten kann, weitere Wetten gegen dich anzunehmen. Obwohl bei deiner momentanen Quote eh kaum noch jemand einsteigt. Und dazu kommt, dass mich alle meine bisherigen Erfahrungen gelehrt haben, mich beizeiten auf die Seite der Gewinner zu schlagen. Ich denke, du nimmst mir das nicht krumm?«

»Ein stinknormales Notebook«, sagte ich. »Hauptsache, das Ding funktioniert.«

»Du verstehst nicht«, begann Ratso, doch ich schnitt ihm das Wort ab.

»Nein«, korrigierte ich ihn, »*du* verstehst nicht.«

Im ersten Augenblick hatte ich selbstverständlich gedacht, der Texaner wäre ermordet worden. Schließlich hatte er ja von allen Ginza-Geschädigten den größten Radau geschlagen und noch mehr von der Sorte angekündigt. Doch schon die erste hastige Befragung Heathers hatte eine etwas andere Lage der Dinge ans Licht gebracht. Heather hatte, ganz treu sorgende Tochter, ihrem Daddy ein paar Pröbchen vom Kochkurs mitgebracht. Den einen oder anderen Keks, etwas Wackelpudding, und auch ein Portiönchen Chili mit sehr viel von »die fromage« hatte sie ihm voller Stolz aufgewärmt. Richard hatte »euphorisch«

reagiert. Und sich anschließend »ein Stündchen Ruhe« erbeten.

Ich konnte mir nicht vorstellen, dass das Resultat dieses Stündchens Ruhe noch nicht bis hier unten vorgedrungen sein sollte.

Richard E. Scott war nackt gestorben, in seinem Bett, mit einem Lächeln auf den Lippen und zwei großen blauen Flecken etwas unterhalb und links und rechts seiner Rippen.

»Kristof, wir sind hier auf See. Da herrschen andere Regeln. Da gibt es kein Ausweichen, kein Weglaufen. Und du bist dabei, so was wie ein Meuterer zu werden. Wer dich unterstützt, macht sich mitschuldig. Nimm den Overall, nimm die Mütze, da kann ich nachher immer noch behaupten, du hättest die Sachen irgendwo gefunden. Geb ich dir aber ein Notebook, und du baust da Scheiße mit, und so, wie du mich jetzt ansiehst, muss ich davon ausgehen, dass du damit Scheiße baust und …«

»Suite 115«, unterbrach ich ihn. »B-Deck. Läutet da ein Glöckchen?«

Ich zippte den Reißverschluss zu, etwas schlug gegen mein Bein, und ich zog einen grundsoliden, zangenförmigen, verstellbaren Schraubenschlüssel ans Licht. Dann betrachtete ich mich im Spiegel von Ratsos Kabine, gar nicht einfach zwischen all den bis unter die Decke reichenden Stapeln von Kartons. Mal abgesehen von der Tatsache, dass ich zweimal hineingepasst hätte in diesen öligen Sack von Overall, sah ich aus, als wäre ich mit dem Schraubenschlüssel in der Hand zur Welt gekommen. Authentisch, in Ratsos Worten.

Ich drehte mich etwas zur Seite, bis ich sein Mienenspiel im Spiegel betrachten konnte. Er blickte verdrießlich.

»Detektiv, wa?« Und er bückte sich unter seine Koje, zog

einen silbergrauen Laptop hervor, klappte ihn auf und begann, mir die Funktionsweise zu erklären.

»Weißer Kittel und dann diese Schenkel«, hatte er mir seinerzeit Gazella angepriesen. »Wenn die dich in die Beinschere nimmt, vergisst du alles.«

»Ich möchte, dass eins klar ist«, sagte er jetzt und drückte mir den zusammengeklappten Rechner samt Zubehör in die Hand, »damit sind wir beide quitt. Was mich angeht, bist du von jetzt an allein.«

Er hatte recht, Ratso. Ich war allein. Der Internet-Browser wählte sich wund, doch es war kein Kontakt nach draußen mehr herzustellen. Genauso wenig per Telefon. Jetzt, wo ich drüber nachdachte, fiel mir auf, dass mir schon seit Stunden niemand mehr mit einem Handy am Ohr begegnet war, abgesehen von den klobigen Dingern der Schiffsleitung und Security, die über ein internes, bordeigenes Funknetz operierten.

Die *Equinox* war also endgültig vorgestoßen in das »Nordische Loch«, die Außenwelt so unerreichbar wie der Mond. Ein Gefühl griff nach mir, wie man es aus bösen Träumen kennt, wenn man schreien möchte, aber nicht kann.

Nur Jansen könnte noch über Funk Kontakt herstellen, dachte ich hektisch. Doch der würde die Küstenwache wohl kaum ohne triftigen Grund alarmieren, dämpfte ich mich selber. Und sicher nicht ohne Zoutebooms Zustimmung. Der wiederum würde sich mit Antonov kurzschließen, und wie Antonov zu dieser Ginza-Geschichte stand, war mehr als fraglich, sein Desinteresse rundheraus verdächtig.

Wie bist du bloß in diese Scheiße hier hineingeraten?, fragte ich mich und wollte mir ein bisschen leidtun. Gleichzeitig war mir unbehaglich, fühlte sich Wassilijs Kabine an wie eine Sackgasse, eine Falle, deshalb verschob ich Albdrücke und Selbstmitleid auf später und hielt mich an das, was zu tun war.

Wieder tippte ich mich durch den Wust von Passwörtern und Eingabefeldern, wieder betrachtete ich mit rasender Ungeduld und tödlicher Mattigkeit die Sanduhr, während sich am unteren Bildrand ein leeres kleines Kästchen nach dem anderen zu einem Streifen kleiner blauer Quadrate vervollständigte, wieder schaffte ich es bis ins Allerheiligste von »Ginza-Titanium«, wieder rief ich die Kundenkartei auf, wieder wurde ich unterbrochen.

Ein jähes Knirschen, ein Krachen, und die Tür flog auf und Gorilla-San wälzte sich in den Raum wie ein Tsunami in ein Fischerdorf.

Woher, fragte ich mich, während ich mich mitsamt Stuhl nach hinten stieß und Gorilla-Sans enthusiastischer Hieb mit dem Brecheisen fürs Erste nur etwas oben auf dem Schreibtisch zermalmte und nicht etwa etwas ungleich schwerer zu Ersetzendes oben auf meinen Schultern, woher weiß der Kerl, dass ich hier bin?

Ich stieß den Stuhl nach hinten um und rollte mich ab, wie man es nur in solchen Augenblicken hinbekommt, und begriff plötzlich, in heilloser Panik bei gleichzeitiger unerklärlicher Klarheit, dass das Öffnen des Ginza-Ordners gescannt und von Votix zum Ursprungsrechner zurückverfolgt wurde. Das war es, was Wassilij und auch Fjodr den Kopf gekostet hatte, dachte ich, rollte mich auch unter dem nächsten Hieb weg und sprang auf die Beine und aus der Kabine und riss die Tür zu und …

Die Tür flog wieder auf, und ich wollte am liebsten »Moment!« schreien, war ich doch noch nicht mal halb durch mit meiner Lektüre. Scheiße, Sicherungsstift abziehen, Schlauch aus der Halterung nehmen und …

Ein *Klänggg* schepperte den engen Gang entlang, als Gorilla-San sein Brecheisen im Aufwärtsschwung an einer Rohrleitung anschlug, und dann hatte ich den Schlauch gepackt und den Griff gedrückt, und der riesige Japaner musste die Arme vors Gesicht nehmen, taumelte zurück in die Kabine und knallte die Tür zu, und kaum dass es losgelegt hatte, gab das Mistding von Feuerlöscher in meiner Hand nur noch ein Röcheln von sich und dann gar nichts mehr.

Es können nur Sekunden gewesen sein, bis die Kabinentür wieder aufgerissen wurde und Gorilla-San heraustrat, in der einen Hand sein Eisen, mit der anderen, weiß behandschuht wie die erste, Löschschaum von seinem schwarzen Anzug bürstend. Mit ausdrucksloser Miene sah er den Gang rauf, den Gang runter. Senkte den Blick hinab auf den Schaumteppich. Suchte nach Fußspuren. Fand welche. Sie wiesen nach achtern.

Geh! Nun geh schon!, forderte ich ihn auf, ja flehte ich ihn an, doch er zögerte instinktiv, ganz der Jäger, und dann presste mir der Umstand, dass es sich bei dem rechten der beiden Rohre, in die ich mich mit je einer Hand und einem Fuß verkeilt hatte, um eine Heißwasserleitung handelte – und wenn sie auf einem Luxus-Kreuzfahrtschiff »HEISS« auf einen Hahn schreiben, dann meinen sie das auch –, presste mir eben dieser Umstand also das allerwinzigste *»Gniii-hiii-hiii«* zwischen zusammengebissenen Zähnen hervor, und Gorilla-San sah auf, und ich konnte nicht anders, also ließ ich los und fiel direkt auf ihn herunter.

Wenn das so weitergeht, dachte ich zitternd, stemmte mich hoch, weg von dem gerade noch so harten, so muskelbepackten, so willensgeladenen und jetzt plötzlich so schlaffen Körper, weg von den Augen, die nur noch eine Richtung kannten, lehnte mich an die Wand und wischte mir die Hände wieder und wieder an dem dreckigen Overall ab.

Ausgerutscht war er, als ich mich auf ihn stür…, okay, als ich wie Fallobst auf ihn herabgesegelt kam, machen wir uns nichts vor – ausgerutscht also auf dem ganzen Schaum, und dann hatte es ihn rückwärts umgerissen, und er wäre glatt und lang hingeschlagen, wenn er nicht noch im Fallen, gewaltsam beschleunigt durch den Anprall meines Gewichts, mit dem Genick auf dem nutzlos in der Gegend herumstehenden Feuerlöscher aufgeschlagen wäre.

Wenn das so weitergeht, dachte ich zitternd, packte die bleischwere Leiche an den Füßen und zerrte sie durch die Tür, wenn das so weitergeht, dachte ich, suchte und fand einen Wischmopp und schob und zog den mit Blut durchtränkten Löschschaum vom Gang weg und in die Kabine, wenn das so weitergeht, dachte ich, holte auch noch das Brecheisen und den Feuerlöscher rein und drückte die Tür in ihr zersplittertes Schloss, wenn das so weitergeht, dachte ich und ließ mich aufs Bett nieder, wenn das, wenn das so, wenn das so weiter… Und schwer atmend umklammerte ich meine schlotternden Knie mit den Armen und zwang mich Schritt für Schritt zur Ruhe.

Wenn das so weitergeht, dachte ich schließlich, dann wirds bald eng in den zwölf Kühlkammern.

Die Brechstange hatte eine Kerbe in Wassilijs Monitor gehauen wie Tante Mias Handkante in ihr Paradekissen, die zerborstenen Innereien bestäubten den ganzen Schreibtisch, doch als ich den bei meinem Salto vom Stuhl zugeklappten Laptop hochnahm, war der weiterhin mit dem Programm verbunden, zu dessen Schutz seinen Betreibern nichts zu riskant, nichts zu blutig war. Mit dem Ding loszuziehen und es von anderer Stelle erneut zu versuchen würde unweigerlich einen weiteren Alarm auslösen. Hierzubleiben und weiterzumachen kostete mich mehr Überwindung als ein Kopfsprung vom Zehner in ein leer gepumptes Becken, doch ich sah keine Alternative. Noch mal den zähen Aufbau des Programms würde ich nicht durchhalten. Es hieß: jetzt oder nie. Ich gab mir fünf Minuten.

Die Kunden waren nicht alphabetisch, sondern nach Zahlen aufgelistet. Ginza-Titanium-Kreditkarten wiesen die üblichen sechzehn Stellen in vier mal vier Blöcken auf. Die ersten zwölf Zahlen waren bei allen Kunden identisch. Vollkommen. Erst die letzten vier variierten, fingen bei 0001 an und setzten sich ununterbrochen fort bis 0565. Klickte man die an, erschien eine Seite mit den Kontenbewegungen. Ich versuchte es bei einem halben, dann einem ganzen Dutzend. Keiner dieser Kunden hatte jemals irgendwo anders Einkäufe getätigt als in einem der Geschäfte hier an Bord. Die letzte heftige Bewegung des Kontos kam in allen Fällen von der Kasse des Duty-free. Mit anderen Worten: Der allem Anschein nach gesamte Kundenbestand der Ginza-Titanium-Kreditkartengesellschaft reiste zur Zeit mit der *Equinox*. Unterwegs in die Weite und die Leere des Nordens und seine Stille. Seine Funkstille. Aus jeder Stunde, die wir weiter Richtung Norden vorstießen, wurden zwei, die es dauern würde, wieder in Kontakt zu treten mit der Außenwelt. In der der Fluss des Lebens indes weiter seinen Lauf nahm. Der Fluss des Lebens und der der Finanzen.

Hastig klickte ich Kunden für Kunden an. Die wenigsten hatten dem fünfzigprozentigen Rabattangebot widerstehen können. Gekostet hatte es sie – grob übern Daumen – im

Durchschnitt dreihunderttausend Dollar. Malgenommen mit gut und gerne fünfhundert ergab das …

Der schiere Gedanke an die Größe dieser Zahl ließ mir mein Leben verwirkt erscheinen.

Acht

Amok. Ich ging vor wie ein Amokläufer, der sich bewusst ist, was ihn am Ende erwartet, der aber trotzdem mechanisch weitermacht, und sei es nur, um sein Schicksal noch endgültiger zu besiegeln. Wenn es das gibt, eine Steigerungsform von »endgültig«.

Ich kanns nicht erklären, aber wenn ein Riese von einem Kerl gerade eben noch versucht hat, dir den Schädel zu spalten, dich wortwörtlich totzuschlagen, dann legt sich das Grausen nicht einfach, nur weil er plötzlich hin ist. Es kostete mich Mühe, nicht zu schlottern, während ich seine Taschen durchging. Ganz so, als könnten diese Schwergewichtler-Arme unvermittelt zu neuem Leben erwachen, diese Pranken in weißen Handschuhen jählings nach meiner Gurgel grapschen. Und das, obwohl der Knauf des Feuerlöschers ein faustgroßes Loch in Gorilla-Sans Hinterkopf gestanzt hatte.

Wenn ich jemals tiefe Dankbarkeit einem schlichten Gegenstand gegenüber empfand, dann diesem Feuerlöscher. Ohne seine Hilfe hätte ich meinen Sturz von der Gangdecke keine fünfzig Sekunden überlebt. Der japanische Gangster war nicht nur ungefähr doppelt so schwer und doppelt so kräftig wie ich, er trug auch die volle Ausstattung mit sich herum. Ich ließ den großkalibrigen Revolver in seinem Schulterholster. Den Schlagring in der Jackentasche. Den SS-Dolch in der Schnalle unter der linken Manschette. Die zierliche Pistole in ihrem Fußknöchelhalter. Nachdem ich den Leichnam unter Stöhnen und Fluchen auf die Seite gedreht hatte, fand ich noch, handlich in der rechten Arschtasche, eine mit Blei- oder Wälzlagerkugeln gefüllte schweinslederne Socke, den Klassiker unter den Totschlägern. Und, ganz zum Schluss, zwischen seinen Schulterblättern, einen langen, schlanken Eispickel in einem speziell dafür genähten, an einer Kordel um den Hals getragenen Futteral. Ich riss den blutgetränkten Kragen ein Stück weit herunter. Wie so viele Yakuza war auch Gorilla-San großflächig tätowiert, doch das Genick und das V zwischen den Schulterblättern waren frei gelassen worden. Nur genau in der Mitte fand sich ein winziges, vielleicht briefmarkengroßes eingestochenes Symbol. Ein schwarzes Dreieck, vor dem sich eine rote Kobra aufrichtete. Im Nacken der Kobra steckte ein Dolch, ziemlich genau an der Stelle, an der Gorilla-San das Tattoo trug. Und den Eispickel.

Er grunzte nur. Ich stand einen Moment lang schweigend hinter ihm, Totschläger in hoch erhobener Hand für einen weiteren Hieb, doch dann sackte der Schlichte Gundolf ohne jeden Kommentar nach vorn, und ich schubste ihn aus seinem Sessel und nahm selber darin Platz. Reingepirscht und angeschlichen und zugeschlagen. Ich war nicht besonders stolz drauf, aber doch froh, es hingekriegt zu haben, vor allem unerkannt.

Die Mall begann sich zu füllen, die Gäste in Abendgarderobe, das Personal in feierlichem Weiß, nur der Pianist auf der Bühne trug Schwarz mit Frackschößen. Von der Security war kein Aas zu sehen. Interessehalber schaltete ich aufs Außendeck der gleichen Etage, bekam große Augen und zappte mich durch die komplette Kamerafolge.

An jedem einzelnen Zugang zur Mall stand einer von

Antonovs Truppe. Ein schwarzes Barett auf der Frisur, eine kugelsichere Weste umgeschnallt und, gehalten von einem Schulterriemen, eine Maschinenpistole in Händen. Die Gäste nickten ihnen freundlich zu, auf ihrem Weg hinein, zum Dinner, zum Ball, zum Showprogramm. Sie schienen überzeugt, dass die martialische Aufmachung ihrem Schutz dienen sollte. Mein Gefühl sagte mir, dass sie damit einem fatalen Irrtum unterlagen.

Gundolf grunzte, doch er rührte sich nicht, und ich zappte mich zur Nippon-Bar und von da aus die Zahlenfolge runter und wieder hoch durch alle Schaltkreise.

Ich entdeckte nicht einen Japaner. Was ich allerdings entdeckte, waren Koffer. Oben, vor den japanischen Suiten des A-Decks. Hartschalenkoffer, die ja niemals ihre Form verändern, egal ob voll oder leer, und trotzdem, wie sie da so standen, ordentlich nebeneinander, machten sie einen vollgepackten Eindruck. Gepackt und fertig zur Abreise.

Im Rausgehen klemmte ich Gorilla-Sans linken Handschuh ins Türschloss und zerrte so lange daran herum, bis der kleine Finger ab war. Dann eilte ich zurück zu Wassilijs Kabine. Die Spinnwebe hing noch da, wo ich sie platziert hatte, das hieß, bis jetzt war noch niemand durch diese Tür gegangen, der Tote war noch unentdeckt. Mit zwei Schritten war ich drin, legte Gundolfs Funkgerät auf den Boden und wälzte die Leiche drauf.

Plump? Ich? Mag sein. Doch Finesse, egal auf welchem Gebiet, braucht ihre Zeit. Und wenn Antonov sich nicht freiwillig auf meine Seite schlug, musste ich halt versuchen, ihn zu zwingen. Kaum etwas eint so nachdrücklich wie ein gemeinsamer Feind.

HOOOOOONK dröhnte das Nebelhorn der *Equinox*. *HOOOAAAN* antwortete es leise, von irgendwo weit, weit weg, und *HUUUT*, *HUUUT* schallte es irgendwo hinter uns. Mich fröstelte, dass ich die Camel kaum halten konnte, doch ich brauchte diese Pause, ich brauchte sie unbedingt. Ich überquerte das weite, von einem großen Kreis mit einem gemalten »H« in der Mitte gezierte Achterdeck bis hin zur Heckreling. Der Nebel war so dicht, dass ich mir sicher sein konnte, mich außerhalb des Sichtbereichs gleich welcher Kamera zu befinden.

Umso größer meine Überraschung und umso fester der Griff hinein in meinen Overall, als sich mir eine Gestalt näherte, schemenhaft zuerst, wie das so ist, bei aufliegender Wolkendecke.

Es war, wie sich rasch herausstellte, Ratso. Das warf zwei Fragen auf. Die erste, wie er mich hier gefunden hatte, und die zweite, ob ich ihm vertrauen, ob ich mich in seiner Gegenwart entspannen konnte.

»Woher wusstest du, dass ich hier bin?«, fragte ich.

»Wusste ich das?«, fragte er zurück, und ich relaxte unwillkürlich. Vielleicht ist es seelisch bedingt, aber man kann unmöglich allen Menschen um einen herum permanent mit Argwohn begegnen. Es gibt da ein ebenso mächtiges wie idiotisches Bedürfnis nach Nähe, nach Freundschaft, nach Sicherheit und Geborgenheit.

»Zigarette?«, verlieh ich diesem Bedürfnis Ausdruck, wie nur wir Männer es können.

Ratso nahm eine, steckte sie an, und wir stützten uns gemeinsam auf die Reling und sahen hinaus ins wabernde Nichts. »Eins ist sicher«, sagte er nach einer Weile. »Heute Nacht setze ich nicht einen Fuß auch nur irgendwo in die Nähe der Mall.«

»Was meinst du, was da anliegt?« Ich hatte so meine eigenen Vorstellungen, doch ist es immer von Interesse, mal eine zusätzliche Meinung zu hören.

»Sieht mir aus wie 'ne Kollekte«, meinte Ratso und blies blauen in den grauen Dunst. »Schmuck, Bargeld, Schließfachschlüssel. Anschließend, denke ich mal, wird noch der Bordtresor dran glauben müssen, die Geldautomaten. Alles very much Old School.«

»Und dann?«, fragte ich, und Ratso drehte sich um, lehnte sich mit dem Kreuz an die Reling und ich tat es ihm gleich und wir betrachteten eine Weile das große, auf das Deck gemalte »H«.

»Der Wetterbericht verspricht Aufklaren gegen Morgen«, wusste er.

HOOOOOONK machte unser Schiff, *HOOOAAAN* antwortete es aus der Feme, irgendwo vorne, *HUUUT, HUUUT* aus der Nähe, irgendwo hinten.

Money, money, money, säuselte es, *always funny, in the rich man's world.*

Eine der Absonderheiten des Nebels ist, dass der Schall weiter trägt als das Licht. Manchmal unnötig weit.

If l had a little money, it's a rich man's world. Welthit auf Welthit, gemolken aus dem Sprachführer »English For Beginners« und einer Reimfibel für britische Kinder im Vorschulalter. Unglaublich.

Ich schüttelte mich und wandte mich wieder an Ratso.

»Ein schwarzes Dreieck, davor eine rote Kobra mit einem Dolch im Genick«, sagte ich langsam und nahm einen Zug von meiner Camel. »Sagt dir das was?«

»Red Snake Clan«, kam die Antwort im gleichen bedächtigen Tonfall. »Hatten das Sagen in Sapporo.«

»Hatten?«

»Dann trat letztes Jahr ein neues Gesetz gegen Bandenkriminalität und Korruption in Kraft, gleichzeitig bekam Sapporo einen neuen Polizeipräfekten, der überlebte ein Attentat, und dem Red Snake Clan blieb anschließend keine andere Wahl, als sich Hals über Kopf abzusetzen. Wie man hört, versuchen sie jetzt im Ausland Fuß zu fassen.«

»Sachalin?«

»Möglich.«

»Du weißt, dass wir diesen Clan an Bord haben?«

»Kristof, soweit es mich betrifft, haben Gangster das gleiche Recht auf Urlaub und Erholung wie alle anderen Menschen auch.« Und Ratsos Gesicht spiegelte eine Toleranz und Offenheit, die Hauptkommissar Menden in den Veitstanz getrieben hätte.

Gemeinsam drehten wir uns wieder um, schnippten unsere Zigaretten weg und verfolgten den Bogenflug der kleinen glühenden Punkte, bis unsere Blicke von ganz allein auf das Landungsdeck fielen, das knapp über der Wasseroberfläche an das Heck der *Equinox* gebaut war wie eine Terrasse. Obendrauf festgeschnallt lagen die beiden hochseetüchtigen Schlauchboote.

»Was würdest du tun«, fragte ich nach einer Weile, zögernd, weil man auf manche Fragen eigentlich gar keine Antwort kriegen will, »wenn du an Bord eines Schiffes New-School-mäßig 150 Millionen Dollar abgestaubt hättest und nun etwas Zeit benötigst, um das Geld zu waschen?«

Ratso drehte mir sehr nachdenklich den Kopf zu. Wir sahen uns an und versuchten jeder für sich die Tatsache zu verarbeiten, dass wir uns offensichtlich auf ein und demselben Kahn befanden mit gleich zwei Gangsterbanden, die, jede auf ihre Art, dabei waren, den Passagieren das Fell über die Ohren zu ziehen.

»Ich würd mich mal in der Bilge umsehen«, antwortete er, was, im Hinblick auf die gestellte Frage zumindest, keinen rechten Sinn machte.

Es waren die trötenden Geräusche im Nebel, die mich beschäftigten. Ratso ging den Einstieg in die Bilge suchen, ich den Geräuschen nach.

»Ich bins«, sagte ich zu Jansen, »Kryszinski, der Detektiv.« Der Detektiv. Ganz so, als gäbs nur den einen. Mich.

Jansen wirkte bestürzt.

»Sieh dir das an«, forderte er und verwies mich auf eine Stelle der Schaltzentrale, wo es nichts anzusehen gab. Nicht mehr.

»Die Funkgeräte«, gab er dem, was nicht länger sichtbar war, einen Namen.

»Sie sind weg«, bestätigte er den vorherrschenden Eindruck. »Alle beide. Ich war nur kurz zum Klo«, schilderte er, merklich um Fassung ringend, »komme zurück, und sie sind weg.«

»Und?«, fragte ich. »Was heißt das?«

»Das heißt, ich kann nicht mehr funken«, schrie Jansen, ein Mann ohne jedes Verständnis für blöde Fragen.

Ich nickte, als ob er sich über einen gerissenen Schnürsenkel beklagt hätte. Das Verschwinden der Funkanlage überraschte mich nicht sonderlich. Zerstören konnte man die Geräte nicht, wollte man damit noch Kontakt zu einem wartenden Hubschrauber aufnehmen, hierlassen konnte man sie aber auch nicht, wollte man verhindern, dass jemand die Küstenwache über einen groß angelegten Akt der Piraterie informierte.

Blieb nur mitnehmen und verstecken. Ich trat an einen der Monitore. Die Draufsicht zeigte, dass wir ziemlich weit draußen auf See unterwegs waren, dass wir in Kürze ziemlich dicht an einem kleinen leuchtenden Punkt vorbeidampfen würden und dass wir in knappem Abstand verfolgt wurden. Von einem im Vergleich zur *Equinox* winzigen Schiff.

»Was ist das?«, fragte ich Jansen und deutete auf den hellen Punkt vor uns.

»Die *Arctic Explorer*«, antwortete er. »Modernste, nördlichste und teuerste Bohrinsel der Welt.«

»Bemannt?«

»Nein, natürlich nicht«, ereiferte sich der Funkingenieur. »Die haben das Ding nur wegen des hübschen Anblicks ins Eismeer gesetzt! Für zehn Milliarden Dollar!«

»Und wer folgt uns da?«, wechselte ich das Thema. Er brauchte nicht mal hinzusehen.

»Die *Noatsu Maru*«, antwortete er säuerlich. »Der Trawler, auf den wir nach dem abgebrochenen Landgang in Tromsø anderthalb Stunden warten mussten und für den wir seitdem die Geschwindigkeit auf fünfzehn Knoten gedrosselt haben. Er käme sonst nicht mit.«

»Wieso, wie schnell könnten wir denn?«

»Zweiundzwanzig, locker.«

»Kann man den Speed von hier aus hochfahren?«

Jansen nickte, mit mühsamer Geduld. »Dies ist die *Schaltzentrale*, Kristof, von hier aus kann man alles.«

»Dann gib Gas«, forderte ich.

Jansen schüttelte den Kopf. »Darf ich nicht«, sagte er.

»Scheißegal. Du musst. Mein Gefühl sagt mir, dass unsere japanischen Freunde drauf und dran sind umzusteigen, und mein Gefühl sagt mir auch, dass wir sie daran hindern müssen, oder wir, wie soll ich sagen, ziehen uns selbst den Stöpsel aus der Wanne.«

»Dein Gefühl sagt dir das, und mein Gefühl sagt mir, wenn ich hier eigenmächtig in die Steuerung des Schiffes eingreife, werde ich vor dem Seegerichtshof landen und mir kurz nach Absitzen meiner Haftstrafe zusammen mit gerade mal vier Millionen anderen einen Job an Land suchen.«

»Dann zeig mir, wies geht, und ich fahre den Speed hoch.«

»Da kann ichs doch auch gleich selbst machen!«, schrie Jansen. »Wo ist da der Unterschied? Und in ein paar Minuten ist Honnaido hier unten und drosselt die Fahrt wieder und ich wandere in den Arrest. Ich spüre ja auch, dass hier an Bord was nicht stimmt, aber trotzdem ist das alles Scheiße, was du da vorhast!«

Ich ging rüber zu Votix. Einmal um ihn herum. Es war kein einziges Kabel zu sehen, die Verdrahtung musste von unten erfolgt sein.

»Angenommen, wir geben Vollgas und nehmen Votix vom Netz«, sagte ich nachdenklich.

»Wie, vom Netz?«

Der grau glänzende Kasten mit dem blauen Zyklopenauge stand auf vier platten Füßen, die mit vier Hutmuttern am Boden festgeschraubt waren. Der Schraubenschlüssel schlug in seiner Werkzeugtasche gegen mein Bein.

»Ja, nun, angenommen, wir kneifen die Kabel ab. Würden dann die einmal eingestellten Daten beibehalten?«

Jansen sah mich an wie einen gefährlichen Irren. »Bist du wahnsinnig?«, fragte er, und es klang nach echtem Interesse.

Bilge. Irgendwie ist dieses Wort mit einem Ruch belegt, irgendwas daran lässt einen innerlich Abstand nehmen und einer Einladung zu einer Besichtigung mit Zurückhaltung begegnen.

»Geh du vor«, sagte ich zu Ratso.

»Mach mal Licht«, schrie Ratso über den Lärm der Motoren und Generatoren hinweg dem Mechaniker zu, der uns die Einstiegsluke im Fußboden des Maschinenraums offen hielt. Dann kletterte er die eiserne Leiter hinunter und ich hinterher. Der Rumpf der *Equinox* war ganz leicht V-förmig, und in seiner Mitte, am tiefsten Punkt des Schiffes, hatte man, auf stählernen Stelzen, ein Laufgitter angebracht, das den Schiffskörper vom Bug bis zum Heck durchzog. Unter dem Laufgitter schwappte eine Menge Wasser und in dem Wasser eine Menge … Zeugs. Ich sah bewusst nicht hin, und meine Nase fand das sehr vernünftig.

Über dem Laufgitter waren in Abständen Glühbirnen angebracht. In großen Abständen, mit weiten Strecken nahezu perfekter Dunkelheit dazwischen. Ich war froh über die Handlampen, die Ratso mitgebracht hatte.

»Dann viel Spaß«, rief der Mechaniker noch und klappte den Deckel über uns zu.

Das Dröhnen der unter Volllast laufenden Motoren ließ hier unten alles beben, der Wasserdruck von außen schien die Luft zu komprimieren, bis es in den Ohren knackte, der Gestank der fauligen Brühe unter unseren Füßen knetete einem den Magen durch, und ich fand alle meine Vorbehalte gegen das Wort »Bilge« in unnötiger Reichhaltigkeit bestätigt.

Wir fuhren Volldampf voraus, jawohl. Jansen hatte eingestellt, ich hatte abgekniffen und ihm dann mit der Ledersocke einen Klaps ins Genick gegeben, der ihn die Augen verdrehen und über seiner Tastatur zusammensinken ließ. Als Alibi. Eine Stunde, so Jansens Schätzung, würde Honnaido brauchen, die Kabel zu flicken und die Geschwindigkeit wieder herunterzufahren. Doch eine Stunde ist eine Stunde ist eine Stunde, so mein Argument.

»Wo kommt das ganze Wasser her?«, fragte ich Ratso und musste schreien, damit er mich verstand.

»Schwitzwasser von innen, Meerwasser von draußen«, kam es lapidar zurück.

»Soll das heißen, der Kahn ist nicht wasserdicht?«, schrie ich, voll landrattenmäßiger Besorgnis.

»Kein Schiff ist wirklich dicht«, schrie Ratso zurück und winkte mir, ihm zu folgen. Handlampen an, und wir begannen, uns vorzutasten.

Ich wollte gerade eine weitere intelligente, auf der Hand liegende Frage zum Thema Wassereinbruch stellen, da passierten wir einen von der Decke ragenden Rüssel, der bei jedem leichten Wanken des Schiffes seine Schnute in die stinkende Mocke steckte und unter kehligem Schlürfen einiges davon einsaugte. Pumpe, sagte ich mir, um eine Sorge leichter.

Die Decke war so niedrig, dass wir beide den Kopf zwischen die Schultern nehmen mussten. Ich vor allem. Fünfzig Schritte, und der bedrückende Raum schien sich nach vorne wie nach hinten in alle Ewigkeit fortzusetzen. Ich warf einen Blick über die Schulter zurück und wünschte, der Mechaniker hätte die Luke offen gelassen.

Gleich, dachte ich, setzt diese unheilschwangere Musik ein, Ratsos Schatten wächst ins Riesenhafte, ich muss erkennen, dass er der Oberschurke ist, konfrontiere ihn mit der Wahrheit, er gesteht alle Hintergründe, ein Kampf auf Leben und Tod entbrennt, und der Verlierer muss runter vom Laufgitter und versinkt schließlich auf Nimmerwiedersehen in …

Ein winziges rotes Birnchen blinkte mich einmal kurz an. Von rechts. Oder hatte ich mir das eingebildet?

Ich stoppte, starrte in die Richtung, ins Dunkel, doch da blinkte nichts. Ich machte einen Schritt rückwärts, dann noch einen, und da war es wieder. Ein kleines rotes Birnchen schien stetig vor sich hin. Ich hielt die Lampe drauf. Ihr Schein fiel auf einen flachen, runden Gegenstand, etwa vom Format einer Filmrolle. Kinofilm, nicht dass wir uns hier missverstehen. Bloß, dass Filmrollen keine roten Lämpchen in ihrer Mitte haben, in den meisten Fällen auch keinen olivgrünen Anstrich und kaum jemand auf die Idee käme, sie mehrere Meter unterhalb der Wasserlinie von innen an den Rumpf eines Schiffes zu heften.

Es war, jetzt mal ehrlich, nicht schwer zu erraten, worum es sich bei dem Ding handelte, es war so was wie die Realisierung tief sitzender Befürchtungen, und trotzdem war es auch einer von diesen Momenten, wo man den Rückzug nicht ohne absolute Gewissheit antreten kann. Selbst wenn das hieß, vom Laufgitter zu steigen und bis zur Hüfte hineinzugleiten in die kalte, trübe, stinkende Suppe. Kaum drin und das Erste, was mir im Weg herumschwamm, war eine katzengroß aufgeblähte tote Ratte. Dann rutschte ich auf etwas Weichem, Knorpeligem aus und hielt mich den Rest des Weges ziemlich krampfig an einem unter der Decke verlaufenden Eisenträger fest.

Da stand »radio-controlled«, und da stand »anti-tank« und dann stand da noch eine ganze Menge mehr, und Kristof Kryszinski, dessen militärische Laufbahn so etwas wie einen Knick bekommen hatte, nachdem es nötig geworden war, ihn schon im Warteraum der Musterungskommission aus einer Überdosis zu reanimieren, konnte das Gelesene zwar in »ferngezündete Panzermine« übersetzen, aber das war auch alles, was er mit dem Ding anzufangen wusste. »Red«, las ich, über dem Birnchen, »= On«, und um Missverständnisse auszuschließen, lautete die Zeile darunter »Black = Off«.

Leider, wenn auch nicht weiter überraschend, fand sich aber kein entsprechender Knopf, um von »On« auf »Off« zu schalten.

Nichts vermag einen eh schon als beengt empfundenen Raum so sehr weiter zu verkleinern wie die Anwesenheit einer scharfen Bombe, die irgendjemand jeden Augenblick mittels Knopfdruck hochgehen lassen kann.

»Ich an deiner Stelle«, raunte mir Ratso ins Ohr, und am Ausmaß meines Zusammenzuckens wurde mir bewusst, wie starr, wie fasziniert ich die Mine im Blick behalten hatte, »würde meine Finger ganz, ganz weit weg von dem Scheißding lassen.«

Und ich nickte und wischte mir mit übertriebener Konzentration vorsichtig den Schweiß aus den Augen.

Weiter Richtung Bug, auf der Backbordseite, fanden wir noch eine. Sie waren, so meine Einschätzung, auf das Schiff gebracht worden, als wir unser Rendezvous mit dem Trawler hatten. Nötig geworden war diese Aktion, nachdem Jochen und ich die beiden Originalminen zusammen mit ihrer Schmuggeltarnung, einem Sack Basmatireis, auf eine Planke gebunden, in ein Tuch eingenäht und anschließend hatten feierlich über Bord schmeißen lassen.

Jetzt würden sie zwei riesige Löcher in den Schiffsrumpf reißen, kaum dass die ganze Ginza-Bande auf den Trawler übergesetzt hatte.

Mit Genugtuung registrierten meine Ohren, dass die beiden Motoren der *Equinox* weiterhin alles gaben, dieses Unterfangen hinauszuzögern.

»Pass auf«, sagte ich zu der Rezeptionistin des A-Decks und rammte mein Gesicht hart gegen die Glasscheibe, die einen Teil des Schalters vor Zugluft schützte. »Schie dir dasch genau an«, forderte ich, die Gesichtszüge vom Glas gequetscht und verzerrt. »Wenn du«, ich machte einen Schritt zurück und zeigte ihr das Zubehör, das ich aus der Küche der Mannschaftsmesse hatte mitgehen lassen, »wenn du nicht den Rest deiner Tage mit so einer Visage rumlaufen willst, dann lässt du die Finger vom Alarm. Denn wenn nicht …« Ich schwang das Utensil hin und her und ließ es dann wieder im Overall verschwinden, bevor ich mein Gesicht erneut hart gegen die Scheibe presste. »… weischt du Bescheid, wasch paschiert.«

Kapitän Zouteboom stand in einer frischen weißen Uniform vor dem großen Spiegel seiner Schlafkabine und sah sich selber dabei zu, wie er einen geblasen bekam, als ich die Tür auftrat.

Beide fuhren zu mir herum.

»Feierabend«, sagte ich. Gazella erhob sich aus ihrer knienden Stellung, und Zouteboom fummelte hastig seinen wabbligen kleinen Pimmel zurück in den Hosenschlitz. Bis er mit dem Reißverschluss fertig war, hatte es seine Kopfhaut von Bonbonrosa über Käsebleich bis hin zum aktuellen Tomatenrot geschafft und war jetzt auf dem Weg zu einer Schattierung, die ich »auberginenblau« nennen würde.

»Wieso gehen Sie nicht ans Telefon?«, fragte ich, und er schnappte nach Luft, völlig auf dem falschen Fuß erwischt, völlig ungeübt darin, selber in der Defensive zu sein.

»Wir müssen jeden verfügbaren Mann auf eine groß angelegte Durchsuchung des gesamten Schiffs schicken«, teilte ich ihm klipp und klar mit. Kurz und knapp. »Wir suchen die Zündbox für zwei Panzerminen, und wir suchen Elena, die Kassiererin aus dem Duty-free.« Zouteboom glich einen Augenblick lang verblüffend einem Schwein, das einen Karpfen zu imitieren versucht. Ich denke, er wollte etwas einwenden, doch ich war noch nicht fertig. »Außerdem müssen wir irgendwie die Entwaffnung und Verhaftung sowohl der gesamten Security wie auch der Japaner einschließlich Carla Bayonne und Doktor Köthensieker vorantreiben.« Der Blutdruck in Zoutebooms Schädel nahm Werte an, wie man sie sonst nur von Hydraulikschläuchen kennt. »Als Erstes, würde ich vorschlagen, brechen wir den Ball ab und beordern die Passagiere zu den für Notfälle vorgesehenen Sammelpunkten.« All das machte perfekten Sinn. Bloß Kapitän Zouteboom schien er sich nicht so recht zu erschließen.

»WIR?!«, schrie er und sprang mit beiden Füßen gleichzeitig auf dem Boden herum wie ein verzogenes Blag in einem hysterischen Trotzanfall. »WIR? ICH HÖRE IMMER ›WIR‹!«, und die Augen wollten ihm aus den Höhlen treten, und Gazella und ich tauschten einen etwas betretenen Blick.

Der ständig um seine Autorität besorgte Kapitän wäre mit dem Befehl über eine Hafenbarkasse überfordert gewesen, doch kam diese Erkenntnis etwas spät und mit mir der absolut falschen Person.

»Das ist *mein* Schiff«, kreischte er, »*mein* Kommando, und *ich* bestimme, was auf diesem Schiff passiert, ich alleine!«

»War ja nur 'n Ratschlag«, ließ ich ihn wissen.

»Und ich verbitte mir Ihre Ratschläge!«, schäumte er weiter. »*Ich* habe hier das Sagen, ich ganz allein!«

»Ja, ja«, machte ich beschwichtigend, doch es hatte keinen Zweck.

Worauf es dann im Endeffekt hinauslief, war das: Der Kapitän hatte eine Rede vorbereitet. Die wollte er, in festlichem Rahmen und vor großem Publikum, unbedingt halten, und nichts von dem, was ich ihm mitzuteilen hatte, schien ihm wichtig genug, diesen Auftritt zu verpassen.

Ich wurde das Gefühl nicht los, dass Köthensieker ihn in

gewisser Weise geimpft, ihn irgendwie auf mein Kommen vorbereitet hatte, denn Zoutebooms letzter Rat an mich war, mich unverzüglich in die Hände des Arztes zu begeben und mich auf meinen Geisteszustand untersuchen zu lassen.

»Okay«, sagte ich. Und trollte mich.

That's the way, aha, aha, I like it, aha, aha, that's the way, aha, aha, I like it, aha, aha, that's the way …

Kann es wirklich mal eine Zeit gegeben haben, fragte ich mich, zwinkerte der Rezeptionistin zum Abschied verschwörerisch zu, in der eine Combo namens »KC and the Sunshine Band« die Charts angeführt hat? Kann man sich das vorstellen? Antonovs »Kollekte« war, vermutete ich, mittlerweile in vollem Gang. Die Versenkung des Schiffes war beschlossene Sache und, da sich niemand fand, sie zu verhindern, nur noch eine Frage der Zeit. Wir alle sahen einem nassen Grab ins finster-kalte Auge, und nur einer, in beneidenswerter Ignoranz des Geschehens an Bord, allein in seinem selbst gewählten Elfenbeinturm, im von eigener Hand herbeigeführten Zustand kosmischer Entrückung, arbeitete unermüdlich weiter an der Erfüllung seiner Mission: Pierfrancesco Scuzzi, der Mann, der niemals hätte DJ werden dürfen.

That's the way, aha, aha, I like it, aha, aha …

Ich hatte keine Ahnung, wie er seine neueste Compilation wohl betiteln würde, doch für mich hieß sie jetzt schon »Songs you hoped you'd forgotten«.

Fahrtwind rupfte an meiner Frisur, ließ Gazellas weißen Kittel flattern.

»Und jetzt?«, fragte sie mit ihrem Brummbass.

Ich stoppte, lehnte meine Handkanten gegen eine

Scheibe und sah hinein. Antonovs Übung in Panikkontrolle lief reibungslos. Unter dem wachsamen Blick von zwanzig Schwerbewaffneten saßen achthundert festlich gekleidete Fahrgäste mit langen Gesichtern herum, händigten, einer nach dem anderen, ihre Pretiosen aus, von der Bühne herab beobachtet von Antonov persönlich. Am liebsten wäre ich stehen geblieben, bis Zouteboom aufkreuzte, um seine Rede zu halten.

Hoooooonk! und *Hoooaaan!* brünsteten sich das Schiff und die Bohrinsel an wie riesige urzeitliche, nur leider ein bisschen beschränkte Fabelwesen, während das *Huuut, Huuut* von achtem schon jetzt kaum noch zu vernehmen war. Der Kahn hier war richtig schnell. Ich sah auf die Uhr. Wenn auch wohl nicht mehr für lange, gottverdammmich.

»Geh und alarmiere Ratso«, entschied ich, »und von mir aus auch Jochen Fuchs. Sag ihm, er soll unbedingt Jansen wiederbeleben, und sie alle sollen sich irgendwie bewaffnen und sofort zum Landungsdeck begeben und eines der beiden Schlauchboote klarmachen. Und dann«, fuhr ich fort und drückte ihr den Totschläger in die schwielige Faust, »geh ins ›Chagalle‹, schlag Scuzzi bewusstlos und schleif ihn an den Haaren ebenfalls da runter.«

»Ich soll ihn tatsächlich erst niederschlagen?«

»Tu es«, bat ich, »tu es für mich.«

»Was soll ich ihnen sagen, was ist dein Plan?«

»Wir verlassen das Schiff, fahren rüber zu der *Arctic Explorer* und verständigen von da aus die Behörden.«

Gazella nickte und klatschte sich die Ledersocke entschlossen in die freie Handfläche.

»Dann los«, brummte sie.

»Ah, und denk an eine Signalpistole und Munition.«

Irgendwie konnte ich mir nicht vorstellen, dass die Besatzung einer in hundert Meter Höhe über den Wellen thronenden Bohrinsel durch Rufen und Winken auf Besuch durch ein Schlauchboot aufmerksam zu machen wäre.

»Und was tust du?«, fragte sie, schon im Gehen begriffen.

Ich sah noch mal auf meine Uhr und ignorierte die Frage. »Wenn ich in zwanzig Minuten nicht unten bin«, sagte ich, »fahrt ohne mich.«

Damit drehte ich mich um und rannte die Stufen hinab zum B-Deck, in Richtung der Krankenstation. Entweder hatte ich Elena in zwanzig Minuten gefunden, befreit und mitgenommen, oder ich würde an Bord bleiben. Basta.

Köthensieker trug Gummistiefel, eine gelbe Ölzeug-Hose und darüber einen groben Strickpulli mit Rollkragen. Jetzt noch die Pfeife in den Mundwinkel geklemmt, und er hätte ausgesehen wie ein Werbeonkel für irgendwas Nordisches, Rum etwa, oder Halspastillen oder eingelegte Heringe. Leider ging das mit der Pfeife im Moment nicht, weil er so ins Telefon schreien musste. Leider oder Gott sei Dank. Der Vorteil war, dass er wegen seiner Schreierei nicht mitgekriegt hatte, dass ich zur Tür reingekommen war und nun direkt hinter ihm stand. Wir waren allein, und ich konnte nur hoffen, dass das noch ein paar Minütchen so bleiben würde.

Ich verstand nicht alles, was er da in einer Mischung aus Englisch und Japanisch in den Hörer raunzte, doch immerhin genug, um zu begreifen, dass der Kontakt zur *Noatsu Maru* dabei war, abzureißen, dass es noch dauern würde, bis die Geschwindigkeit der *Equinox* wieder zu drosseln wäre, und dass er, Köthensieker, Koffer gepackt und alles, mit dieser Entwicklung der Dinge sehr unzufrieden war. Ich ließ ihn ordentlich Dampf ablassen und den Hörer auflegen, bevor ich ihm in die Kniekehlen flankte, ihn herumriss und bäuchlings auf eine Behandlungsliege stieß, zwischen meine Schulterblätter griff und ihm den Eispickel mitten hinein ins Red-Cobra-Tattoo drückte, bis sich ein kleiner Ring von Blut bildete.

»Wo ist Elena?«, fragte ich, und er lag sehr still. Keine schöne Stelle, die ich da erwischt hatte, genau zwischen zwei Wirbeln.

»Kryszinski, Sie erhalten von mir jede gewünschte Auskunft, aber nehmen Sie dieses Ding aus meiner Halswirbelsäule.«

»Wo ist sie?«, fragte ich noch mal, und er rührte sich immer noch nicht, genauso wenig wie ich.

»Okay. Der Treppenabgang zum Maschinenhaus?«, fragte er, und ich nickte. »Unten. Wo wir Wassilijs Leiche gefunden haben?« Wieder nickte ich. »Drei Schotts. Eins nach Backbord, eins nach Steuerbord, eins Richtung Bug.« Ich nickte. »Hinter dem Schott Richtung Bug kommt ein kurzer Gang, an der Stirnseite eine unbeschriftete Tür. Hinter der Tür finden Sie Ihre Elena.«

Ich richtete mich auf. Verstaute den Eispickel wieder in seinem Futteral.

Köthensieker wälzte sich herum, setzte sich.

»Was finde ich noch, hinter dieser Tür?«, fragte ich.

Er lachte trocken. »Die exklusivste Kabine des ganzen Schiffes«, meinte er. »Carlas Liebesnest.« Vorsichtig betastete er sein Genick. Betrachtete kurz das Blut an seinen Fingern und schwang sich dann auf die Beine, griff nach einem Wattebausch, besprühte ihn mit etwas.

»Sie sind ein zäher Knochen, Kryszinski«, knurrte er und drehte sich wieder zu mir, tupfte mit der Linken an seinem Nacken herum. »Hätte ich früher erkennen müssen. Da wäre vielleicht noch eine Chance gewesen, Sie auf unsere Seite zu ziehen. Schade, doch dazu ist es jetzt zu spät.«

Und er griff mit der freien Hand in den Gummibund seiner gelben Hose, riss einen dicken, kurzläufigen Revolver heraus, rammte mir die Mündung in die Brust und drückte augenblicklich ab.

Der verbrannte Kordit ließ mir die Augen tränen, der Knall sollte noch für Stunden in meinen Ohren singen.

Kleinere Beschwerden, verglichen mit denen Köthensiekers.

Das Geschoss war ihm in die Nase eingedrungen und durchs Schädeldach ausgetreten, begleitet vom hässlichen schwirrenden Pfeifen des Querschlägers.

Es war nur schwer zu sagen, wer von uns beiden überraschter war von dieser Wendung.

Köthensiekers linkes Auge schielte zuckend und offenbar außer Kontrolle nach seiner blutig gerissenen Nasenspitze, doch das andere sah mich unverwandt an, ungläubig, konnte sich nicht losreißen von meinem Anblick, von mir, dem Letzten, was es jemals sehen würde, und dann klapperte der Revolver zu Boden, als die Ohnmacht des Sterbens die Muskulatur entspannte, und Köthensieker ging mit einer Schonungs-, einer Bedenkenlosigkeit zu Boden, wie sie kein Schauspieler, ja noch nicht einmal ein Stuntman je zustande bringen wird. Er sackte einfach zusammen und schlug mit grässlich anzusehender und auch anzuhörender Heftigkeit lang hin und mit Kopf und Kiefer und Gebiss auf die Kacheln, wie es nur jemand kann, der nichts mehr spürt und den nichts mehr interessiert.

Ich zippte den Reißverschluss meines Overalls auf, holte sie ans Licht.

Okay, diesmal, dieses eine Mal wusste ich, woher ich sie hatte.

Die Wucht des großkalibrigen Geschosses hatte mir einen ringförmigen Bluterguss in Brust und Bauch geknufft, doch mein Mitbringsel aus der Küche der Mannschaftsmesse, die gusseiserne Bratpfanne, war bis auf eine daumendicke Delle unbeschädigt geblieben.

»Warum willst du nicht mit mir kommen?«, fragte Carla. Es war ihre Stimme, kein Vertun. Honig auf Rasierklinge, wenn ich sie beschreiben müsste. »Ich werde dich hemmungslos verwöhnen, glaub mir. Wir werden alles teilen, alles, was ich habe.«

Die ganze Antwort bestand, wenn mich mein an die Tür gepresstes Ohr nicht trog, aus einem Schniefen, wie Schnupfen es produziert, oder Tränenfluss.

»Ich will dich verhätscheln«, schnurrte Carla, »ich will dich hoffnungslos verderben.«

Das Schloss hatte einen Drehknauf. Also drehte ich ihn, unendlich vorsichtig, drehte ihn bis zum Anschlag. Lehnte mich erst sachte, dann fester gegen das Türblatt. Es rührte sich nicht. Abgeschlossen. Surprise, surprise.

»Lass das!« Elena, tränenerstickt, halb wütend, halb flehend.

»Ich würde ja, wenn ich könnte.« Carla gurrte jetzt regelrecht, wie eine Taube bei der Balz. Meine Finger führten inzwischen den Generalschlüssel Richtung Schloss, wobei die zitternde schlüsselführende Hand gestützt wurde von der anderen, die es, wenn möglich, noch schlimmer schüttelte.

»Du bist so schön«, hauchte Carla, kaum noch zu vernehmen, trotz eines auf Papierstärke platt gedrückten Ohres. »Merkst du nicht, dass ich dich liebe, du dummes, kleines Ding? Warum, glaubst du, hast du immer noch deinen hübschen Kopf auf deinem ranken Hals, wo der mächtige Masimoto-San es doch ganz anders befohlen hat, hmm?

Ich bin dir verfallen, mein Schatz, ich muss dich haben, es geht nicht anders. Du bist wie ich, genau wie ich, nur so viel weicher, so viel … *besser* als die böse, böse Carla.«

»Das ist keine Liebe«, schimpfte Elena unter Schluchzen, »das ist Narzissmus! Das ist ekelhaft!«

Leise, Zahn für unmerklich klickenden Zahn, führte ich den Schlüssel ein. Schweiß ätzte sich in meine wie wund gescheuerten Augen, und meine Lider waren, einmal unten, schwerer wieder hochzuziehen als rostige Rolltore.

»Unsinn!« Carla lachte, fröhlich wie ein junges Mädchen, glockenhell, mit einem kleinen Scheppern, einem kleinen Sprung drin. »Was kann ich dafür, dass wir uns gleichen wie Schwestern? Sieh doch nur, wie ähnlich wir uns sind!«

Stoff riss, und der Schlüssel stieß, nur ein paar Millimeterchen vor dem Einrasten, auf Widerstand. Widerstand, immer nur Widerstand, überall. Ich fühlte mich ausgelaugt, ausgelutscht wie eine Acid-Pappe im Tiergarten am Tag nach der Love-Parade.

»Gott, deine sind fast noch schöner als meine!«

Wuchs mir eine Latte? Nervöse Reaktion, somit verzeihlich, entschied ich.

»Carla, lass das! Du weißt, ich will es nicht! Mach mich los, hörst du! Ich will weg hier, also hör auf, hör endlich auf!«

»Schau doch nur, wie hübsch sie sich aufrichten, wenn sie der kalte Stahl berü…«

Es fühlte sich an, wie wenn man nach einem Sturz aus dem ersten Stock wieder auf die Beine krabbelt und das Treppenhaus hochstürmt, um es aus der zweiten Etage noch mal zu versuchen, doch es musste sein. Vier Schritte Anlauf waren zu wenig gewesen, um die Tür aufzubrechen, also probierte ich es mit sechs.

Diesmal segelte ich glatt hindurch, und es hätte mich

den Kopf gekostet, wenn mich nicht eine Mischung aus Erschöpfung, Restalkohol und Teppichkante direkt an der Schwelle schon von den Beinen geholt hätte.

So kam ich mit einer Tonsur davon, als mir das Schwert mit giftig zischendem Horizontalschwung durch die Haarpracht schnitt, krachte zu Boden, rollte mich auf den Rücken, packte sie am Griff und riss sie hoch, und knapp vor meinen Augen kam die Samuraiklinge mit tödlicher Schneide herabgefegt und hieb eine tiefe Kerbe in Rand und Boden meiner Treuen, Gusseisernen.

Unter Geifern und Fauchen arbeitete Carla ihre Schneide wieder frei, schrie und spuckte und zog und zerrte und gab mir damit unfreiwillig Gelegenheit, wieder auf die Füße zu kommen, beide Hände weiterhin um den Holzgriff geklammert, zu aufgepumpt, um bewusst einen weiteren Schritt zu planen, aber nicht zu aufgepumpt, um mitzukriegen, dass Carla bis zur Hüfte nackt war unter ihrem blutrot gefütterten Cape, dass ihre Brustspitzen vorstanden wie die Puffer einer Lok, ihr Atem in Stößen ging, ihr rabenschwarzes Haar offen war und zerzaust und es aus ihren beiden runden, weit aufgerissenen Augen hell und kristallblau leuchtete, als ob ihr Kopf eine Strahlenquelle wäre. Eine von der ungesunden, schädlichen Sorte.

Mit einem Jubelschrei bekam sie die Klinge frei, wirbelte sie einmal über ihren Kopf für noch mehr Schwung, und ich duckte mich und hob gleichzeitig die Pfanne, meinen einzigen Schutz, und spürte den Einschlag kaum, bevor ich nur noch den Holzgriff in Händen hielt und die drei Kilo geschwärztes Eisen mit deutlichem, traurigem *Kloinnggg* auf den Teppich fielen.

Carla lachte ein kurzes, unfrohes Lachen voll Arroganz und Häme und holte aus zum Gegenschwung, doch diesmal parierte ich den Schlag, hieb von mir aus gegen die

Klinge, und sie flog mir um die Ohren, als sie am Werkzeugstahl meines Schraubenschlüssels zerbrach und …

Ein Moment keuchender, konsternierter Besinnung folgte. Die letzte Chance einer Waffenruhe, eines geordneten Rückzugs ohne Blut und Tränen, sie kam und sie verging wieder.

»Mein Schwert!«, kreischte Carla empört, hob ihren lodernden Blick vom vielleicht noch brotmesserlangen Rest der Schneide in ihren Händen, riss das Heft beidarmig in die Höhe, gab einen langen, markerschütternden Schrei von sich und sprang mich aus dem Stand heraus an wie ein Panther in flatterndem Cape.

Ich denke, im Endeffekt entschied, wer die bessere Kontrolle über die Adrenalinausschüttung besaß. Vielleicht war Carla zu sehr außer sich, zu aufgedreht, vielleicht war mein Blut schon lange zu gesättigt mit dem Zeugs für eine Überproduktion, auf alle Fälle funktionierte ich nur noch als ein einziger synchronisierter Reflex, war fast in der Lage, die Klinge auf ihrem Weg an meinem Ohr vorbei und weiter ins Leere zu beobachten, dann prallte Carla gegen mich, Körper gegen Körper, riss mich mit sich, fiel auf mich. Für einen Moment lagen wir Wange an Wange, spürte ich ihre Hitze, füllte ihr dichter, mitreißender, ungebändigter Duft meine Nase, meinen Kopf, dann, wie mit dem Aufkommen eines kalten Windes, verblasste, verschwand er, Carla wimmerte auf, wälzte sich von mir herunter und umklammerte nun, wie ich gerade noch, den runden, geriffelten Stahlgriff des Eispickels, in den sie sich bei ihrem Sprung hineingestürzt und den sie sich dann bei unserem Fall bis ins Herz gerammt hatte.

Ein Blutsfaden lief aus ihrem Mundwinkel, und Carla Bayonne war nicht mehr.

Elena weinte hemmungslos, sie weinte und weinte. Ich beneidete sie. Schon morgen würde sie einen Großteil des Erlebten herausgelassen, ausgeschwemmt, verarbeitet haben.

Ich stoppte an einem Handwaschbecken, schrubbte mir das Blut ab. Es wollte nicht abgehen. Das war jetzt das dritte Waschbecken auf unserem Weg, und sosehr ich auch einseifte und schäumte und rubbelte und rieb und wieder und wieder abspülte, Carlas Blut ging nicht weg. Nicht aus den Poren zumindest.

»Komm, Kristof, komm!«, flehte Elena, unter Tränen. »Sie fahren sonst ohne uns!«

Ungeduldig und energisch zog sie mich hinter sich her, Treppen hoch, Gänge entlang, Treppen hinunter. Mir war alles egal, ich hatte nichts mehr zu geben, ich war platt wie eine leer georgelte Batterie, die ganze Sinnlosigkeit jeglichen Handelns kam mir überwältigend vor. Wir würden es niemals schaffen, die zwanzig Minuten waren längst abgelaufen. Wenn die Yakuza uns nicht erwischten, dann eben Antonovs Leute, und selbst wenn sie uns am Leben ließen, würde ich in der Zelle landen, während um mich herum Beweise vernichtet oder zu meinen Ungunsten getürkt wurden, und es gab eigentlich keinen Grund, sich nicht einfach fallen zu lassen und das Unausweichliche abzuwarten. Nur vielleicht eben noch die Hände waschen, vorher. Elena lief und zog und ich stolperte hinterher. Wir umrundeten eine Ecke, und da war das Meer, und ich meinte, irgendwo über unseren Köpfen Schüsse zu hören.

»Wir sind da!« Elenas Augen leuchteten, doch meine fielen auf das zerstochene Schlauchboot auf dem ansonsten verlassenen Landungsdeck, und Zynismus gewann die Oberhand über mich, als mir klar wurde, mal wieder recht gehabt zu haben, da tauchte Ratsos schwankender Kopf über dem Rand des Decks auf, und er schrie und winkte uns zu sich.

»Irgendein Irrer hatte ihn schon vom Boden losgeschraubt und umgeschmissen und sämtliche Drähte und Kabel durchtrennt«, keuchte Jochen, über den Gummiwulst gehängt, zwischen konvulsivischen Schüben von Halbverdautem.

Nicht jedermanns Sache, so eine Schlauchbootfahrt.

»Ach«, sagte ich neben ihm, Hände im kalten Strom des Wassers, und ließ den Schraubenschlüssel unauffällig los. »Wer könnte so was getan haben?«

»Aber Honnaido war fast fertig damit, ihn wieder anzuschließen, da haben sie erst den einen Typen gefunden, diesen Gorilla, tot, und dann Köthensieker, ebenfalls tot.«

»So was«, sagte ich.

»Und urplötzlich ging dieses Geballer los, und in der allgemeinen Verwirrung hab ich ihn zusammen mit Heather auf eine Sackkarre gepackt und mit aufs Boot genommen.«

›*Hoooooonk-Hoooaaan*‹, kam es aus dem Nebel vor uns, in den die *Equinox* schon längst entschwunden war, nur noch auszumachen am Wummern ihrer Diesel.

»War vielleicht trotzdem fahrlässig, das Ding mitzunehmen«, wandte ich ein, und Jansen schnaubte dazu. Sanft klatschte die Dünung gegen das Boot, leise sirrte der Außenborder, sachte stöhnend richtete Scuzzi sich aus seiner liegenden Position auf, rieb sich den Hinterkopf und sah sich mit einem Ausdruck äußerster Verwirrung nach allen Seiten um. Ich warf der im Heck am Steuer sitzenden Gazella einen raschen Kuss zu, und sie griente, und Elenas Ellbogen stach mir in die Rippen. Ich war von jetzt an vergeben, hieß das, denke ich.

»Das Ding«, Jochen wandte sich zu mir, grün wie drei

Wochen alte Mortadella, aber immer noch fähig zu rechtschaffener Entrüstung, und deutete mit lang ausgestrecktem Zeigefinger darauf, »das Ding da weiß zufällig, wo meine achtzehntausendfünfhundertunddreiunddreißig Euro hin sind! Und das wüsste ich auch gern!«

»And my Dad's fifteen million dollars«, fügte Heather hinzu, die in der Mitte des Bootes auf dem in Folie eingeschlagenen Votix hockte wie die Henne auf dem Ei.

Plus hundertfünfunddreißig weitere Millionen, ging mir durch den Kopf.

Hoooooonkoooaaan!

Meerwasser nimmt keine Seife an, musste ich feststellen, also rubbelte ich meine vor Kälte schon lange gefühllosen Hände gegeneinander. Schabte Carlas Blut mit den Nägeln aus den Poren.

Hooooomoooaaan!

»Hört sich an, als kämen die sich verdammt nahe«, kommentierte Jansen mit horchendem Gesicht und Sorgenfalten auf der Stirn, und Ratso wies Gazella an, ein bisschen weiter nach links zu steuern.

Elena fasste mich an der Schulter.

»Hör auf, Kristof«, mahnte sie sanft.

»Sekunde, Augenblick noch, gleich«, entgegnete ich hastig und schrubbte ein bisschen schneller. Eine Bürste wäre genau das Richtige, dachte ich, und Elena rüttelte an mir.

Hoooooaaan!

Du wirst doch nicht bei einem Therapeuten landen?, fragte ich mich und senkte den Blick auf meine rot gescheuerten Hände und ließ ihn dann weiterwandern, den Blick, hinein in die Tiefe des vorbeiströmenden Wassers, und von irgendwo weit da unten blickte der kleine Affe zu mir zurück. Er nickte, und ich nickte, und dann sahen wir uns noch eine ganze Weile an, und als ich schließlich den Kopf hob, hatte sich etwas in mir gelöst, und ... es war gut.

Hoooaaan!, dröhnte es aus der Ferne über das Wasser, ein ungesunder, seltsam panisch klingender Zweiklang, gefolgt von einem vibrierenden *Twoooongggg* wie die größte, längste, dickste Saite der Welt, und Ratso sagte: »Stahltrosse.«

Wir alle starrten jetzt in die Richtung, aus der die Geräusche kamen, starrten nichts sehend Löcher hinein in den grauen, wabernden Vorhang. Ratso im Heck, mit einer tiefen Furche auf der Stirn, Gazella neben ihm, ernst und konzentriert am Steuer, Jochen, der immer noch mit schwer arbeitender Bauchdecke über dem Gummiwulst hing, Scuzzi, eine Hand am Hinterkopf, die andere in seinen Taschen, auf der Suche nach irgendwas zum Rauchen, Jansen mir gegenüber, kopfschüttelnd, und Elena, die meine Hände unendlich vorsichtig mit ihrem Pulli trockentupfte. Wir alle starrten blind, und unsere Ohren schienen ins Riesenhafte wachsen zu wollen. Ein Knall schreckte uns auf, sofort gefolgt von einem schrillen Pfeifen, das abrupt in einem scharfen Klatschen endete.

»Ach du Scheiße«, entfuhr es Jansen. »Noch 'ne Trosse.«

Hoooaaann!, schallte es und klang verletzt jetzt, wund.

Das Patschen der Dünung gegen unseren Rumpf verschwand, das Sirren des Außenborders verstummte. Sirenen heulten auf in der unsichtbaren Ferne, fauchende Schüsse.

»Signalraketen«, meinte Ratso.

Völlig ungerührt und völlig unverändert unterlegten die Schiffsdiesel die Geräuschkulisse mit ihrem gleichmäßig wummernden Bass.

Ein trockenes, hohles *Rumms!* drang an unsere Ohren, gefolgt von dem lang anhaltenden, quietschenden Mahlen von Metall auf Metall, und Ratso flüsterte unwillkürlich »Oh, nein!«, noch bevor das Mahlen von einem berstenden Knirschen übertönt wurde, einem unglaublichen Stöhnen, das in einem explosionsartig einsetzenden und dann geradezu quälend langsam verebbenden Rauschen gipfelte.

Irgendjemand schrie, als eine schwarze Wand von Wasser aus dem Nebel auf uns zugerast kam, doch der Rest von uns schwieg wie gelähmt, während das Schlauchboot den Wellenberg erklomm, den Scheitelpunkt passierte und mit vollkommener Gelassenheit an der Rückseite hinabglitt in die gewohnte leichte Dünung.

Eine unfassbare, dröhnende Stille folgte.

Gazella stellte den Motor ab, in der grausam ernüchternden Einsicht, dass es nichts mehr gab, was wir hätten ansteuern können, nichts im Umkreis von hundert Kilometern.

Irgendwann *Huut-huuutete* die *Noatsu Maru* irgendwo im Dunst verborgen an uns vorbei, seltsam anrührend mit ihrem einsam suchenden Horn.

Noch eine Weile später räusperte sich Ratso, erhob sich, balancierte zur Mitte des Schiffs und gab Heather einen Klaps auf die breite Kehrseite.

»Mach mal Platz«, sagte er zu ihr und »Pack mal mit an« zu Jochen.

»Was hast du vor?«, wollte der wissen, als Ratso den Rechner hochwuchtete und gegen den seitlichen Wulst lehnte, eine Hand unter dem Gehäuse, die andere in die umlaufende Halteleine des Bootes verkrallt.

»Nu mach schon«, forderte Ratso ihn auf, es ihm gleichzutun. »Sobald sich der Nebel gelichtet hat, wird hier die See schaumig und der Himmel schwarz werden vor Rettungsmannschaften. Kannst du dir die Befragung vorstellen, sollten sie uns in Gesellschaft der elektronischen

Steuereinheit eines gerade erst havarierten und untergegangenen Schiffes aus dem Wasser fischen?«

Jochen schluckte, fand keine rechte Antwort, und Sekunden später hatten sie Votix und damit den möglichen Zugriff auf nicht weniger als einhundertfünfzig Millionen Dollar über Bord gehievt.

Mit einem kleinen bedauernden Seufzer ließ ich meinen Kopf in Elenas Schoß gleiten, sie strich mir sachte über die Tonsur, ich sah auf, sah hoch in ihre Schwarzen, Sanften, und meine Lider wollten und wollten sich nicht mehr schließen lassen.

ENDE

Jörg Juretzka

Jörg Juretzka, 1955 in Mülheim geboren, »18 Jahre herangewachsen, 18 Jahre gelebt und dann das Schreiben angefangen«, ist gelernter Zimmermann und baute unter anderem Blockhütten in Kanada, bevor er sich aufs Schreiben konzentrierte. *Prickel* war der erste Fall für den abgerockten Privatermittler Kristof Kryszinski und die Stormfuckers, »breite, haarige, ledergewandete, an delikaten und weniger delikaten Stellen tätowierte und gepiercte Männer«, kurz, Mülheims schlagkräftigste Motorradgang.

Lange verdiente er mit seinen Büchern so wenig, dass er hauptberuflich Tischler blieb. Seit 2003 bestimmt jedoch das Schreiben seinen beruflichen Alltag. Seit 1998 scheucht der Mülheimer Autor seinen Privatschnüffler Kristof »Krüschel« Kryszinski durch Drogenhöllen, Kneipen und ruhrige Hinterhöfe. Seine Romane sind ebenso kantig markant wie der Autor selbst, der Raymond Chandler zu seinem Idol erklärt. Bereits sein Erstling *Prickel* wurde 1999 mit dem Deutschen Krimi Preis ausgezeichnet. Danach hat er ihn zwei weitere Male erhalten, unter anderem auch 2010 für *Alles total groovy hier*. 2006 wurde ihm der Literaturpreis Ruhr verliehen. Außer Krimis schreibt Jörg Juretzka auch Kinderbücher und gelegentlich Drehbücher fürs Fernsehen.

Bibliografie

Kriminalromane: *Prickel* (1998); *Sense* (2000); *Der Willy ist weg* (2001); *Enzi@n* (2001, zusammen mit Roger M. Fiedler); *Fallera* (2002); *Equinox* (2003); *Wanted* (2004); *Bis zum Hals* (2007); *Alles total groovy hier* (2009); *Rotzig & Rotzig* (2010); *Freakshow* (2011) und *TaxiBar* (2014).
Weitere Romane: *Platinblondes Dynamit* (2012).
Kinderbücher: *Das Schwein kam mit der Post* (2006) und *Der Sommer der Fliegenden Zucchinis* (2008).
Hörspiele: *Sense* (2001) und *Das Schwein kam mit der Post* (2007).

Freakshow

Im Leben des notorisch abgebrannten Privatdetektivs Kristof Kryszinski scheint mal wieder alles schiefzugehen. Beinahe wäre er nachts mit dreisten Kids auf ihren Scootern kollidiert. Dann fliegt er auch noch aus seiner Wohnung und muss als Nachtwächter arbeiten. Und obendrein sind seine Auftragsbücher randvoll: Mit gleich vier Aufträgen ist der Ruhrpott-Ermittler mehr als ausgelastet. Doch während er Rollstuhlfahrer vor gelangweilten Teenagern bewahren, Kinderschänder aufspüren, einen Bugatti finden und eine Großbaustelle bewachen soll, wird ihm allmählich klar, dass alles und alle miteinander verwoben sind – und er selbst mittendrin im Schlamassel steckt!

Der Willy ist weg

Willy Heckhoff, Millionenerbe mit Villa und triebgesteuertes Maskottchen der Bikergang »Stormfuckers«, ist verschwunden. Spurlos. Der Verdacht, er könnte entführt worden sein, bestätigt sich, als bei den Bikern Erpresserbriefe mit horrenden Lösegeldforderungen eingehen. Höchste Zeit für den selbst ernannten Privatdetektiv Kristof Kryszinski, sein ganzes Können unter Beweis zu stellen. Während die übrigen Gangmitglieder kreative Wege der Geldbeschaffung beschreiten, gilt es für ihn, zwischen spielsüchtigen Anwälten, durchgeknallten Nazi-Rockern und hartgesottenen Mafiakillern die Täter zu entlarven.

Alles total groovy hier

Kristof Kryszinski ist mit seinem Kumpel Scuzzi ins sonnige Spanien unterwegs. Sie wollen einen Ort finden, an dem ihr Bikerklub eine Ranch eröffnen kann. Noch während der Fahrt begegnet ihnen jedoch alles andere als Sommer, Sand und Meer: eine verdorrte Stein- und Staubwüste, die erbarmungslos sengende Sonne und Banden verwahrloster Kinder. Dazu ist Schisser, der bereits eine entsprechende Immobilie gefunden hatte, verschwunden – ebenso die 180 000 Euro, mit denen er das Objekt erstehen sollte. Auf der Suche nach Freund und Geld stoßen Kryszinski und Scuzzi auf ein Aussteigerdorf berauschter Hippies.

Rotzig & Rotzig

Wohnpark Nord in Mülheim: Armut, Kriminalität und Drogen. Ausgerechnet hier soll Kristof Kryszinski, als Hausmeister getarnt, eine Einbruchserie aufklären. Doch zur Begrüßung knallt ihm erst einmal sein Vorgänger vor die Füße – gestürzt aus dem zehnten Stock eines Hochhauses. Hinter den Diebstählen scheinen die Rotzlümmel Yves und Jean zu stecken. Überführt und in ein Kinderheim gesteckt, gelangen die Zwillinge aber verdächtig schnell nach Luxemburg in die Pflegefamilie eines reichen Diamantenhändlers. Kryszinskis Fall wird zum Wettlauf gegen die Zeit, als er den Jungs folgt und einem Kinderschänderring auf die Schliche kommt.

Sense

Eigentlich hätte das Aufspüren des vermissten Zockerkönigs Sascha eine fette Belohnung einbringen sollen. Doch als Privatdetektiv Kristof Kryszinski am nächsten Morgen völlig verkatert aus dem Bett steigt, liegt dieser Sascha in seiner Küche – mausetot. Natürlich kann die Polizei mit Kryszinskis Aussage, er könne sich an nichts erinnern, wenig anfangen. Der Detektiv unter Mordverdacht macht sich – assistiert von seinem Freund und Dealer Scuzzi – auf die Suche nach dem Täter und zieht eine Spur der Verwüstung quer durchs Ruhrgebiet …

Fallera

Kristof Kryszinski ist am Ende – so sehr, dass er sogar einen sonderbaren Job von der Polizei annimmt: Kriminelle sollen zusammen mit Behinderten und zwei Aufsehern einen Abenteuerurlaub in den Bergen verbringen. Dass der raue Privatdetektiv die Rucksäcke der Rolli-Fahrer die Berge hochschleppen muss und auch noch Undercover-Aufsicht sein soll, geht ihm zwar schwer gegen den Strich, ist aber immer noch harmlos gegen das, was in dieser ungewöhnlichen Reisegruppe los ist, denn schon bald bleiben die ersten Teilnehmer buchstäblich auf der Strecke …

Bücher fürs Handgepäck
Bali (UT 679)
Thailand (UT 678)
Finnland (UT 663)
Sri Lanka (UT 662)
Mexiko (UT 659)
Schottland (UT 644)
Peru (UT 643)
Marokko (UT 642)
Kambodscha (UT 638)
Kalifornien (UT 637)
Brasilien (UT 616)
Dänemark (UT 615)
Korea (UT 576)
New York (UT 575)
Vietnam (UT 574)
Neuseeland (UT 573)
Bayern (UT 554)
Namibia (UT 553)
Schweden (UT 552)
Sizilien (UT 551)
Kuba (UT 550)
Südafrika (UT 549)
Kolumbien (UT 548)
Patagonien und Feuerland (UT 547)
Innerschweiz (UT 513)
London (UT 512)
Belgien (UT 511)
Emirate (UT 510)
Kapverden (UT 509)
Kanada (UT 508)
Malediven (UT 507)
Norwegen (UT 506)
Indonesien (UT 476)
Hongkong (UT 475)
Toskana (UT 474)
Argentinien (UT 473)
Kreta (UT 472)
Sahara (UT 471)
Island (UT 470)
Japan (UT 469)
Myanmar (UT 443)
Tessin (UT 442)
Provence (UT 440)
Ägypten (UT 439)
China (UT 438)
Indien (UT 423)
Himalaya (UT 421)
Schweiz (UT 420)

Jörg Juretzka
TaxiBar (UT 680)
Richard Woodman
Die Wette (UT 677)
Daniel Defoe
Kapitän Singleton (UT 676)
Rudyard Kipling
Genau-so-Geschichten (UT 675)
Nagib Machfus
Ehrenwerter Herr (UT 674)
Juri Rytchëu
Der letzte Schamane (UT 673)
Scharuk Husain (Hg.)
Von Hexen, Nixen und Feen (UT 672)
Mitra Devi
Das Kainszeichen (UT 671)
Claudia Piñeiro
Betibú (UT 670)
Claire Keegan
Durch die blauen Felder (UT 669)
Germano Almeida Das Testament des Herrn Napumoceno (UT 668)
Jamaica Kincaid
Lucy (UT 667)
Jesús Carrasco
Die Flucht (UT 666)
Ngugi wa Thiong'o
Der Fluss dazwischen (UT 665)
Upton Sinclair
Der Dschungel (UT 664)
Mansura Eseddin
Hinter dem Paradies (UT 661)
Raja Alem
Das Halsband der Tauben (UT 660)
Hans Leip
Die Klabauterflagge (UT 658)
Dudley Pope
Trommelwirbel (UT 657)
Colette Die Katze aus dem kleinen Café (UT 656)
Frederik Hetmann (Hg.) Wie Frauen die Welt erschufen (UT 655)

Fernando Contreras Castro Der Mönch, das Kind und die Stadt (UT 531)
Nagib Machfus Echnaton (UT 530)
Rafael Sabatini Der Schwarze Schwan (UT 529)
Emilio Salgari Sandokan (UT 528)
Jörg Juretzka Alles total groovy hier (UT 527)
Petra Ivanov Stille Lügen (UT 526)
Jørn Riel Arluks große Reise (UT 525)
Salim Alafenisch Amira. Im Brautzelt (UT 524)
Alai Ferne Quellen (UT 523)
Yaşar Kemal Der Granatapfelbaum (UT 522)
Raja Shehadeh Wanderungen durch Palästina (UT 521)
Tschingis Aitmatow Frühe Kraniche (UT 520)
Galsan Tschinag Der Wolf und die Hündin (UT 519)
Nury Vittachi Der Fengshui-Detektiv im Auftrag Ihrer Majestät (UT 518)
Jean-Claude Izzo Aldebaran (UT 517)
Hannelore Cayre Das Meisterstück (UT 516)
Claudia Piñeiro Elena weiß Bescheid (UT 515)
Sefi Atta Sag allen, es wird gut! (UT 514)
Friedrich Gerstäcker Die Flusspiraten des Mississippi (UT 505)
Charles Sealsfield Häuptling Tokeah und die Weiße Rose (UT 504)
Petra Ivanov Kalte Schüsse (UT 502)
Nagib Machfus Karnak-Café (UT 501)
Tschingis Aitmatow Dshamilja (UT 500)
Mahmud Doulatabadi Der Colonel (UT 499)
Domingo Villar Wasserblaue Augen (UT 498)
Garry Disher Beweiskette (UT 497)
Salim Alafenisch Amira. Prinzessin der Wüste (UT 496)
Raúl Argemí Chamäleon Cacho (UT 495)
Pablo De Santis Die Übersetzung (UT 494)
Jörg Juretzka Der Willy ist weg (UT 493)
Laurent Quintreau Und morgen bin ich dran. Das Meeting (UT 492)
Galsan Tschinag Der singende Fels (UT 491)
Rafael Sabatini Captain Blood (UT 490)
Frederick Marryat Das Geisterschiff oder Der fliegende Holländer (UT 489)
Sahar Khalifa Heißer Frühling (UT 488)
Jean-Claude Izzo Mein Marseille (UT 487)
Yaşar Kemal Die Hähne des Morgenrots (UT 485)
Petra Ivanov Tote Träume (UT 486)
Leonardo Padura Der Nebel von gestern (UT 484)
Jørn Riel Der Raub der Stammesmutter (UT 483)
Nagib Machfus Die Nacht der Tausend Nächte (UT 482)
Juri Rytchëu Wenn die Wale fortziehen (UT 481)
Tschingis Aitmatow Kindheit in Kirgisien (UT 480)
Tran-Nhut Das schwarze Pulver von Meister Hou (UT 479)
Bruno Morchio Wölfe in Genua (UT 478)
Roberto Alajmo Mammaherz (UT 477)
Manjushree Thapa Geheime Wahlen (UT 468)
Hannelore Cayre Der Lumpenadvokat (UT 467)